愛炎の契約

王女は竜に抱かれる

白石まと

Illustration
池上紗京

gabriella

愛炎の契約 王女は竜に抱かれる

contents

gabriella

イラスト／池上紗京

愛炎の契約

王女は竜に抱かれる

序章

はるかな昔、人界と竜界というまったく異なる二つの世界が接触した。

すぐに離れていったが、一瞬の接触で竜界の凄《すさ》まじい魔法力が大量に人界へ流れ込んだ。

竜界は竜王を頂点とする魔法世界であり、魔法力の流出では揺らがない。新たな魔法力が生み出されて、流出分はすぐに補われる。

人界は、突如溢《あふ》れた魔法力に驚き恐れ、その影響で歪《いびつ》に変形した生き物も現れた。

やがてその力を利用できる者たちも出現する。上手《うま》く操ることができれば、魔法の力によって人は多くの恵みを得られる。

しかし、魔法力を自在に操れる者は少ない。人の中でも特別な才能を持つ〈魔導師〉が、多大な時間を費やしながら訓練を重ねることで、ようやくわずかに利用できる程度だ。

そこで、人は竜界から竜の召喚をするようになる。

魔法生物である竜は、人界に埋もれた魔法力を上手く引き出して多くの奇跡を起こすことができた。竜自身の体内にも甚大なる魔法力がある。

さまざまな召喚術が考え出され、それを操れる者が王となり、人界では幾つもの王国が興《おこ》った。争いによってたくさんの国が滅んだり栄えたりした。強い竜を持つ国は安泰だ。

そうした中で、女王が治めるベルタ王国の興隆は目覚ましいものがある。

広い国土と豊かな実りを誇る安定した王国は、女王が伴侶として召喚した竜の魔法力で守られている。

女王と竜の間で生まれるのは王女だけだ。彼女たちは魔法力を持たないが、生まれながらに〈伴侶召喚魔法陣〉を有している。王女たちはそれを使って召喚術を発動した。

召喚術そのものは、それほど難しいものではない。

魔導師の教えを受けた王女が魔法陣を発動させて竜を呼べば、竜は人の姿で現れる。

竜体と人型という二つの本体を竜は持つことになり、王女はその場で人となった竜と契《ちぎ》って誓約の言葉を口にすれば契約は成る。

竜は伴侶として王女が死ぬまで彼女の望むままに魔法力を使う。

誓約の言葉もまた、難しいものではない。自らの望みを詠唱《えいしょう》してある一言を混ぜるだけだ。

『わたしはあなたを愛しています』

王女はその一言で竜の魂を捕まえて鎖を掛けることができた。

最も強大な魔法力を持つ竜を召喚した者が、次の女王になる。

ベルタ王国の女王たちは、そうやって竜を傍らに留め置き、国の隆盛を支えたのである。

第一章　ある日突然女王候補になりました

クロフォード伯爵領は、ベルタ王国の東南の端に位置している。

伯爵家の城がある城下町カルカンタは、港が近いせいか商人の出入りが盛んで、流通する物資も多い。王都から遠い田舎町とはいえ、常に華やかで賑《にぎ》やかだ。

町の中心には円形の広場があり、それをぐるりと囲んでさまざまな店舗が商売に励んでいる。春から夏は交易も盛んになるので、今日のような天気のよい昼下がりは、広場まで来て買い物に勤《いそ》しむ人々でごった返した。

パン屋を営む〈モアの店〉は、焼き立てパンが出てくる昼一番になると、広場の真ん中に向かって行列ができるほど繁盛している。モア夫妻と一人娘が頑張るパン屋だ。

「いらっしゃーい。ジル奥様は、いつもの焼き立てが御所望ですか？　ふふーん、避けてありますよ。二山ですね」

「シルヴィちゃんったら、相変わらず気が利くわねぇ。うふ」

次から次へと店に入ってくる馴染客に元気な声で対応しているのは、十七歳になるこの店の看板娘だ。正式にはシルヴェーヌという名前だが、誰もが愛称で呼ぶ。

近所に住む高齢の奥様ジルに、シルヴェーヌは笑顔を見せてぺこりと頭を下げる。

「いつもありがとうございます」

ジルは目を細めて笑い返してくれた。母親のおっとりとした声が後ろから掛かる。

「シルヴィ、ロールパン五個包んで」

「母さん、もうあるって。横の棚だよ。そこから取って渡してあげて」

朝から作っていた紙の袋に粗熱が取れた順に詰めてある。これで間に合うだろう。

大きく開けたままの門口から初夏の風が入ってきた。シルヴェーヌは気持ちよさそうに目を眇《すが》める。

一瞬でも隙ができたのかもしれない。いつもなら軽い動作でかわすのに、目の前に立った若い男に手を取られてしまった。

「うきゃ……っ」

思わず声を出す。最近この町に越してきた男だった。彼は嬉々として言う。

「今夜食事に行かないか？　な、いいだろ、シルヴィ。いい加減、通いつめている俺の気持ちを汲《く》んでくれよ」

シルヴェーヌは顔の造りもよく、すらりとした高い身長をして、細身でありながら胸は標準よりも成長しているというスタイル抜群の美少女だ。

笑顔と元気さが目立つ彼女だが、真剣にパン窯《がま》の火加減を調整している様子を覗《のぞ》き見《み》た者は、相貌《そうぼう》のあまりの綺麗さに驚くに違いない。

笑っているときは明るい青色をしている瞳は、火加減を見るときは蒼天《そうてん》の濃い青に彩られる。どこか追いつめられた雰囲気まで醸し出す大きな瞳は大層魅惑的だ。

彼女の亜麻色の髪――非常に明るいブロンド――は、いつも後ろでかっちり纏《まと》められ、その上に白い三角巾を被っている。

括《くく》っているのを解けば、髪は軽やかに広がり、薄い金のベールかと錯覚するほどシルヴェーヌを豪奢《ごうしゃ》に飾るのだが、店に来る客は前髪くらいしか知らない。

胸当て付きエプロンの下は、綿のスカートにブラウスだ。清潔であっても質素な装いと言えるだろう。

それでも、隠し切れない美しさを目に留める者は、彼女の年齢が上がると共に増えている。客としてやって来る若い男にシルヴェーヌが誘われるのも、それを彼女が柔らかく断るのも、このパン屋では毎度おなじみの光景だ。

シルヴェーヌは自分の手を取る若い男に微笑《ほほえ》みかけた。返事はきっぱりとしたお断りだ。

「夜は父さんたちのご飯を作って、明日の仕込みをするのよ。だから、ごめんね」

軽く握られていて助かったと、するりと手を抜いた。ジル奥様が援護をしてくれる。

「そうそう。だめだめ。シルヴィちゃんはね、クロフォード伯爵様のご嫡男《ちゃくなん》リュシアン様だって落とせないほど堅い子なんだから。そのあたりの子とは違うの。あきらめなさぃ」

「リュシアン様ぁ？　伯爵家の貰《もら》われっ子じゃん。シルヴィを口説いてんのか⁉」

若い男は顔を顰《しか》めて言い放つ。

領主のクロフォード伯爵夫妻には長い間子供が生まれなかった。町の者たちが、《親戚筋から ご養子を取るしかないいんじゃないか》と噂《うわさ》をしていたら、いつの間にか十二歳くらいの男の子が城に居て、伯爵家の跡継ぎだとお披露目《ひろめ》があった。

十年前のことだ。リュシアンは、今や目の覚めるような美麗な男性になっている。

シルヴェーヌは、どんどん麗《うるわ》しくなるリュシアンをつかず離れずの位置からずっと見てきたから、その辺りのことはよく知っていた。

彼に憧れる女性が多いということも、閨《ねや》のお相手として若い娘から名家の令嬢に奥方様まで幅広く名前が上がるということも知っている。

しかし、どれほど町の娘たちが熱を上げても身分の差は越えられない。

リュシアンは伯爵家の嫡男として、いずれ由緒あるクロフォード家につりあう家から妻を娶《めと》るはずだ。

次の番になっていた別の奥様が、頑丈そうな腰でその若い男をずずっと押《お》し退《の》ける。

「貰われっ子でも、もうすぐ伯爵様だよ。さぁさぁ買い終わったら、場所を空けておくれ」

実は、シルヴェーヌも、七歳のときにモア夫妻の養女になった〈貰われっ子〉だ。新しく来た者はそれを知らないから、わざわざ気づかせることもないと考えてくれたのだろう。

常連さんには本当にお世話になっている。ありがたいことだ。

「ちぇっ。……また来るからね、シルヴィ」

彼女に言い寄っていた男は、山ほどのパンを抱えて店を出ていった。

バケットを頼んでいた近所のご主人がシルヴェーヌに顔を向けて聞いてくる。

「そういや、リュシアン様は十代のころ、この店に通いつめていらしたんだろ？　馬に乗ってパンを買いに来たとか、すげぇ噂になってたよなぁ。あれからどうした？」

「さぁ、いつの間にかいらっしゃらなくなって久しいですよ。リュシアン様は二十二歳におなりですから、そう簡単に町まで出られないのでしょうね。それに、お城には立派な料理長様がおいでですから、いまさら町のパンなど必要ないんですよ、きっと」

シルヴェーヌが笑って答えれば、その親父《おやじ》は憤慨《ふんがい》して言う。

「ここのパンはどれだけ腕のある料理長でもかなわんさ。それこそ、女王様のパンをこねる宮廷料理長でもなっ」

「ありがとうございます」

褒められれば嬉《うれ》しい。素直に礼を言うと、近所のご主人は足取りも軽く店を出て行った。そうしてまた次の人だ。

忙しさも山場を過ぎるころ、岩のようなたくましい壮年の男が奥から出てくる。両手に山ほどの焼き立てパンを乗せたトレイを三つも持っていた。

「父さんっ」

シルヴェーヌは急いで父親のところへ行くと、トレイを一つ受け取る。奥のパン窯はいつでも稼働中だ。

父親は店の中をぐるりと見回してから、彼女に耳打ちする。

「そろそろ行ってこい。遅くなると、また一騒ぎ起こっちまうからな」

「……あんなことになったら困っちゃうものね。ごめんね、父さん」

「お前のせいじゃない。あの騒ぎがあったから、うちの店も繁盛しているというものさ。奥に纏めてある。馬も用意してあるからな。帰るのは夕方遅くでもいいが気を付けろよ」

「はい。じゃ、行ってくるね」

振り返って母親を見れば、穏やかな顔に笑みを浮かばせて頷《うなず》いてくれる。

こげ茶色の髪と瞳をした、がっしり型の父親と、それよりも薄い色の髪と瞳を持つぽっちゃり型の母親を後にして、シルヴェーヌは店の裏側に回った。

用意してあった大きめの蓋付きバスケットを手に持つと、パン屋の持ち馬にしては上等すぎる名馬にふわりと跨《また》がる。

踝《くるぶし》まである洗いざらしの綿のスカートが、どこか優雅に広がって馬の尻に下りた。

「じゃ、今日もお願いね。ルキアさん」

馬の首筋を優しく叩《たた》く。《ルキアさん》と呼ばれた雌馬は満足そうに鼻を鳴らしたあと、ゆっくり歩き始める。行き先はクロフォード城だ。

この名馬を連れてきたリュシアンは、馬に〈さん〉付けは変じゃないかと言ったが、誇り高そうな駿馬《しゅんめ》にはこの方が似合うと思う。だから最初からこうして呼んでいる。

「ルキアさん、もっと早く走る？　今日は気持ちがいいもんね」

彼女に応えるようにして馬は足を早める。シルヴェーヌのスカートがはためいた。外なので三角巾を外している。背中に流している髪が、マントのように後ろへ靡《なび》いた。風が気持ちよくて深く息を吸う。

貴族の女性たちは、馬に乗るときは横座りらしい。そんな安定の悪い座り方をしては、馬が速く走ったら転げ落ちてしまうと思ったが、リュシアンは言った。

『ドレスが翻《ひるがえ》って脚が沢山見えるのが、貴婦人としてはだめらしい』

フリルとレースで飾られた華麗なドレスを纏っているから無理という以前に、貴族の女性である貴婦人たちは馬に跨ってはいけないのだ。

そのとき、リュシアンは即座に付け加えている。

『でも俺は、シルヴィと一緒に馬で駆けたいから、そんなことはどうでもいいんだ』

麗しい笑顔を見せられるとそれなら構わないと思えるから、顔や姿がいいというのはどんな武器よりも強力だ。

うーんっと首を反《そ》らして空を眺めれば、中天を過ぎた太陽が眩《まぶ》しくて目を眇めた。

鞍《くら》の前に載せたバスケットの中には、シルヴェーヌが焼いたパンが沢山詰められている。

「さぁ、午後のお茶の時間に間に合わせるわよ」

パンはかなりきっちり詰めてあるから多少揺れても大丈夫。シルヴェーヌは馬の足をさらに早めた。

彼女のパンを食べるリュシアンを見ていると、すごく幸せな気持ちになれる。

——美味《おい》しいと言ってたくさん食べてくれる。昔はそんなに上手く焼けなかったのに、あのころからずっと。

この道を城へ向かうとき、彼女はいつも、リュシアンに初めて出逢《であ》ったときのことを思い出す。八年前、九歳のときだ。リュシアンはそのとき十四歳だった。

パン屋を営むモア夫妻に出逢ったときのことも脳裏を過《よぎ》る。それはリュシアンに出逢う二年前、今から十年も前になる——。

シルヴェーヌには、七歳より前の記憶がない。

普通の子供がそのころのことを覚えていなくても不思議はないらしいが、自分の両親や兄弟姉妹のことまで知らないのは珍しいのではないだろうか。

彼女にとって記憶とは、気が付いたら目の前に膝を突いたモア夫妻がいたというところから始まる。

「あなた、名前は？」

蠟燭《ろうそく》が何本も灯《とも》された魔導師の聖堂で、今は《母さん》と呼んでいる人が聞いてくる。

「……シルヴェーヌ」

「幾つだ？」

小さな彼女の前にぬっと顔を突き出して、若い《父さん》がぶっきらぼうに言った。

「七歳……」

名前と年齢だけは覚えていたらしい。言葉は話せるし、その年齢に見合う生活習慣も身に付いていたようだ。けれど、それだけだった。

そのとき、モア夫妻は魔導師の聖堂へ子供を授けてほしいと祈りに来ていた。

町の中で人々と生活を共にしている老いた魔導師は、どれほど修行をしてもその年まで大きな魔法力を持ちえなかった者がほとんどだという。

能力が高ければ、貴族家に仕えたり、王宮の宮廷魔導師に抜擢《ばってき》されたりする。

王家に仕えられるほど巨大な魔法を操れる魔導師はほんの一握りだ。あとは、本人の能力に見合う生活をしてゆくしかない。

町の魔導師は、簡単な魔法で人々の怪我《けが》を治したり、壊れた物品を再生したりして生涯を終える。文字の読み書きができるので、聖堂で学校を営む者もいる。宿主のいない聖堂や、自分で建てた聖堂に居を構えて、静かな最後を迎えられる者は運がいいらしい。

聖堂に目覚ましい力はなくても、そこで生活してきた魔導師たちが幾年も掛けて蓄積した魔法力は、ごくまれに奇跡を起こすことがあった。

聖堂を管理している魔導師は場所を提供するだけで、《祈りと願いは自分たちでする》のが原則だ。

それに従って、モア夫妻が強く願っていたら、目の前に少女が現れた。それがシルヴェーヌだ。世界には魔法が潜んでいるから、たまにそういうことがあるらしい。

聖堂で名前と年齢を口にしたシルヴェーヌに、モアの妻が再び聞いてくる。

「自分がどこに住んでいたか、分かる？　お父さんやお母さんのことは？　とてもいいドレスを着ているから、良いお家の子なのかしら」

少し考えてから、七歳のシルヴェーヌは首を横に振った。

「……わからないの」

「じゃ、うちの子供になるか？」

モアの吠《ほ》えるような声には少し怯《おび》えてしまう。

言われていることが理解できなくてぼんやり見上げていたら、妻が夫を促《うなが》した。

「何も分からないみたいね。魔導師さまに言って、連れて帰りましょう。娘ができたということでいいんじゃないかしら。ここは聖堂なのだもの。願いが叶《かな》えられたのよ」

夫は頷き、シルヴェーヌは彼らの娘になった。後から聞いたところによれば、モア夫妻は、妹の子供を養女にしたと近所の人たちに説明したという。

それから二年。父母の手伝いをしながら、パン屋の奥で落ち着いた日々を過ごしていた幼い彼女に、《お前は拾われた子供だ》と教える口さがない者がいた。

パン屋が養女にした娘があまりにも可愛《かわい》らしくて、そのためか〈モアの店〉は瞬《また》く間に繁盛をし始めた。それを妬《ねた》んだ同業者の妻らしい。

なんとなく分かっていても、はっきり言われるといたたまれない。九歳になっていた彼女は、自分がいつまでも両親の手伝いが上手《うま》くできないことを、とても気に病んでいた。

火が怖い。だからパン窯の火加減の番ができない。母親の手伝いも料理一般はダメだ。

女は言う。《あんた役立たずね。もうすぐ十歳にもなろうかというのに、パン窯の火の番もまともにできなんて。モアさんたちも、とんだ厄介者を拾ったものだわ》――と。

シルヴェーヌはその夜、パン屋と住居が一緒になった建物から外へ出た。

紐《ひも》で肩から斜めに下げた小さなポシェットには、自分が焼いたパンを幾つか入れてある。

火の加減が上手くできないから、外は焦げていて中は膨らみが足らない。それでも初めて焼いたパンだったから、これだけはと思って持ってきた。

夏だったのは非常によかった。軽い半そでのブラウスに、足首まである綿の子供用スカートという薄着でも、震えるようなことにはならない。

月が明るい晩だったのもよかった。彼女は火が怖い。だから、ランプを持って出られなかったので、月明かりしか道を照らすものはなかったのだ。

自分はどこの子供で、本当の親はどこにいるのだろうと考えながら歩いていたが、モアの両親以外の家族を探す気はなく、目的地があったわけでもない。

厄介者はあの家にいてはいけないと考えて、あてもなく家を出た。

やがて足が痛くなって道の端に蹲《うずくま》る。スカートを下にしてそのまま腰を下ろした。どれくらいそうしていたのだろう。不意に頭の上の方から声が降ってくる。

「おい、どうした。こんなところで。こんな時間に、お前のような小さな娘が一人で歩いていると、人買いに攫《さら》われて売り飛ばされるぞ」

驚いて顔を上げる。そしてさらに驚く。彼女の前に立っていたのは少年だった。

松明《たいまつ》を手に持っているので、彼の周囲はそこはかとなく明るい。頭の位置より少し高いところにある炎で、持ち主の顔がよく見える。火の照り返しがあるせいか陰影が深い。

――すごく、きれい……。

少年は、非常に整った顔をしていた。

髪は金褐色、瞳の色はなんと、金より少し濃い感じの黄金色だった。両眼は鋭く澄んでいて、野生の動物が持つ夜眼のような迫力がある。

大きな肩布を纏い、町の者とはとても思えない豪華な服を着ている。

現在の状況など頭からすっぽり抜けて、道端の草むらに膝を立ててちょこんと座ったシルヴェーヌは、呆《ほう》けた顔で彼を見上げるばかりだ。

「おい、口がきけないのか？　言葉が話せないのかな。……おまえ、すごく可愛いな。髪がきらきらしてる。なんて大きな瞳なんだ」

後半を占める褒《ほ》め言葉は、お客さんによく言われるものと同じだ。

父親は、そういう言葉は〈お世辞〉といって半分以上本気にしてはいけないと彼女に教えていた。だから気にも留めずに、最初に言われたことに答える。

「あ、話せるよ。わたし……、ちょっと、家を出てきただけ」

「家出か。夜中にするのはやめろよ。そんなに可愛くなくても、子供っていうだけで本当に攫われるんだぞ。行き先のあてはあるのか？」

ぶんぶんと首を横に振る。

彼女よりも四つか五つほど年齢が上に見える彼は、いきなり鼻をクンクンさせて言う。

「なにか、いい匂いがする。パン……？」

「そう。持っているの」

肩に掛けていたポシェットは、座りこんだときに膝の上に載せていた。それを両手でぽんぽ

ん叩くと、その少年は軽い動作で横に座って彼女の前側に身を乗り出す。

松明が近くなったので、怖くなったシルヴェーヌは背を引いた。すると、彼はますます寄って、ポシェットを見つめる。

「よかったら、それくれないか？　すごく美味《おい》しそうな匂いだ」

「でも、不味《まず》いよ。焼きが足らなくて膨らんでいないの。それなのに外は焦げていて……」

「いい匂いだ……。腹が減ってるんだ。おまえ、食わないなら、少しくれよ」

うぅーんと悩んだシルヴェーヌは、ポシェットを開けて紙の袋から一つ取り出すと、手渡す。

すると彼は一気にぺろりと食べてしまった。

「美味《うま》いぞ」

シルヴェーヌはびっくりして彼を見つめる。

「ありがと。わたしがこねて焼いたんだよ。うちはパン屋なの。わたし上手くできなくて……。でも、次はもっと上手くできる……はずなんだけどなぁ……」

「おまえが作ったのか。なんていう名前？　俺はリュシアンだ。リュシーと呼んでくれ」

「わたしは、シルヴェーヌ。みんなは、シルヴィと呼ぶわ」

「じゃ、シルヴィ。家まで送って行くから、それをもっとくれよ」

「でも、わたしは家の子じゃないの。だから帰れない。役に、立たないし……」

夜中でもあり、歩けなくなって心細いところへ現れた彼がひどく頼もしく見えたから、ついあれこれ話してしまう。

「父さんや母さんは、本当の親じゃないの。わたしね、七歳のときに聖堂に突然現れたんだって。その前のことは何も覚えていなくて……。本当の両親のことも、兄弟がいたかとか、どこに住んでいたかとか、何も分からないの」

「何も、か。手がかりもないのか？」

「うーん……。火が怖いってことくらいかな。父さんが、火事にあったことがあるかもしれないって話してた」

「火か。怖い？」

「うん。だから、パンが上手く焼けないの……。だから手伝いもできなくて……」

涙声になる。ポシェットを両手でぎゅっと抱いた。

そういう彼女をリュシアンはじっと眺めていたが、やがて語り始める。

「確かに炎はあっという間に山ほどのものを灰にする。怖いと思うのは当たり前だ。けど、思う方がいいんだ。そのうえで、制御できるようにすればいい。火は役に立つ。パンを焼けるし、こうして明かりにもなる。寒いときは暖も取れるぞ。操《あやつ》る側になればいい」

「操る……。わたしが？　できるかな。怖いのに」

「できるさ。手伝いたいから、パン、焼けただろ。誰かのために、踏ん張れ」

笑みを浮かべて言い放つ彼を見ていると、本当にできる気がしてくる。

リュシアンは、松明を彼女の方へそっと出してきたので、恐る恐る持ってみた。木が細いからだろうか、意外に軽い。

木の先には縄が巻いてあり、ねっとりしたものが塗ってあった。それに火が点《つ》いている。木が燃えているわけではないのかと、初めてまじまじと見た。

「足元を照らす明かりにもなれば、こいつで山火事を起こすこともできる。火とはそういうものだ。持つ者によって、役にも立つし、害にもなる」

真夜中であり、周囲には誰もいない。

とても静かだったから、リュシアンの声は、地の底から響くようだったし、空から降ってくるようにも感じられた。

微動だにせず彼を見つめるシルヴェーヌの小さな身体に深く染み入ってくる。

「おまえが七歳より前のことを覚えていないなら、俺は十二歳から前のことを覚えていない。それでも生きている。気にするな」

「覚えていない？　そうなの？　今は何歳？」

「十四だ。おまえは？」

「九歳。もうすぐ十歳よ」

たわいもない話をしながら、もう一度パンを渡すと、リュシアンはまた大きく口を開けて食べた。自分が焼いたパンを食べてもらえるのが嬉しくて、また一個渡す。

「最後の一個だろ。食べてしまっていいのか？」

「うん。いい。食べてもらえるのって、嬉しいな」

「そうか。じゃ、これを食べ終わったら、家へ送って行くよ。帰れよな」

「うん……。帰る。家で次のパンを焼いてみたい。今度はきっと、もっとちゃんとできる。もっと美味しいパンを焼くわ」

「俺が食べに行くからやってみろ。いいか。俺は二年前、城の庭に落ちていたそうだ。ひどい怪我をしていたらしい。死にかけの俺を拾った親は、ベッドと食事をくれて、身体が回復したら今度は養子にして育ててくれている。親だ。それでいいだろ？」

　五歳上になる彼は、屈託なく笑ってそう言った。なんと似た境遇だろう。二年前というところまで一緒だ。シルヴェーヌは深く頷いた。

　立ち上がって、二人で手を繋《つな》いで家路を辿《たど》れば、シルヴェーヌを捜していたモア夫妻が見つけて走り寄ってくる。

「シルヴィっ！　シルヴィ！」

　抱きしめて泣いてくれた母親の暖かさを肌で感じる。シルヴェーヌの瞳に涙が溜《た》まった。

「母さん……っ。ごめんね」

「この、馬鹿者がっ。おまえが家を出るときは、いつかくるかもしれん。嫁に行くときとかな。そういうときがきたら、ちゃんと出してやるから急がなくていい。きちんと挨拶くらいしてゆけ。離れたところで暮らすことになっても、親子であるのは変わらんぞ。覚えておけっ」

叱ってくれた父親は大きくて強い人だ。

膝を突いて彼女と母親を一緒にして腕を回した父親は、そのまま強く抱きしめてくれる。シルヴェーヌはたまらなくなってワンワンと泣いた。

父親は傍に立っているリュシアンに顔を向けて礼を言う。

「送ってきてくれたんだな。ありがとう……、ん？　その恰好《かっこう》。金褐色の髪に黄金の瞳？　あなたは、もしかしてクロフォード伯爵家のリュシアン様？」

「そうだ。俺も探しものをしていて、うろついていたら彼女を見つけたんだ。見つけたのが俺でよかったな」

シルヴェーヌは、涙まみれの顔をリュシアンに向けて、不思議そうに聞く。

「探しもの？」

「あぁ。偉そうなことを言ったけど、おまえと同じで自分に繋がる何かを探していた。探さないといけないっていう気持ちが込み上げて、ときどき夜中に城の外へ出ていたんだ。けど、もうしなくてもよさそうだな。渇いた感じがなくなった。おまえのパンのおかげだ」

笑った顔に見惚《みと》れているうちに、リュシアンは片手を上げて踵《きびす》を返す。

父親と母親が深く頭を下げる中、夜の闇に溶けてゆくような彼の背中を見送った。

松明の灯《あか》りが、彼の姿が見えなくなってもずっと遠くまで移動してゆくのを見ながら、シルヴェーヌはリュシアンの言葉を思い起こす。

『怖いと思うのは当たり前だ』

それでもいいと言ってくれた。

『火は役に立つ。パンを焼けるし、こうして明かりにもなる。寒いときは暖も取れるぞ』

火は松明の先にもあり、歩き去る彼を示すものにもなるのだった。

それ以来、シルヴェーヌはパン窯の火加減を見られるようになる。

怖いと思う気持ちは消えない。けれど、その気持ちは当たり前のもので、怖さを忘れなければ慎重になる。慎重になれば、山火事などを起こさないよう注意もできるというわけだ。

リュシアンは、その後、何度もカルカンタの町までシルヴェーヌのパンを買いに来た。

養子とはいえ、馬でやって来る伯爵家の嫡男に、誰もが驚いて目を見張る。

この店のパンがどうしてもほしいなら、城に仕える者を寄越《よこ》せばいいだろうに、彼は自分で買いに来るのだ。

列ができると、なんとその列にも並ぶ。畏《おそ》れ入って周囲の者が彼を列の前にすると、悠々とシルヴェーヌのところへ来て大量に買ってゆく。普通にお金も払う。

「そんなにたくさんのパンを、どうなさるのですか。リュシアン様」

「リュシーだ。〈様〉も敬語もいらない。おまえが俺に敬語を使ったら、俺も同じにするぞ」

「えええっ？　……本気？」

「本気だ」

人目もあるというのに、伯爵家のリュシアンがシルヴェーヌに敬語を使うなど、考えただけで頭が痛い。どんな騒ぎになることか。

何よりそれは、リュシアンの不名誉になるだろう。身分の差を無視するのは拙《まず》い。

むぅと黙ったシルヴェーヌに、リュシアンは笑う。

「パンは食うために買っている。シルヴィ、これはおまえが焼いたんだな。これも、あれもだ。全部くれ」

「……どうしてわたしが焼いたって分かるんです。父さんも母さんも厨房《ちゅうぼう》に立つのに」

「どうしてかな。ひときわいい匂いがするからかな」

材料は同じなのだから、それはないはずだ。焼き方もずいぶん上達して父親に近くなっているというのに、リュシアンは彼女が手伝ったパンは分かるらしく、選んで買ってゆく。

形が悪いとか、味がいまいちだから分かるのだろうと考えて、かなり落ち込んだ。

父親は《上手くなって見返してやれ》と言う。頑張った。わりと美味《おい》しくなっても、リュシアンはシルヴェーヌのパンを見抜いて買うから、味で選んでいるわけでもなさそうだ。

真夜中でも綺麗だと感じたリュシアンの姿は、時と共に麗しさが研ぎ澄まされてゆく。

金が強い金褐色の髪と黄金色の瞳は、それだけですごい迫力がある。高い背丈としなやかな体躯《たいく》。黙っていると名匠が腕によりをかけて彫った彫像に見えてしまう端麗な容貌。

当然のように、パン屋は彼を目当てにする人も集まり、大繁盛した。しかし、パン屋としては弊害も出てくる。

シルヴェーヌが十四歳、リュシアンが十九歳になった年のある日、モアの父は彼を裏に呼んで、もう自分で買いに来るのはやめてほしいと伝えた。

「あなたは、貴族で領主様の跡継ぎだ。そういうお方が直接買いに来る店ってことで繁盛しますが、意味もなく周囲で見学する者も多くなって、他の店屋が迷惑してます。いずれ伯爵様のお耳にも入る。伯爵様はこういうことは喜ばれんでしょう。伯爵様に、店をたたんで遠くへ行けと言われたら、この地を出てゆくしかない」

シルヴェーヌと母親は、店の影で父親とリュシアンのやり取りを聞いていた。

唇をぐっと引き結んで、目線を下げて黙考したリュシアンは、やがて顔を上げる。

「では、一週間に二度、城にパンを届けてほしい。彼女のパンを食べられないと飢えてしまう。届けに来るのは、もちろんシルヴィということで。――頼む」

ぽかんとするような答えだったが、シルヴェーヌとしては、嬉しかったのも事実だ。彼女のパンをほしいと言って食べてくれる。

父親も唖然《あぜん》とした面持ちで口を開いていたが、しばらく考えてから了承した。

その夜、父親はシルヴェーヌに言った。

「あのお方がおまえと出逢ったのは、何かの巡りあわせなんだろうなぁ……」

「巡りあわせ？」

「出逢うべき運命を持っていたってことさ。さぁ、一週間に二度持っていくのは、お前の役目だ。ちゃんと作るんだぞ。馬はリュシアン様が用意してくださるってことだから、馬に乗る練習もしないとな」

運命。それがどういう形をしているのか、そのときのシルヴェーヌには分からなかった。

それ以来、一週間に二度、彼女がパンを焼いてクロフォード城まで持ってゆく。

シルヴェーヌが作るパンに対するリュシアンの執着は、常軌を逸している。どう考えても最初は美味《おい》しくなかったはずだから、パンそのものに対しての執着ではないはずだ。しかし、それならなぜと、シルヴェーヌは首を傾《かし》げる。

三年が過ぎる中で、一度だけ彼女が城へ行けないことがあった。二年ほど前のことだ。

熱を出して寝込んだシルヴェーヌの代わりに母親が城へ行ったら、理由を聞いたリュシアンが、大勢の医師団を引き連れてパン屋へ来た。当然、この一帯は大騒ぎだ。

「な、な、な、なに？　これっ⁉」

痛い喉を押して声を絞り出せば、リュシアンは、シルヴェーヌの部屋のベッドの横で、熱を上げている彼女の手を握りしめながら言いつのる。

「医師たちは《ただの風邪ですので、お若いからすぐに回復されるでしょう》と言ったが、俺はおまえが〈パンを焼けるほど回復するまで〉ここにいるからなっ！」

額に載せてあった濡《ぬ》れた綿布を右手で取って握りしめ、がばっと起き上ったシルヴェーヌは、ベッド横に座っていた彼に叫ぶような声で激しく拒否した。

「だー……めー……っ！　帰ってっ！　騒ぎになるわ！　父さんたちがまた大変なことになっちゃうじゃないっ」

「大変？」

「嫌がらせとか……っ、文句とか言われちゃうっ！　だから帰って！」

周囲に誰かいるときは、伯爵家の嫡男に対する態度には十分気を付けているシルヴェーヌだったが、誰もいないうえ、熱でぼんやりしていたのも手伝って、二人きりでいるときの対応になってしまった。

リュシアンの麗しい顔がありありと曇り、心配だと言わんばかりの表情を浮かべる。

憂い顔も美しいが、幼いころから見慣れているシルヴェーヌにはあまり効き目はない。このあたりは幼馴染《おさななじみ》の強みだろう。

第一、彼は〈シルヴェーヌが焼くパン〉を心配している。

「リュシーが帰らないと、……治るものも、治らないからっ。……家に入りきらなくて、外で待機しているご医師たちも、みんな連れて帰ってっ」

ぜーぜーしながら言い切った。

ご近所に迷惑を掛けてはいけない。妬《ねた》みを買うばかりになってしまう。

すでに、小麦を売らないとかライ麦が手に入らないとか、薪《まき》なども回ってこないなど、様々な嫌がらせを受けていた。繁盛しつつも商売がやり難《にく》いといった状況だ。

リュシアンはむっと怒った顔をしたあと、がくりと肩を落とす。しょげ返った様子でクロフォード城へ戻って行った。

彼が部屋から出るのを見届けたシルヴェーヌは、ベッドの上にばたんっと仰向《あおむ》けになって、余計に上がった熱と戦う羽目になる。

あとでベッド横へ来た両親は、二人一緒に深々とため息を吐いてから顔を見合わせた。

「ごめんなさい。……外は、すごい騒ぎでしょ」

「ま、いつものことさ」

父親が笑う。シルヴェーヌは申し訳なくて目を瞬く。母親が彼女の額に手を当てた。

「大丈夫かい？　シルヴィ。熱は……あぁ、まだ高いね。どうせなら、リュシアン様が連れていらしたご医師の一人に残ってもらえばよかったんじゃないかねぇ……」

「いけないよ、母さん……。甘えたら、リュシーが困ることになるわ。伯爵様は、こんなことをする跡継ぎではだめだと、きっとお怒りになる。だから、これでいいのよ」

両親は再び顔を見合わせる。父親が顎を撫《な》でながら一人ごちた。

「リュシアン様はどうにもやり方が拙《まず》いな。女ごころってもんが分かってねぇっていうか、もてるのは本当だろうが、ありゃぁ、まったくの未経験……」

母親にゴッッと肘鉄《ひじてつ》を食らった父親は、もぐもぐ言いながら部屋を出て行った。シルヴェーヌは頭がぼんやりしていて、父親が何を言いたかったのか分からず仕舞《じま》いだ。

そのあともシルヴェーヌは週に二回パンを届けている。

二度と同じ状況を招かないために、決して病気などしないと固く心に誓った。おかげで大層丈夫な娘になっている。

九歳のときに出逢った五歳年上のリュシアンは、シルヴェーヌが十七歳になっても、彼女のパンをほしいと言う。パン繋がりの幼馴染だ。

火を恐れながらでも、普通に焼くことができるのは彼のおかげだ。

幼馴染のリュシアン。シルヴェーヌをとても大切にしてくれる。彼女にとっても友達のように大切な人だ。

——もっと美味《おい》しいパンを作れるようになりたい。

彼のために自分ができる最上のことを心の中で唱えて、シルヴェーヌは手綱を強く握った。

はっと気づけば、クロフォード城の裏門の前にいる。

ぼんやりしていても到着した。ルキアさんは本当に名馬だ。シルヴェーヌは、慌てて馬から下りる。

裏門といえども、高くて幅がある城門は夕方まで開いている。地方の城とはいえ、国境が近いせいか立ち番をしている衛兵の数は多い。

「〈モアの店〉です。リュシアン様にパンをお届けにまいりました」

金属でできた手の平サイズの通行証を見せる。リュシアンが渡してくれたものだ。

顔見知りばかりなので、籠の中を少し見るだけで通してくれる。馬のルキアさんはそこで預かりになるから手綱を渡した。

城門を潜《くぐ》り敷地内に足を下ろした途端、身体にぴりりと痺《しび》れのような感触が走った。

一瞬だ。驚いたシルヴェーヌはそこで立《た》ち竦《すく》んでしまうが、後ろに続いた商人のグループに《どうして立ち止まるんだ》と怪訝《けげん》な声を出されて我に返る。

こんなことは初めてだ。入ったときの一瞬だけであとは何もなかったので、軽く頭を下げて先を急ぐ。

城へ入る商人や荷車などが使用する回廊《かいろう》は裏へ通じている。彼女は、入るのは裏側からだが、表側へ通じる廊下を行く。

ある程度行ったところで、衛兵が立ち並ぶ表側への大扉がある。そこでもう一度検問のようなことをされるが、彼女の場合、いつもリュシアンが迎えに来ているので素通りだ。

リュシアンは今日も立って待っている。相変わらず、優雅な立ち姿だ。

外壁の城門から知らせが走ることもないのに、どうしてシルヴェーヌが来たのが分かるのか、いつも不思議に思う。リュシアンに聞いても《なんとなく》と言うだけで教えてくれない。

「リュシアン様、パンをお届けに参りました」

ぺこりと頭を下げて言う。大扉の前にいたリュシアンは、むっすりとして彼女を眺める。

彼は、シルヴェーヌが〈様〉を付けたり、敬語を使ったりするのを嫌がるが、さすがに人目があるところではだめだとシルヴェーヌは主張した。

しぶしぶ受け入れているといった表情に、笑いが零《こぼ》れそうになる。

「ご苦労だった。じゃ、こちらへ」

流れるような自然な動きで彼女の籠を手に持ってしまう。止める隙がない。

すたすたと歩く彼の後ろに付いて城の内部を横切っていくうちに、何人もの着飾った貴婦人たちとすれ違う。

美しい貴族の令嬢や奥方たちは素晴らしいドレスを身に纏い、伯爵家の嫡男リュシアンに、スカートを摘まんだ優美な仕草で腰を屈《かが》める。

後ろを付いて歩くシルヴェーヌへ視線を移すと、ひそひそと互いに耳打ちしながら囁《ささや》く。いつものことだ。

伏し目がちに歩くのは、自分が町の者だからだ。リュシアンの希望がなければ絶対に城のこういう場所まで来ることのできない身だった。

でも！　――と胸内で大きく主張する。

両親が作るパンは美味しい。朝から晩まで働いて、シルヴェーヌを育ててくれている。恥ずかしいことなど何もない――と。

本当なら、顔をまっすぐ前に向けて、反抗的だと言われようとどうしようと、胸を張って歩きたい。けれどそれではリュシアンが困るだろう。だから、下を向いて、とぼとぼといった感じを醸《かも》し出しながら歩く。

柔らかく広がる明るい亜麻色の髪は、どんなドレスよりも豪奢《ごうしゃ》に彼女を飾り立てている。実際は、嫉妬も混ざった視線ばかりだ。深い彩《いろどり》をたたえる青い瞳も、目が吸い寄せられてしまう端麗な顔も、下を向いているから周囲には分かり難い。

身体の線の美しさは敏《さと》い者なら分かるだろうが、女同士なら着ている服で判断されがちだ。褒め言葉が走ることはない。

リュシアンにとって、そういうすべてが男の注目を避けられるので好都合だということを、彼女は知らない。

「今日は上天気だから、庭でお茶にしよう」

振り返ったリュシアンが悪戯《いたずら》っぽく笑う。言いたいことがあるという顔だ。

幼馴染だからシルヴェーヌには感覚で分かってしまう。

《貰っておけばよかったって思わないか？》――ではないだろうか。

彼は以前、シルヴェーヌにドレスを贈りたいと言ったことがある。宝石などもだ。パンを焼くには邪魔になるから、その場で断った。むむっと口をへの字に曲げた彼は、一旦その提案を下げている。

リュシアンは歩調を緩めて横に並ぶと、少し背を曲げて彼女の耳元近くへ唇を寄せた。

「シルヴィに合わせてドレスをたっぷり作っているから、いつでも着られるよ。どう？」

「まだそんなことをしているの？　やめて。勿体《もったい》ないでしょう？」

「やめない。この間見繕《みつくろ》ったのは、おまえの髪の色に合わせてあるんだ。それは着てほしい」

「……もうっ……」

シルヴェーヌは怒った顔をして黙々と歩く。何と答えればいいのか分からない。

女性なのだから、美しく柔らかいドレスを着てみたいという気持ちはある。

（でも、着慣れてないから動き方も分からないし、似合わないでしょうし、ばかげたことを考えるつもりはないわ。父さんや母さんを泣かせるようなことだけはしないんだから……っ）

パンを焼くのは楽しい。食べてくれる人もいる。今の生活に何の不満があるだろう。

長い廊下を歩いて奥へ行けば嫡男の領域だ。行き交う人もぐっと少なくなる。

廊下の端では、よく顔を合わせる老執事がポットを持って待っていた。三年前、最初にこの城へ来たときに、クロフォード伯爵家の嫡男付きの執事だと紹介された。

その向こうは低めの丘陵状になった奥庭だ。芝で覆われている。遮《さえぎ》るものもない空間に注がれる初夏の太陽が眩しい。

芝の上を歩いて庭を横切り、さらに奥へ行けば、ようやく太い木々がある。

木陰に設置してあるテーブルの上には、香りの良いお茶と、大きなパン皿に、バター、幾瓶もの果物のジャムだ。野菜もあれば腸詰め肉も揃《そろ》えられている。

リュシアンは籠からパンを取り出して皿の上に載せていった。椅子の一つに座って対面の椅子を示す彼に従って、シルヴェーヌも座る。

自分がいかに場違いなのか、分かるつもりだ。しかし、シルヴェーヌが座らないとリュシアンは次の動きをしないから、彼の望みのままにする。

真正面に座ったシルヴェーヌを満足そうに見てから、リュシアンはパンを食べ始めた。その食べっぷりに、彼女はいつも感心する。

「それだけの量、リュシーのどこに入ってゆくのかしらね。細いのに」

給仕をしてくれる老執事が、頷きながら微笑む。

「晩餐《ばんさん》でも、舞踏会でも、どんな食事もリュシアン様はたっぷり食べておられますよ」

老執事は、二人の関わりを知っている数少ない一人だ。この執事の前では二人きりと同じように話もできる。

リュシアンは、優雅に足を組んで楽しげに答えてきた。

「大量か？　すべてエネルギーになって体内に蓄積されているさ」

「リュシアン様は、剣の訓練なども長時間なさいますし、体術の修得にもご熱心です。ご勉学も、睡眠時間を削るほどしていらっしゃいますから、太る暇などないのではありませんか。引き締まって撓《しな》る素晴らしい体つきをしていらっしゃいますよ」

執事がニコリと笑って彼女を見る。

「……〈引き締まって撓る素晴らしい体つき〉って、そうなの？」

「見たいか？　シルヴィなら見せてもいいな」

「だ、だめっ」

いきなり上着を脱ごうとするリュシアンを押しとどめ、シルヴェーヌは慌ててカップを取ると、執事が淹《い》れてくれたお茶をごっくんと飲んだ。

舌が熱かったが、頬《ほお》も額も熱い。

リュシアンは大きく笑ってから、またパンを食べる。執事は微笑を浮かべてそれを眺めたあと、ポットを置いてその場から立ち去った。これで二人きりだ。

風が柔らかく流れ、高い空の下、リュシアンと一緒に過ごせるこのひとときが、好き――。

「シルヴィ？　どうした？」

「え、あ、……そうだ。これありがと。面白かったわ」

籐籠《とうかご》の一番下に入れておいた本を取り出す。リュシアンが貸してくれたものだ。

町の子供が文字を学びたければ魔導師の聖堂で習うしかないが、シルヴェーヌは、昔からリユシアンが教えてくれるので、読み書きはかなり堪能だ。

火の番をしているときとか、眠る前にランプのか細い灯りの下で本を読む。楽しく読めるのは、リュシアンの本の選別にもよるだろう。まさか彼女が城の図書室へ入って選ぶわけにもいかないので、いつも彼が選んでくれる。

次第に難解になってゆくのを感じつつ、《読めるだろう？》と言われると、意地でも読み切ってしまう。

ベルタ王国の歴史書もあれば、魔法に関する知識書もある。王宮における礼儀作法やドレスのこと、〈吟遊詩人の告白～女王陛下の毎日～〉という本もあって、興味深く読んだ。

「この本は難しかったろ？　分からないこととか、あったんじゃないか？」

「あったわ。人界と竜界の接触のことや、女王様が竜を夫として召喚することで、ベルタ王国を守ってくださることまでは分かるの。町中でも普通に話されているものね。伴侶の竜は〈卿《きょう》〉の称号を持って貴族よりも上位になる。これも、みんな知っているし」

「それなら、本の中身はほとんど理解できたということだな」

「〈ほとんど〉は無理よ。あのね。召喚された竜は、人型も本体の一つとして持つのよね。でも、竜なのでしょう？　女王陛下のお子たちは、お父上になる竜の魔法力は受け継がれないと書いてあったんだけど、そうなの？」

「そうらしい。王女殿下たちに魔法力はないが、竜を伴侶として召喚する魔法陣を持っている。

ベルタ王家の特性だ」

「じゃ他の国は？　他の国の召喚術はどういうものなのかしら」

疑問は彼を教師に見立てて聞く。リュシアンはいつも軽々と答える。

「ベルタ王国では、伴侶の竜は人の姿で外に出ることが多いから、召喚方法を隠すことはない。他国の召喚方法は、秘中の秘として隠されていて、分からない」

「だけど、竜を召喚しているのは確かなのよね」

「そうしなければ、魔法力で負けて国を守れない。軍力の中心が竜だ。それだけじゃなくて、竜のいない国は土地が豊潤にならないし、大雨や干ばつを避けきれない。竜はその地の魔法力の核なんだ」

「うーん……。利用されるばっかりって感じね……。竜自身はどう思っているのかしら」

「竜の気持ちは竜に聞くしかないだろうな」

そこでリュシアンは、またぱくりとパンを頬張《ほおば》る。美味しいと顔に出ているから、彼を眺めているシルヴェーヌは幸福感でいっぱいだ。

「次の本はこれだ」

布で包まれた四角いものがテーブルの隅に置かれていた。シルヴェーヌはわくわくとした顔で手に取って、リュシアンに礼を言う。

「いつもありがと、リュシー。おかげで、町の人が持たない知識をいっぱい持てるわ」

知識は知恵に通じて、彼女を助けてくれることも多い。

「礼はパンでいい。美味《うま》いのをたくさんだ」

「もう……っ、パンのことばっかり」

膨れてみせるが、本当に怒ってはいない。

いつもパンを理由にするリュシアンは、多分、シルヴェーヌが重荷を感じないようにと考えてくれている。もちろん、パンが好きというのもあるだろうが。

「リュシーは何でも知っているわね。眠る時間も削って勉学に励んでいるなんて大変でしょうに、身体は大丈夫なの？」

「平気だ。シルヴィの質問には何でも答えたいからな。だから勉強はたっぷりする」

微笑んで言われると、途端に何も言えなくなった。このごろ特にそうだ。

シルヴェーヌは、そっと手を伸ばして自分が焼いたパンを取る。多少は上手く焼けるようになっているはずだが、父親の季節パンにはまだ追いつけない。

（もっと上手くならないと。それしか、リュシーに返せるものがないんだもの……）

パン屋があれほど繁盛するのもリュシアンのおかげだ。

シルヴェーヌがパンを焼けるようになったのも、父親共々こうして城への出入りが許されるのも彼がいるからだ。

以前は同業者などから嫌がらせを受けていたのに、シルヴェーヌが風邪を引いたときからピタリとやんだ。あのとき、熱に浮かされて口にした彼女の言葉から考えて、リュシアンが裏で手を回してくれたに違いない。

（上手くなろう）

ぱくんと食べて、心で思う。

優しいひとときは、いつも太陽が西の稜線《りょうせん》に掛かるころまで続く。夕方が迫ると、リュシアンはもう帰れと言う。暗くなる前に家に着くことを考えているのは丸分かりだ。

彼が送って行くと言っても受け入れないシルヴェーヌだから、そういうことを細かく考えてくれる。かといって、もう来なくてもいいとは絶対に言わない。

今日もいつもと同じに流れてゆくはずだった――が、その日は同じ終わりを迎えることはできなかった。

最初に気が付いたのはリュシアンだ。表情を強張《こわば》らせた彼は、いきなり立ち上がってシルヴェーヌの後方を見て呟《つぶや》く。

「パウエル？　いつの間に来たんだ……っ⁉」

シルヴェーヌも立ち上がると、振り返った。

城屋敷の方から駆けてくるのは、魔導師の定番服となる足首までのスータンを着た長身の男だ。短マントを上から被っているから簡易装束だろうが、色が紫だった。

「宮廷魔導師さま……？」

町の中にいる魔導師たちは黒のスータンを着る。貴族家に仕える者は灰色だ。紫の衣は宮廷魔導師で、宮廷魔導師長は赤だという。

彼女が逢ったことがあるのは町の魔導師だけだ。

リュシアンが動かないので彼女もそのままで待っていると、すぐ近くまで来た魔導師は、彼に頭を下げたあと、シルヴェーヌの前に来ようとした。

すぐさまリュシアンが彼女を庇《かば》って前に立つ。そして魔道士に言う。

「来るのは二日後だと聞いていたぞ。なぜいる。——彼女に何か用があるのか？」

「リュシー……」

聞いたこともないような冷たい声音だった。広い背中を驚きのまなざしで眺める。

リュシアンの前にいる魔導師は、はぁはぁと荒い息遣いをして、すぐに返事ができない様子だった。シルヴェーヌはリュシアンの横から少し顔を出して、その魔導師を見る。

背の高さにまず驚く。リュシアンよりも高い。細いのにも驚く。ひょろりといった感じだ。

短髪にされている髪が真っ白だったので、思わず凝視してしまった。

プラチナブロンドや銀髪ではなく、ただの白髪だ。けれど老人には見えない。

どちらかといえば、リュシアンよりも少し年上という程度ではないだろうか。整った顔立ちをしている。

「も、申し訳ありません、リュシアン様。嵐が来ると予想されたので、向こうを早めに切り上げたのです。昼過ぎに到着しました。城門に〈探知魔法陣〉を仕掛けてから伯爵様にご挨拶をしておりましたら、魔法陣が反応したのですよ！」

リュシアンの背中が目に見えるほど揺れた。彼は、シルヴェーヌ以外の者に、感情を悟られるようなことはほとんどないというのに、珍しい。

（……探知魔法陣？　城門……。あのぴりっとした感触がそうだったのかしら）

魔導師は困った顔をして薄く笑う。自信なさげに見えるが、宮廷魔導師なのだから魔法力は並大抵なものではないだろう。

その魔道士に、リュシアンは素っ気なく聞く。

「反応か。それで？」

「急いで城門まで行って時間と記録を照らし合わせました。順に確かめてきましたら、こちらに辿りついたのです。そちらのシルヴィさんがですね、女王陛下の二番目のお子様ではないかと。つまりは、行方不明だった王女殿下ということです」

「は？」

リュシアンの後ろから覗き見ていたシルヴェーヌは、間の抜けた声を上げる。パウエルはすかさず彼女に問う。

「シルヴィさんは、お名前は〈シルヴィ〉さんなのでしょうか？」

目線を上げると、肩越しにこちらを見ていたリュシアンと目が合う。

（リュシー……、あまり驚いていないのね）

　深く息を吐いたリュシアンは、シルヴェーヌに代わって魔導師に答えた。

「彼女の名前は、シルヴェーヌだ」

「おぉお。なんと、ピッタリではありませんか。どうして今までお教えくださらなかったのです。確認せねばなりません。リュシアン様、どうぞ横へお退《ひ》きください」

　リュシアンは舌打ちを零しながらも、すっと横に動いた。宮廷魔導師だから従うが、自分の意に沿ったことではないと言わんばかりだ。

　シルヴェーヌの目の前に来た魔導師は、柔らかな動作で腰を屈めてから優しげに微笑む。

「わたしは宮廷魔導師のパウエルと申します。シルヴェーヌ様、お手をどうぞ。お手に触れれば、もっとはっきりいたします。あなた様のお手をここにお載せください」

　パウエルは掌《てのひら》を上に向けて差し出してきた。

　シルヴェーヌは横の方に立っているリュシアンを見るが、彼は眉を顰《ひそ》めて、視線をこちらに据えているだけだ。口はしっかりと閉じられている。

　こうなると、リュシアンの考えは隠されてしまう。幼馴染だから分かることも多いが、こういうふうにするときの彼が、頑《かたく》なに口を閉じることも知っている。

　魔導師は身分的に貴族家の下になるが、紫の衣——赤ならなおさら——を纏う者に逆らってはならない。宮廷魔導師は女王陛下に直接つながる。

シルヴェーヌの態度如何《いかん》で、クロフォード伯爵家に迷惑が掛かるかもしれないので、この場では従う他はない。

そっと手を上げて、パウエルの掌に載せる。触れた途端、ぴりりとした痺れが体中を走る。

城門のときとは違って、それは一瞬で終わらなかった。

しかも、直線的に走った痺れは、次第にうねりのような感触になる。内側から弄《まさぐ》られてでもいるようだ。

「ああ、……なに、これ……！」

「シルヴィっ！　パウエルっ！　彼女を放せっ‼」

載せていただけの彼女の手は、パウエルの両手でがしりと掴《つか》まれている。

その手を振《ふ》り解《ほど》きたくても力が入らず引き抜けない。逃げようとしても、足はぴくりとも動かせなかった。

横にいたリュシアンが彼女の傍へ一歩踏み込んだ途端、シルヴェーヌを中心にして、地面に白い魔法陣が浮き上がった。大きい。

あっという間に、パウエルとリュシアンが立っている足元も呑《の》み込んで広がり、直径五メートルほどになろうかという円を描く。内部にあるのは魔法呪文が組みこまれた複雑な文様だ。

線上に白い煙のようなものがゆらゆらと立ち昇り、シルヴェーヌは下から吹く風、あるいはエネルギーのうねりに煽《あお》られて、身体中を震わせた。

——熱い……。熱いわ、リュシー……っ。

髪もスカートも上方へなびく。彼女自身は目を閉じて奇怪な感覚に耐える。

「あ、あぁ……っ」

悲鳴のような声が上がる。

えも言われぬ奇妙な感覚は唐突にやんだ。彼女の手を取っていたパウエルの両手をリュシアンがもぎ取ったからだ。

「あ、……はっ」

魔法陣がすぅっと消える。シルヴェーヌがふらりと傾《かし》いだところで、リュシアンの強い腕が彼女を支えた。

「大丈夫か?」

「えぇ。……リュシー。なに、これ」

噛《か》みしめていた唇をホワンと開けて彼を見上げる。

腕の中にいるシルヴェーヌを覗き込んだリュシアンは、う……と声を詰まらせて視線を外した。少々苦しげな表情をした彼は、シルヴェーヌをもとの椅子へ座らせ、その横に立つ。

椅子にぐったりと腰を下ろした彼女は、肩を上下させるほどの速い息遣いを、どうにか鎮《しず》めてゆく。リュシアンはパウエルへ顔を向けると、低い声音で糾弾《きゅうだん》を始めた。

「確認するだけなら、触れるだけでよかったはずだ。魔法陣を無理矢理引き出したな!」

「ですが、その方がはっきりいたしますので」

シルヴェーヌは横に立っているリュシアンを見上げる。

彼の顔には怒りがあり、苦しさがあり、そして悲壮感さえ漂っていた。《魔法陣を引き出した》と言ったリュシアンは、パウエルが何をしたか分かっているのだろうか。

常に包み込む感じで、優しく接してくれるリュシアンとはまったく違って、好戦的で怖いような彼がそこにいた。初めて見る彼だ。

己の両手を茫洋《ぼうよう》と眺めていたパウエルは、はっと顔を上げ、シルヴェーヌのすぐ近くへ来ようとする。それをリュシアンは再度遮《さえぎ》った。

長身の魔導師は苦笑を浮かべ、先ほどリュシアンが座っていた椅子を示す。

「リュシアン様はお座りください。シルヴェーヌ様、たくさんお話しせねばならないようです。まずは、ジゼル陛下の二番目のお子様でいらっしゃることを自覚して頂きませんと。伴侶召喚の魔法陣を持っておられる。あなた様は、王女殿下なのです」

「なにかの間違いです。わたしは、パン屋の娘のシルヴィなんです！」

「そう、それですよ。奇妙ですよねぇ。城門の記入も〈モアの店のシルヴィ〉とだけしか記入されていませんでした。門番たちに聞いても、みな〈シルヴィ〉という名前しか知りません。なぜ、正式なお名前を名乗られていないのでしょうか？」

返答に詰まって、シルヴェーヌは横のリュシアンを見上げる。

彼はパウエルを睨《にら》んだままで、ぽんと彼女の肩に手を置いた。その重さが、安心感を呼んでくる。シルヴェーヌは、ほっと息を吐いて緊張していた体から力を抜いた。

リュシアンはパウエルにぼそりと答える。

「俺がそうしろと言った。どこへ行っても、愛称で通せと。城の出入りを許可する基本台帳は俺が書いた。シルヴィと書いたから、城内では特にそうしろと言ったのは俺だ」

「ほう、そうでしたか……」

「椅子にはお前が座れ、パウエル。テーブルが間にある方がいい。俺はここに立っている」

「それはだめよ。リュシーを立たせてわたしが座っているなんて」

「……いいんだ」

硬く強張《こわば》るリュシアンの顔が、端麗すぎて作り物のように見える。いつもと違う彼だが、それでもシルヴェーヌの信頼は絶大だ。彼女は、くっと唇を引き結ぶと前を向いた。

軽い歩調でテーブルの向こうへ行ったパウエルは、椅子の背凭《せもた》れを持って引く。

「そうですか、では、申し訳ありませんが座らせていただきます。いやぁ、広い奥庭ですねぇ。走ってきましたので、ひと運動した気分ですよ。おまけに、召喚の魔法陣に触れましたし。シルヴェーヌ様の魔法陣は、予想以上に強力で驚きました」

いそいそと椅子に座るパウエルのひょうきんな態度に、シルヴェーヌは思わず微笑する。

「お、いいですね、その笑顔。美しさが倍増しますよ。さて、どこからお話ししましょうか」

「どこから……。何も分からないから、どこからでも……」

「頼りないお返事ですねぇ。でも、ま、今の時点では十分でしょうか。嫌だと泣かれては困りますし、逆に喜び勇んでふんぞり返られても……。おっと、余分なことでした。では、三人の王女殿下のことから――」

彼の話は、王宮には女王陛下の竜がいるので王女たちの魔法陣が上手く作動しない。だから、王家では代々、王女は生まれてすぐに貴族家に預けられる――ということから始まった。

王女は、貴族家で伴侶召喚魔法陣の発動を練習して、十六歳になったら竜の召喚をする。できるまで、あるいはできないと分かるまで、何度もしなければならない。

現在の女王であるジゼル陛下の長女はカサンドラ姫で、王都に近いアルフレート公爵家に預けられた。次女のシルヴェーヌはもう少し離れたルイ侯爵家に、三女エレミネアはブラン伯爵家に預けられたという。

シルヴェーヌが七歳のとき、ルイ家の屋敷が火事で全焼した。

長い間、シルヴェーヌはそこで死亡したと考えられてきた――と、パウエルは次々に口に載せてゆく。

「――火事!?　……七歳のとき……？」

ドキリとして呟く。シルヴェーヌは七歳のとき、魔導師の聖堂に突如現れている。

「誰もが亡くなられたと思っていましたら、三年ほど前に、女王陛下の竜のローラン卿《きょう》が、

《次女シルヴェーヌは、こちらの方向のどこかで生きている》と指《さ》されました」

「三年前？　それまでは、何もなかったんですよね？」

「数年前にあった西の王国との小競り合いで、ローラン卿は魔法力をかなり消耗されたようです。そのせいかもしれませんが、あの方でもはっきりした位置は分からなかった。血の繋がりがありますから、あの方に分からないはずはないと思いますけどねぇ」

「……いきなり分かったのは、なぜでしょうか」

「えぇっと、三年前は十四歳でいらっしゃる。少女から大人の女性になってゆくお年頃ですから、魔法陣もそれだけ育ったのでしょうね。……で、分かったと」

シルヴェーヌは、わずかに頬を染めて俯《うつむ》く。本から得た知識によれば、二次性徴とやらが、そのころから顕著になっているはず。

（……城へパンを届けに来いって、リュシアンに言われて嬉しかったころだわ……）

頭の上方でリュシアンがため息を吐いた。悔しげにぼそりと言う。

「魔法陣は育つのか」

「そうらしいですよ。私は、訓練で強固にしてゆくものとばかり思っていました」

「俺もだ。どこにもそんな資料はなかった……」

パウエルはひくりと眉を上げてから、一旦中断した話を進める。

「陛下から密命を受けた私が、示された線上を行ったり来たりしながらお捜ししていました。

この城へも何度か来ましたよ。私が他の土地へ行って魔法陣から距離を取ると消えてしまうので、その度に探知の魔法陣を敷いていたのです」

三年そうしていたパウエル。けれどシルヴェーヌとかちあうことは一度もなかった。

「もしかしたら、今回も予定通りに動いていたら、お逢いできなかったかもしれませんねぇ」

微妙な言い回しをしたパウエルは、ゆっくり視線を動かしてリュシアンへ当てる。無表情で前を向いているリュシアンは何も言わない。

唇を震わせたシルヴェーヌは、このまま押し切られないためにと、抵抗を始める。

「――今年十九歳でいらっしゃるから、カサンドラ様はすでに召喚されておられるのでしょう？　わたしがいまさら竜を呼ぶ必要はないのではありませんか？」

「カサンドラ様は、十六歳のときに火竜を召喚されています。かといって、あなた様がもうしなくてもいいということにはなりません」

「どうしてですか。女王になる気はないと申し上げてもだめなのですか？」

シルヴェーヌはぐっと前へ乗り出し気味になって主張する。

「伴侶召喚の魔法陣を持っている以上、発動しないのは許されません。一度召喚すると、その王女殿下の魔法陣は使用できなくなります。そのときの竜が人界で消滅することがあっても次の竜を召喚することはできない。一度きりのチャンスなのです」

「チャンス……？　一度きり、なのですか」

「そうです。その一度きりで最強の竜を召喚した王女殿下が、次の女王陛下になります。それがベルタ王家に生まれた王女の義務なのですよ。国を守るための責務でもあります」

シルヴェーヌはくっと顎を引く。

王国は魔法力で守られる。竜がその地の魔法力の核となる。召喚した竜を伴侶としてベルタ王国にとどめおくのが王家に生まれた者の義務というなら、その通りかもしれない。

しかし、いきなり言われて、はいそうですかと言えるものではない。

今の両親を大切にして、その傍でパンを焼きたい。それをリュシアンに食べてもらうのが、シルヴェーヌのささやかな望みだ。リュシアンが伯爵家の嫡男である以上、ただの幼馴染としてできる本当にささやかな——ささやかでも捨てられない望みなのだ。

彼女は言葉を絞り出す。

「わたしは十七歳になっています。もう十六歳ではありません」

「十六歳というのはですね。魔法陣を発動してその場で契らねばなりませんから、そのための決まりです。実際は幾つでもいいのですよ。十六歳以上でも。それ以前ですと、王女殿下が幼すぎて上手く伴侶の契約が結べませんので、便宜上定められただけです」

「伴侶の契約……。契約なのね。……あの、契るというのは」

「夫婦の営みのことです。竜は召喚された時点で王女を伴侶として選んでいますから、発動した魔法陣の中で結ばれて、誓約の言葉を王女殿下が口にすれば契約は成立します。魂に鎖を掛けて縛るのですよ」

「魔法陣の中で……っ‼　せ、誓約の言葉って、なんですか？」

頬が熱くなってしまう。夫婦の営みに関してはわずかな知識しか持たないが、それでも何をどうするかくらいは知っているつもりだ。

肩に置かれたままだったリュシアンの左手の掌が熱いような気がする。彼の手に力が入って、シルヴェーヌの肩がくっと掴まれた。

パウエルは右手を目のところまで上げると、眉根を親指と人差し指でコシコシと擦る。

「えー……、召喚方法については、のちほど詳しくご説明いたしますね。まずは魔法陣の発動の練習をしませんと。それと、このクロフォード家で王女殿下に相応《ふさわ》しい教育を受けられて、ドレスなどを揃えていただきましょう。宮廷儀礼の練習とか、ダンスなども。最終的には、女王陛下の前へ出るわけですから、王宮へ行く準備をここで……」

「王宮へ⁉　わたしがっ！」

「そうですよ。召喚竜と一緒に」

う……と、喉が詰まる。どうすればいい。

肩に置かれていたリュシアンの手が、すっと放された。大きなぬくもりが離れていくようで、夏なのにぞくりと寒けを感じる。

慌てて彼に目を向けるが、口元が頑固に閉じられていて、何も言ってくれそうにない。

――リュシー……。リュシー、どうすればいいの？

ふと気付けば、木の影が長くなって土の上に横たわっている。周囲が薄暗い。

パウエルの魔法なのか、少し離れたところに丸い灯りの珠《たま》が等間隔で浮いていた。太陽が半分も沈んでいるのに、周囲の明るさがそれほど落ちていないのはそのせいだ。

シルヴェーヌは慌てた様子で椅子から立ち上がる。

「わたし、帰らないと。父さんたちが心配するわ」

「では、一緒に行きます。モア夫妻にお別れをしてくださいね」

間髪入れず言い添えたパウエルは、軽い動きで彼女と同じく立ち上がった。

シルヴェーヌはぎょっとして彼を見る。

「お別れ……って、なぜ。最強の竜を召喚できなかったら、女王にはならないのでしょう？　わたしは、王女の暮らしなんて少しもしてこなかった。何度やってもできないかもしれないわ。だから今までと同じに……」

「たとえ竜の召喚に失敗しても、あるいは、成功はしたが女王になられなかったとしても、王女殿下なのですから、王宮でお暮らしになることになります。もしも召喚を拒否されたり、町での生活を続けたいと主張されたりした場合は、幽閉になるでしょうね」

「……幽閉。閉じこめるということね。では、わたしが逃げ出したら？　どうなりますか」

「モア夫妻は捕えられるでしょう。あなた様が第二王女であることはもう分かってしまいましたから、王女殿下を隠していたという罪に問われるかもしれません」

「罪‼　育ててもらった礼が先でしょうっ！」

パウエルを睨《にら》み据《す》えたシルヴェーヌの青い瞳の中に、怒りの焔《ほのお》が灯ったようになる。

満足そうに頷《うなず》いたパウエルは、力を込めた声で押してきた。

「夫妻が大切なら離れませんと。あなた様が近くにいらっしゃるだけで危険です」

「父さんと母さんには何の関係もないのに！」

「先ほど一瞬とはいえ魔法陣が発動しましたから、ローラン卿にはシルヴェーヌ様の居場所がお分かりでしょう。これで三人揃われた。近いうちに、王宮へ招集されます。ご姉妹もその周囲も動かれますよ。モア夫妻を利用しようとする者が出たとして、何の不思議があるでしょうか。あなた様はすでに、王権争いの渦中におられるのです」

「巻き込んでしまうということね……」

「そうです。それだけではありません。町にいては誘拐の危険が膨れ上がります。他国に攫われたら、召喚を強要されたり、無理やりにでも他国の竜と契らされたりしますよ。あなた様から生まれた王女ごと、魔法陣を掠《かす》め取《と》りたい王国は多い。それほど、伴侶として竜を召喚できるベルタ王家の伴侶召喚魔法陣は貴重なのです」

「竜を召喚して王宮へ行く以外にはない……そういうことなのね。父さんたちのためにも、別れを告げて離れるしかないと。王権なんていらないと言っても、だめなのね」

「そうです。王位継承権は生まれながらの権利であり、魔法陣がある以上、捨てることのできない義務がある。あなたが背負った運命なのですよ」

唇が戦慄《わなな》く。手も震えた。選ぶ余地がない。

助けを求めたくてリュシアンを見る。こちらを凝視していた彼は、彼女を見つめる視線の強烈さとは裏腹に、優しげな笑みを浮かべてようやく口を開く。

「自分で決めろ。己の生きる道だ。自分で考えて選ぶしかない。もしもおまえが逃げたいと言ったら、俺の命を掛けてでも手を貸してやる。一緒に行ってほしいと願えば、すべてを捨ててそうしてやろう。だが、決めるのはおまえだ」

低い声音で言われた。シルヴェーヌは唐突に悟《さと》る。

――わたしが背負った運命とやらに巻き込んで、リュシーに命を掛けさせるの？

育ててくれた両親を危険に晒《さら》したくないと思えば、別れを告げるしかない。それはリュシアンにしても同じことだ。

――命を掛けるなんて。何もかも捨ててしまうなんて、だめ、絶対。だってわたしは。

いきなり目の前が開けてくる。

ささやかな望みがあった。なぜそういう望みを持ったのか。

――わたしは、あなたが……好き。リュシー。あなたが、好きなんだわ。

幼馴染だからではない。男性として好きだ。身分差は越えられない壁だったから、自分の気持ちに気が付かないふりをしてきた。長い間。

暗くなってくる中で見つめあう彼らを交互に眺めたパウエルは、やるせない表情をして緩く頭を振る。そして、これが最後とシルヴェーヌに尋ねる。

「どうなさいますか？」

すぅっとパウエルに顔を向けたシルヴェーヌは、はっきりと言う。

「町へ戻ります。父さんと母さんに別れを——言います。それで、いいのでしょう？」

「……お見事ですよ、シルヴェーヌ様。お一人で決断ができる。素晴らしいことです」

「どうしようもないからだわっ」

目尻に浮かんだのは、七歳の家出のとき以来零《こぼ》したことのない涙だ。頬を伝ってゆく。リュシアンが苦渋の表情で目を逸《そ》らしたのが見えると、シルヴェーヌは手の甲で急いで雫《しずく》を拭う。情に訴えてどうしようというのか。彼を巻き込んではいけない。

「では、この手をお取りください。魔法で跳びますから。〈空間跳躍〉という魔法です。怖くはありません。瞬《まばた》きの間に目的地へ着きます」

近くに寄ってきたパウエルは、再び掌を彼女の方へ出してきた。

先ほどのことがあるからひどく迷う。リュシアンは少し離れたところに立って一歩も動こうとはしないが、いつもと同じ口調で言ってくれる。

「行っておいで、シルヴィ。すぐにこちらへ戻ることになるだろうし、俺は行かない」

見放されたような気がして怖い。けれど、彼の負担になってはいけないと、パウエルの手の上に自分の手を載せた。魔法力を呼び寄せるためにパウエルが口の中で何かを唱えている間、やはりリュシアンへと視線は流れる。

魔法で浮いていた光の珠が一つずつ消えてゆく。暗くなってゆく中で、リュシアンの姿は異様なほど鮮明に見えていた。それほどの存在感があるということだ。

傍にいてほしい。しかし、自分のわがままで彼を縛れない。

載せていただけの手を、パウエルにぐっと掴まれた。次の瞬間には、周囲が真の闇に変わり、氷点下まで下がった空気を周りに感じてぶるっと身を震わせたが、そのときにはもう移動先に立っていた。見慣れた場所――パン屋の裏側だ。

これが魔法なのかと目を瞠《みは》る。町の魔導師と比べると、力量に雲泥《うんでい》の差がある。

家の裏側に積んである薪を何本か手に取っているのは母親だ。他には誰もいない。年を取ったと感じるその背に向かって、シルヴェーヌはそっと声を掛ける。

「母さん」

「ん？　シルヴィかい。遅かったね。すぐに晩御飯の……。え？　宮廷魔導師さま？」

紫色の簡易装束を見て目を丸くした母親に、これから告げることを思うと胸が痛んだ。

「あのね、母さん」

何をどう言えばいいのか分からなくて、すぐに言葉が途切れてしまう。母親は持っていた薪を地面に落として、身体を後ろへ捩《ねじ》らせると大声で呼んだ。

「お父さんっ、シルヴィがっ！　お父さんっ！」

奥から出て来た父親も、目を丸くしてシルヴェーヌとその後方に立つパウエルを眺める。

「そうか……。お迎えが来たのか。行くんだな。いつか、こういうときが来るかもしれんと思っていたが、まさか、宮廷魔導師さまが来るとはなぁ……。行き先は王宮ですかい」

「申し訳ないのですが、言えません。あなた方が危険ですから」

「危険……。そうか。そういうことなんだな」

体つきに似合わず敏《さと》い父親は、うんうんと頷く。

「父さん……、母さん……、ごめんなさい。もっとお手伝いをして、パンを焼いて……」

年を取ってきた両親に楽をさせなかった。いきなりシルヴェーヌがいなくなってしまったら〈モアの店〉はどうなってしまうだろう。心配だ。

言っているうちに母親にしがみついていた。とめどなく涙が流れて、彼女は小さなときと同じようにワンワンと泣いた。横にいた父親が、彼女と母親を両腕で抱きしめてくれる。

「心配しなくてもいいぞ。俺のパンは美味《うま》い！」

「うん」

「元気でいるのよ。できればリュシアン様に傍に付いていてもらって」

「うん」

それはもう難しいかもしれない。けれど、その点については何も言えない。

「父さんも母さんも、元気でね。いつかまた、来るから……っ」

「無理せんでもいいぞ。昔も言ったろう？　離れたところで暮らすことになっても、親子であるのは変わらん」

「覚えてる。覚えてるよ、これからもずっと……っ！」

父親の両腕が太くたくましいものであることや、母親の暖かな胸とか、忘れるわけがない。パンが焼ける匂いも、炎の調節も、体に染み込んでいる。だから、泣きながらでも離れられるだろう。

「さて、そろそろ。シルヴェーヌ様」

パウエルの遠慮がちな声が掛かり、やっとのことで腕を離して一歩下がる。シルヴェーヌは両親へ向かって深く頭を下げた。

「今まで、育ててくださって、ありがとうございました」

父も母も寄り添って、そういう彼女に微笑みかけてくれる。二人の目元が潤んでいるのを心に留めながら、シルヴェーヌはパウエルの力で再びクロフォード城の庭へ戻った。

夕方から夜に変わる忙しい時間だったにもかかわらず、連なる店屋の裏側にモア夫妻以外は誰もいなかった。それは多分パウエルの魔法によるものだ。けれど、庭に戻ったときに誰もいないのは、魔導師のせいではないだろう。

きょろきょろと周囲を見回しても、静まる広い空間に人の気配はない。

心臓の鼓動が速まる。

「リュシー、いないの？」

「夜も遅くなりましたので、城の方へ戻られたのでしょう。さぁ、シルヴェーヌ様も。今夜はひとまずお休みくださいませ。明日からは忙しいですよ」

「……えぇ」

誰もいない真っ暗な庭に設置してあるテーブルの上には何もない。片付けられただけだろうに、本来ならあるべきものがないという空虚《くうきょ》さに胸を衝《つ》かれる。

——リュシー……。傍にいてほしい。

それを望むのは、もう自分に禁ずるべきだと理性は言うが、心では彼を呼んでいた。

第二章　誓約は呪縛と同じ

伯爵家嫡男《ちゃくなん》付きのいつもの執事に、シルヴェーヌにとっては広すぎる部屋へ案内される。

真ん中に天蓋付きベッドがあった。大理石の暖炉は大きく、由緒がありそうな調度がたくさん設置されている。あまりの豪華さに眩暈《めまい》がしそうだ。

「すぐに侍女頭がお着替えを持ってまいります。しばらくお待ちください。私はこれで失礼いたします。おやすみなさいませ」

執事は深々と頭を下げて部屋を出て行こうとする。その背に向かって急いで聞いた。

「あの……っ、リュシアン様は、お部屋ですか？」

「リュシアン様は、先ほどお隣の伯爵領へ狩猟会に出掛けられました。これは元々予定されていたことです。出発自体は明日だったのですが、共連れで夜駆けするということです」

「……狩猟会？　そういうのは、聞いたことはあるけど……」

シルヴェーヌが来たときに、翌週の彼が城にいない日を教えてもらう。

そのとき狩猟会のことも説明してもらったから、狩猟が、貴族社会においてどれほど重要な社交行事であるか、知っているつもりだ。それでも、さらに聞いてしまう。

「何日くらいお出掛けですか？　お帰りはいつごろになるでしょうか」

「三週間ほどです。もとの予定は四日でしたが、長期にすると言われまして、変更になりました。……シルヴェーヌ様。余分なことですが」

「はい」

「お身様《みさま》が第二王女殿下であられたということは、城内に回状が回されております。明日は伯爵様ご夫妻とのご面談で、その後、たくさんのご勉学時間が組まれることになりました。いずれは定めの通りに竜の召喚をなされて、王宮へ行かれることになります」

「……はい」

「リュシアン様のことは、お忘れになるのがよろしいかと存じます」

目を見開いて、昼間よりもいっそう年老いたような彼の顔を見つめる。

執事とは、主《あるじ》について余計なことを一切言わない職務のはず。

それでもあえて口にしたのは、それだけ大切なことだと彼が考えたからだ。リュシアンにとって、そしてシルヴェーヌにとって大切なことだと考えてくれた。

「ありがとう、執事さん」

次第に俯《うつむ》き加減になり床を眺めたシルヴェーヌは、言いにくいことをあえて口にしてくれた彼に礼を言う。

執事は再び深く腰を折ると、静かに部屋の外へ出て行った。

ふかふかと沈むベッドでは眠れなくて、夏の上掛けを引きずりながら窓近くへ移動する。

壁を背にして座り、膝を抱えて眠る態勢に入った。床には厚い絨毯《じゅうたん》が敷かれているから、腰が痛いとか冷えるとかの問題はない。

執事が退室したあとで部屋を訪れた侍女頭が、自分は世話係だと言って絹のナイトドレスを渡してきた。彼女が着替えると、元の服を持って侍女頭は部屋を出て行った。

フリルやレースで飾られ、裾に大量のドレープがあるナイトドレスは、薄くて頼りない布地でありながら寒くはない。

（……リュシー……）

気持ちが浮いたり沈んだりして落ち着かず、涙まで出てくる。

いきなり襲ってきた出来事が自分の中で消化しきれないことに加えて、町と城に離れていても常に傍にあったリュシアンの気配がひどく薄い。

自分がどれほど彼を好きなのか、気が付いた途端、諦《あきら》める方へと頭を向けなくてはならなくなった。胸内がキシキシと音を立てて軋《きし》んでいる。

（一体、いつからこんなに好きだったんだろう……）

もしかしたら最初に出逢《であ》ったときからかもしれない。

幼馴染《おさななじみ》という関係が暖かくて、自分はそれだけで十分だった。何もなければ、そのまま終わらせていた気持ちだろう。

それが、いきなり運命の輪が廻《まわ》り、自分の想《おも》いと向きあうことになった。シルヴェーヌの運命は、リュシアンを巻きこまないためには忘れろという現実まで運んでくる。

「リュシー……逢いたい……」

抱えていた膝も涙で濡れる。明け方、疲れがきてようやく眠るまでずっと泣いていた。

毎日の習慣で、朝日が射《さ》してくれれば目が覚める。朝食の用意とパンの仕込みと朝一番の焼き上げをしないと――と、飛び起きた。

ところが、まったく知らない部屋だったから、昨夜のことをぼんやり思い出して、がっくりと肩を落とす。そこへこんこんとノックの音だ。ぎくりと身体を強張《こわば》らせる。

「誰っ？」

「昨夜まいりました侍女頭でございます」

「は、はいっ。どうぞ」

急いで立ち上がる。ふわふわと揺れたのは、大量のドレープの裾と、背中に広がった白金に近い亜麻色の髪だ。

廊下へ出る両扉が開かれると、昨夜の侍女頭が、後ろに何人もの侍女やメイドを従えて入ってきた。黒いメイド服と縞模様《しまもよう》が入った侍女服のお仕着せ集団だ。

窓際に立ち尽くすシルヴェーヌの前にザザザと三列になって並ぶと、一斉に頭を下げる。

「「おはようございます。シルヴェーヌ様」」

「お、はよう、ございます」

慌てて、一緒になって頭を下げる。

シルヴェーヌがぺこりとしたのを見て、後ろの方のメイドが微《かす》かに笑った気がした。彼女が急いで顔を上げると、くすくす笑いはさらに広がる。

昨日までは、リュシアンの後ろに付いて陰口を叩かれながら廊下を歩いていた身だ。そぐわないのを考えれば、床で寝たりして――と、笑いが浮かんでも仕方がない。それは分かる。

いきなり軽い調子で言われる。

「パンを焼いてくださるのですよね。でも、町のパン屋じゃ美味《おい》しくないわね、きっと」

あからさまに笑いを零《こぼ》す者もいれば、むっと押し黙る者もいる。場が乱れた。

――ナニ、これ。

恩のある両親と別れてここへ来ている。

貴族家に入りたいからではなく、王女だったのを幸運に思ったからでもなく、脅迫《きょうはく》まがいの言葉を吐かれてどうしようもなくそうした。他の選択肢はなかったのだ。

貴族社会のことを何も知らないから嗤《わら》われるのは仕方がなくても、〈モアの店〉をバカにされては黙っていられない。

町でたくさんの〈お客さま〉に対応してきた。嫌な人もいたから反発することもあったが、笑顔で流してきている。そういうふうにするよう、父親に教えられた。

両親から学んだことは多い。場所が違うからといって下を向いてどうする。

それに、リュシアンの生活空間で怯《おび》える姿など晒《さら》したくない。こんな者を彼が守っていたのかと思われるのは嫌だ。リュシアンに対する侮辱《ぶじょく》にもなる。

——父さん。母さん。リュシー……。見ていて。

シルヴェーヌはくいっと頭を上げ、彼女らを真正面から見る。窓から射してくる太陽を背にしてニコリと笑った。

泣きながら眠ったから顔が腫れぼったくなっているが、そこは笑顔で押し隠す。

「パンは、ほしいと言ってくださる方にはいつかお作りしましょう。美味《おい》しいかどうかは、食べてから判断してくださいね。あなたには特別美味しいパンを渡したいから、頑張るわ」

その場は静まり返り、パンのことを口にしたメイドは真っ赤になった。

そこへぱんぱんと手を鳴らす音がする。

「シルヴェーヌ様が、パンをお作りになられるのは、しばらく無理でございましょう。王宮の厨房《ちゅうぼう》でお試しくださいませ」

メイドたちの横に立っていたはずだが、すっかり存在を忘れていた侍女頭だ。モアの母より若く見えるが、シルヴェーヌよりかなり年上なのは間違いない。

恰幅《かっぷく》のいい侍女頭は彼女の前に来ると、深く腰を折ってから、身を起こしてくるりと振り返った。そして並んでいる侍女やメイドたちに言い渡す。

「今、パンのことをとやかく言った者と笑った者はここから出てゆきなさい。城での仕事はもうないと思って、身の回りのものを整理するように」

「えっ？」

驚きの声を上げたのはシルヴェーヌだけだ。

蒼褪《あおざ》めた顔をして動き始めた者と、満足そうに口端を上げた者の二手に分かれる。

「ささ、湯殿とお着替えの用意ですよ。すぐに動いて！」

あっという間にその場が動いてゆく。侍女頭はシルヴェーヌへ向き直った。

「パウエル様とクロフォード伯爵様がご相談されてのご指示です。シルヴェーヌ様は、これから大仕事が待っているので、お心にご負担をお掛けしてはならないということと、できる限りのお世話をすることを申し付けられました」

大仕事とは、竜の召喚だ。奥歯を噛《か》みしめてしまう。不安が一気に膨《ふく》らんだ。

彼女の様子を見た侍女頭は、ずずっと一歩近づく。

「そして。よろしいですか！」

「はいっ」

「私からも気が付いたことは、申し上げるようにとのことなので言わせていただきますが。侍女やメイドなどの使用人に頭を下げてはなりません！　立場の違いをお心に留められませ」

「わ、分かりました」

「床の上で眠るのもおやめください！　隙を見せれば、軽んじられて当然です。ベッドが寝にくいと感じられましたら、従事するメイドに申し伝えてくだされぱいいのです。心安くお眠りいただくためにベッドを整えるのは、その係の仕事なのですから」

仕事に関することなら一歩も引かないという意気込みで迫《せま》られる。

ベッドの上で眠れ——とは、多分、王女が床で寝てはいけないというのと、ベッドメイクをしているメイドたちの労力を無駄にしてはいけないという二つの意味がある。

シルヴェーヌは、侍女頭の言葉を噛みしめた。仕事に誇りを持つ姿勢は、彼女にも理解できるものだ。続けられる言葉も黙って聞く。

「ご用意が整い次第、伯爵様ご夫妻との〈ご歓談〉となります。そのときも、王女殿下の方が、御身分が上だということをお忘れにならないでください。万が一にも、伯爵様に落ち度ありと王宮で言われるようなことがあっては、皆が困ります」

侍女頭は緊張した面持ちで締めくくる。

「クロフォード伯爵様と、この領地で生きる者たちのためにも、どうぞ気品のある誇り高い王女殿下に、そしていつの日か威厳ある女王陛下に、なられますように」

ぐっと唇を噛んで深々と頭を下げるその態度には、言い過ぎていたら処分も受けるという彼女の覚悟が滲《にじ》み出《で》ていた。シルヴェーヌのため、そしてクロフォード伯爵家と領民のことを考えて、侍女頭は口を開いたのだ。

シルヴェーヌは、侍女頭の言葉を深く呑み込んでから、真摯《しんし》な表情で答える。

「分かりました。ありがとう、言ってくれて」

ぱっと顔を上げた侍女頭は、緊張していた肩から力を抜いた。今度は柔らかく笑う。

「メイドへのあの返しはよかったですよ。これからもそうやって頭を上げていてください」

「ええ。頑張るわね」

顔を見合わせて笑う。泣き笑いになってしまった。

なにもかも一度にはできない。後戻りはあり得ないのだから、ゆっくりでも納得するまで考えて、少しずつでも進むしかない。それが自分のやり方だ。

店に並べられるパンを焼けるようになるのも数年掛かっている。


湯殿で身体と髪を洗ってもらう。家族以外の人の手で洗われたのは初めてだ。入浴を人の前でするのも大層恥ずかしいことだった。

大判のリネンを何枚も使って髪と身体の滴《しずく》を取ってもらう。香油を塗られ、ブラッシングまでしてもらった。髪も結ってもらい、ドレスも着付けてもらう。

すべて自分以外の人の手を煩《わずら》わせている。こういうのにも、いずれ慣れてゆくのだろうか。

ドレスは彼女にぴったりだ。髪飾りもあれば、指輪やネックレスも身に着けてゆく。どれもこれもサイズは合っていた。

着付け役の侍女たちが口々に褒めてくれる。

「「素晴らしいお姿ですわ。お美しいです」」

姿見に映った自分の姿があまりにいつもと違うので、まじまじと見入る。本当に褒めてもらった通りなのか、自信はない。シルヴェーヌは不安げに口を開く。

「サイズはぴったりね。どなたのドレスなのでしょう」

「王女殿下に他の方の着回しのドレスなど持ってこられません。これは、リュシアン様のご指示で、シルヴェーヌ様のために前々から仕立てられていたものでございます。指輪などもそうですし、他にもまだたくさんありますよ」

侍女頭が答えた。シルヴェーヌは唇に強張った笑みを浮かべて、昨日、リュシアンに言われたことを思いだす。

『この間見繕《みつくろ》ったのは、おまえの髪の色に合わせてあるんだ。それは着てほしい』

明るいゴールド系のこのドレスがきっとそれだ。白と藍色のレースがアクセントになっていて、大層派手で美しい。彼女のサイズは見ただけで測れたのだろうか。

目を瞬《しばたた》いてしまう。彼には聞かなくてはならない。

（あなたは、こうなると予見していたの？　ね、わたしが王女だと知っていた？）

衣装室へ迎えに来た執事と一緒に、長い回廊《かいろう》を渡って伯爵夫妻の応接間へ行く。扉が開かれて中へ入れば、初めて逢う壮年の男性と静けさを漂わせた夫人が並んで立っていた。

クロフォード伯爵が両手を広げて歓迎の意を表し、明るく言う。

「おぉ、これは美しい。私が伯爵領の領主クロフォードです。こちらが妻です」

二人はシルヴェーヌに深く頭を下げる。

伯爵夫人は、スカートの端を摘《つ》まんだ優雅で美しい貴婦人の礼だ。伯爵は、男性のお辞儀とはこういう形なのかと見惚《みと》れるような、きりっとした動きだった。

ふとリュシアンの動作に近いものを感じて、シルヴェーヌはほっと息を吐く。

リュシアンは、自分の養父母のことを悪く言ったことはない。批判もしない。むしろ感謝していたから、初めて逢うクロフォード伯爵夫妻には親近感に近いものを抱く。

「シルヴェーヌです。初めまして」

少し目線を下げ、軽く頭を下げる。侍女頭の言ったことを念頭に置いているが、どうしたらいいのか分かった上ではないから、さぞかしぎこちないことだろう。

「シルヴェーヌ様。知らぬこととはいえ、長い間失礼をいたしました」

「いえっ、そんなっ。わたしも知らなかったことですし……っ！」

急いで答えると、伯爵は鷹揚《おうよう》に笑う。夫人も口元を手の甲で隠して笑った。優雅だ。

ソファを勧められ対面に座る。顔を赤くしたり青くしたりしながら、シルヴェーヌは伯爵夫妻と〈歓談〉という時間を過ごした。

緊張は凄まじく、何を語り、どう返事をしたのか、断片しか記憶に残らない。

ただ、一つだけ、心臓が痛くなるような話が出た。

「リュシアンが、あなた様を妻に迎えたいと申しておりました。息子は伯爵家の嫡男として実によくやっていたので、私たちもあの子の願いなら叶えたいと考えたのです。身分のこともありましたから、妻の血縁者にあなた様を養女にしてほしいと打診しておりました」

目を見開いて伯爵夫妻を凝視してしまう。

「それがこういうことになって、嬉《うれ》しいような、寂しいような。いえもちろん、お身様がこちらの領地におられたことは喜びではありますが……。リュシアンには、あなた様が十八歳になるまで待てと伝えていました。待たせて正解だったようですね」

「そうですか……。リュシアン様が……」

言葉が続かない。そこまで考えていたリュシアン。それなのに、彼女には一言もなかった。

それは、事態がどう進むか分からなかったからだろうか。

（……あなたの気持ちを知りたい。でも、いまさら聞いてはいけないかもしれないわね……）

伯爵夫妻は、身分違いでも方法を考えてリュシアンの望みを叶えようとしていた。彼は、ここで大切にされているのだ。それが自分のことのように嬉しい。

「しばらくご滞在頂けるのは、わが城の名誉でございますな。場所の提供はもちろんですが、ご入用ならどんなものでも用意させましょう。どうぞ、ご勉学に励んで、ゆっくりお過ごしください。そして最強の竜を召喚されますよう、心よりお祈り申し上げます」

「――はい。ありがとうございます」

伴侶として竜を召喚する。本当にできるのだろうか。

笑みを浮かべていても緊張と不安で手が震える。

――リュシー……っ。

声には出せない。傍にいてほしいと望んではいけないのに、心は彼を呼ぶ。

クロフォード伯爵は、そういったシルヴェーヌの様子をつぶさに見ていたが、それ以上はなにも言わずに、初の顔合わせを終了させた。


翌日からは、知識の詰め込みとダンスなどの特訓だ。毎日、入れ代わり立ち代わり博士やら教師やらがシルヴェーヌの前に現れる。

リュシアンが貸してくれた本のおかげで、ベルタ王国や周辺国に関しては知っていることも多かった。礼儀作法なども知識としてなら持っている。だから、内容はすぐに高度化した。まさに女王になるための英才教育が施される。

詰め込み状態なのはありがたい。誰にも内緒にしているけれど、夜になってベッドに入るといつも涙ぐんでしまう。が、疲れているのですぐに眠りに入れる。

「リュシー……。逢いたい……。リュシー……傍にいて……。声が、聞きたいの」

誰も聞いていないからと、呟きながら眠っている。

そうして一週間過ぎると、勉学の合間に召喚術を学ぶ時間が組み込まれた。

場所は城の屋敷部分になる二階の一室だ。かなり広く、天井も高い。調度品は隅に少し置かれているだけだから、部屋の中はがらんとした大きな空間が確保されている。

今後は、午後のお茶の時間から晩餐《ばんさん》まで、目いっぱい使う予定になっているという。

師となるのはパウエルだ。

彼は一週間ぶりにシルヴェーヌと逢った途端、うわぉと声を上げた。

「これはお美しい！　元々端麗なお顔と均整のとれた体つきでいらっしゃいましたが、ドレスを纏《まと》われると本当にお綺麗ですよ！　いや、驚いたな。すっかり王女殿下ですね」

〈お世辞〉だろうから惑わされてはいけないと思っても、ここまであからさまに褒められると、いっそ恥ずかしくなって頬を染めてしまう。

「ありがとうございます。パウエル様。ドレスのおかげです」

リュシアンが見立てたドレスは、どれもこれもシルヴェーヌに似合う。

「奥ゆかしいところも、お美しさの糧《かて》となりますね。さてさて、王宮へ行ってジゼル陛下にご報告申し上げてきましたよ。喜んでおられました」

シルヴェーヌは、はんなりと微笑《ほほえ》んだ。するとパウエルは、細い眉を寄せる。

「大丈夫ですか？　なんだか寝不足のような……」

「……大丈夫です」

眠りが少ないのは事実でも、それを口に出すことはない。ずっと気が付かずに育てていた想いが、もっと大きく、もっと深くなっている。それだけのことだ。

「うーん……まぁ、ご本人様がいいと言われるなら、このままやらせていただきますが」

窓近くの対面のソファに座って、パウエルの講義を受けることから始まる。

「今後の流れですが。今から半年後を目途に、王女殿下たちには〈王宮へ来るように〉というジゼル陛下からの招集命令が下されます。シルヴェーヌ様には、それまでに竜を召喚していただかなくてはなりません」

前振りだけで緊張してしまった。パウエルは淡々と先を続けてゆく。

「招集された王女は、伴侶の竜と三つの貴族家の推薦状を持って……。えー、推薦状というのは、あなた様が女王になるのを推薦しますという証書です。ようは後ろ盾の名乗りですね。お生まれのときに託された家がまず証書を出します。その他に二家、ということです」

「わたしには、そういった関係はありません」

「ありますよ。このクロフォード伯爵家、次に、最初にあなた様を託されたルイ侯爵家。この二家は間違いなく証書を書くでしょう。最後の一家は、ま、そのうち見つかりますよ」

貴族社会のことはまだまだ勉強中だ。表面上の地位とか地図上の領地の位置などは知識として頭に入れても、細かな人物像など見当もつかない。

ベルタ王国は、広い領土を掌握するために、女王に忠誠を誓う貴族たちによる、領地管理方法が取られている。

国の法は女王の元で作成されるが、すべてを同じ状態にはできず、貴族家の能力しだいで栄える地もあれば、萎《しぼ》む地もあるようだ。

元々栄える地に任ぜられている貴族家は、王宮へ出仕して政務に携わることができる。国の法を自分の領地にとって都合のいいものにできれば、さらに栄える。

貴族社会での彼らの権力争いは熾烈《しれつ》だという。証書は、その戦いを有利に導くということだろうか。

視線をさ迷わせたシルヴェーヌの言いたいことをパウエルはすぐに察した。

「王女殿下を預かるのは、どの家でも大歓迎です。将来その王女が女王になれば、そのまま政務の重鎮となれますからね。大臣、側近、あるいは宰相です。推薦する三家もそこに入り込めるのですよ。だから、証書も気持ちよく書いてくれるのが普通です」

「女王になれると決まったわけでもないのに？」

「何もないよりはいいのですよ。権力闘争に敗ければ不遇を見る。ただ、女王の権威にまで手を伸ばそうとする者はいません。竜が傍についていますから。王宮は、女王と竜の下に、権力と財力を求める貴族社会と、上昇志向の官吏社会が犇《ひし》めきあっているのです」

だからこそ、最強の竜を呼び寄せた者が最高権力を握る。最強でなければ、基盤が揺らいで国全体が危うさで覆《おお》われてしまうというわけだ。

他のこともあれこれ説明される。一通り話し終えると、パウエルは腰を上げた。

「では、やってみますか。この広間の真ん中でお立ち願います」

「あの、具体的にどうすればいいのでしょう」

同じように立ち上がった彼女の背中を、パウエルは柔らかく押して中央へ誘導してゆく。

「それほど難しいことではありません。竜を呼ぶだけです。《竜よ、来たれ》と何度も言います。この段階では言葉を変えてもかまいません。《夫になるために来て》でもいいし、《伴侶よ、来たれ》でもいいのです」

「……それから？」

「呼びながら、心の中で自分の夫となる者の姿を思い描きます。このあたりは個人的な違いがでますね。魔法陣は呼び掛けと共に広がります。完全に発動すれば、あなた様の前に伴侶としての竜が、想像した通りの人型で降り立ちます。その場で契《ちぎ》るわけですね」

頬が上気する。乙女が考えるには恥ずかしい内容だ。

「……ここで契るとか、可能なのでしょうか？　初めて逢う相手、ですよね？」

「可能です。魔法陣の作用で肉体的な準備もされるようですよ」

庭で強制的に発動されたとき、ずいぶん奇妙な感触が身の内で生まれた。あれのことだと思い至ると、身体が強張ってしまいそうだ。

「パウエル様は……、ここに、ずっといらっしゃるのですか？」

「魔法陣の中にいては竜は現れませんので、魔法陣の外で様子を見ています。行為が始まりましたら、魔法陣全体が半球の魔法エネルギー壁に囲まれて、外からも内からも視覚は遮断されます。他者が眺められるような状態にはなりません。御心配なく」

ほっと胸をなでおろす。

部屋の中央で、パウエルに顔を向けたシルヴェーヌは、最後に肝心なことを聞く。

「……ち、契りのあとで誓約の言葉でしたね。何と言えばいいのでしょうか」

「そのときの想いを唱え、そこに一言混ぜるのです。《わたしはあなたを愛しています》と」

「――え……？　それが誓約の言葉なのですか？」

「はい。言霊《ことだま》のようなものですね。魂に鎖を掛けて縛るのだと聞きました」

「伴侶としてやって来た竜の魂を、言葉で縛るのですか」

「そういうことになりますね。竜は、その言葉で縛られて、王女殿下が死ぬまで竜界へは戻れません。伴侶となった王女、または女王のために、魔法力を使い続けます。魔法力の枯渇《こかつ》で死亡すると、人界であっても自動的に分解され、塵《ちり》となって消滅するのですよ」

胸の奥がざわざわとさざめく。以前も考えたのだ。利用されるばかりの竜たちは、何を思うのだろうかと。

そこまで話すと、パウエルは広間の中央にシルヴェーヌを残して壁際まで下がる。

「さぁ、始めてください。失敗しても構いませんよ。何度でもやればいいのですから」

シルヴェーヌは無言でこくんっと頷《うなず》いてから始める。

（《竜よ、来たれ》と唱えて、夫の姿を心に描いて、ち、契って、誓約の言葉ね……）

「竜よ、来たれ」

何度も口の中で呟きながら、脳裏で夫となる者の姿を想像する。

（夫。……伴侶。こうして思い描けば、竜の方でそれを感知して、呼応するものが竜界から人界へ渡ってくるのね。その時点で、竜は王女を伴侶として選んでいるということ。でも、わたしたちからすれば、契約なんだわ……。魂を縛って帰れなくするのね……）

想像する。自分の夫。ずっと一緒にいたい人。できれば、彼女がパンを焼いて、それを食べてくれる人がいい。美味しいと言ってもらえたら――幸せ。

「来たれ、来たれ、竜よ」

無意識にも、両手を迎え入れるような形に開いて胸の辺りまで上げる。

シルヴェーヌの周囲に白い線が浮き上がってくる。床に描かれてゆく美しい伴侶召喚の魔法陣が彼女の視界を掠《かす》めた。

複雑な文様に、魔法文字。太い線と細い線がさまざまな弧を描きながら入り混じっている。その線上から魔法エネルギーがゆらゆらと立ち昇り始める。白に色づく空気の揺らめきだ。

下から吹き上がる風となったエネルギーのうねりで、ドレスの裳裾《もすそ》がはたはたと靡《なび》く。明るい亜麻色の髪が舞い上がった。

「来たれ、来たれ――」

すらりとした上背、派手な金褐色の髪と黄金色の瞳。陰影の深い面差し。

柔らかな口調でも、はっきりとものを言う唇。シルヴェーヌ以外へは、凍るような視線を向けるときもあると最近知った。

けれど彼女には、美味しいと言いながら、笑ってパンを食べてくれる姿こそが彼だ。

――あなたが好き、リュシー。

どきんっと大きく鼓動がうち、目を見張った彼女は意識の集中を崩した。

――リュシー、じゃないわ。何を考えているの。

乱れた意識では、魔法陣は発動の初期段階で揺らぎ始める。舞い上がっていた空気が萎《しぼ》んで、魔法陣も、ふしゅー……と消えてしまった。

シルヴェーヌが、はっと我に返っても遅い。呆然《ぼうぜん》と立ち尽くす彼女の前に、さほどの落胆もなく歩いてきたパウエルは、ニコニコしながら慰める。

「最初ですからね。こんなものですよ。落胆せずに。ほら明日もありますから。えー…っと、途中で何を考えられました？　夫の姿を想像するときに……もしかしたら、リュシアン様のお姿が浮かびましたか？」

「……」

止めようもなく頬が上気した。それが返事になってしまっただろう。

パウエルは苦笑した。シルヴェーヌは肩を落とす。その日はそうやって終わった。

次の日からは毎日、午前中と午後の早い時間までは勉強、お茶の時間からパウエルと質疑応答をしたのちに魔法陣を発動させる。その繰り返しだ。

しかし、何度やっても、夫の像を上手く結べないので竜を召喚できない。どうしてもリュシアンの姿になってしまう。

焦ればますます上手くいかず、そうこうしている間に次の一週間が過ぎた。

彼女が王女だと知れてから二週間だ。リュシアンはまだ戻らない。


失敗を何度も繰り返すと、体力よりも精神が疲弊してくる。

じっと見ているだけの魔導師パウエルは、いつも同じ微笑でシルヴェーヌを慰めてくれる。

今日は最初から、髪や瞳の色、動きなどのイメージを決めておいた。本で見た異国の王子の肖像画を元にしている。ところが、いつもより短い時間で魔法陣は消えてしまった。

パウエルに内容を話すと、彼はにこやかに彼女を諭《さと》す。

『計画して呼び込むのは無理でしょう。求める心が重要なのです。魔法陣を持っていても発動できない王女殿下もたまにいらっしゃいますが、シルヴェーヌ様は途中まではおできになる。発動しながら召喚までいかないのが変なのですよ……』

彼に分からないことが彼女に分かるはずもなく、シルヴェーヌは自室へ戻った。

晩餐《ばんさん》は部屋で取ることにして閉じ籠る。気持ちが沈んで仕方がない。

湯を使ってナイトドレスを纏ったシルヴェーヌは、少し早い時間だったがベッドに入る。けれど、どうしても寝付かれない。

仕方がないので、気晴らしも兼ねて夜の散歩をしようと考えた。ナイトガウンを羽織って、室内履きだけで部屋から出る。

庭まで出るのはさすがに躊躇《ためら》われた。城内は広いから知らない場所へ行っては迷う。結局、とぼとぼと歩いて行く先は、魔法陣を発動するいつもの広間だ。

城の内外は衛兵が巡回しているはずだが、不思議なほど誰にも出くわさずに行き着く。

部屋の明りは灯《とも》されていない。それでも、カーテンが引かれていない窓から、月の冴《さ》えた光が室内に入っていた。とことこ歩いて、窓近くのいつものソファに座る。

夜空に浮かぶ丸い月を眺めて思うのは、リュシアンのことばかりだ。

──逢いたい、リュシー……。

逢いたくて、逢いたくて。思うだけならいいだろうと、気持ちを解放する。

どれほど時間が過ぎたのか、いきなりがちゃりと扉が開いたので、驚いてそちらを見た。奥の方は月の光が届かず、誰が来たのか分からない。けれど、感じる。

すぐに、予想通りの声が耳に入ってきた。

「シルヴィ？　どうした、こんな時間に」

「リュシー……。狩猟会は？　まだ帰る予定ではないでしょう？」

「予定を切り上げて戻ってきた。誰かに呼ばれているような気がして仕方がなかったんだ。今も、気持ちがざわめいて眠れそうにないからここへ来た」

ソファから腰を浮かせた彼女は、次第に輪郭がはっきりするリュシアンを見つめる。

立ち上がったまま動けないシルヴェーヌの前まで来たリュシアンは、彼女を上から下まで眺めたあと、きつく言う。

「どういうつもりだ。ナイトドレス姿で、一人か！　危険もあるし、不名誉な噂《うわさ》も流れる。教師たちはそういうことを教えているだろうにっ」

「リュシー……。ごめんなさい、考えなしで。眠れなくて……」

「だからといって、催しもないのに、こんな時間に部屋の外へ出るなんて。おまえは王女殿下なんだぞっ。おかしな噂でも出たら、おまえが困ることになる……っ。シルヴィ？」

叱咤《しった》の言葉を聞いているうちに、ぽろぽろと涙が零《こぼ》れる。彼の顔を見て、声を聞いて、胸の奥深くからこみ上げるものが涙を溢《あふ》れさせた。叱ってもらえるのさえ嬉しい。

リュシアンは、ぎょっとして目を見開き、両腕で彼女を抱きしめる。

「泣くな……。おまえに泣かれると、苦しくなる」

こんなふうに抱きしめられては、もう止まらない。気持ちが迸《ほとばし》ってしまう。

「……逢いたかった。また出掛けてしまうの？」

「竜を召喚して、抱かれて、伴侶になるんだろうが。そんなものを俺が見たいと思うのか？

狩猟会にかこつけて離れていたのに、まだ契約を完了できていないなんて。俺はまた出掛ける。

もう俺のことは忘れろ」

シルヴェーヌは、涙で濡《ぬ》れた頬と、眦《まなじり》に次の滴を溜めた瞳をリュシアンへ向ける。

「召喚ができないの。だって、夫となる者を想像すると、リュシーになっちゃうんだもの！」

もはや無我夢中だ。ここで離されては心が壊れてしまうと思った。

「シルヴィ……。それは……」

見つめあう。彼の金色の眼が激しく瞬《またた》いて彼女を凝視している。唇が近づいてきた。心臓がドキドキと高鳴る。

目を閉じる。唇が合わさる。優しく触れ、角度を変えながら、また触れた。

次第に強く押し当てられ、シルヴェーヌの唇に隙間ができると、もっと強く押してくるリュシアンの唇で大きく開けられる。今度は舌が潜ってきた。

「ん……っ、んっ……ふぁ、……」

散々口内を嬲《なぶ》ったリュシアンは、唇を離してもう一度きつく彼女を抱きしめる。

交互になった顔の加減で、シルヴェーヌの耳元に彼の唇がくる。

「おまえは聞いていないんだろうな。処女でなければ、召喚は出来ないってことを」

「……そうなの？」

「ここで俺がおまえを抱いてしまえば、竜を召喚することはもうできない。十八歳まで待たずに抱いてしまえばよかったんだ。だけど、おまえはみんなに祝福されたいだろう？」

唖然《あぜん》として開いていた口を動かして、シルヴェーヌは彼に聞く。

「やっぱり知っていたのね？　王宮から隠していたの？　わたしを」

「そうだ。どう転ぶかわからないから、おまえを隠しながらでも準備はしてきた。準備はしても、隠しきれるつもりだったんだ。誰にも疑問を持たせず正当に手に入れて、魔法陣が発動できなくなれば気付かれることもない。あと一年だったのに！」

運命は彼女が十八歳になるまで待ってくれなかった。

「ここで抱いて魔法陣が発動できなくなっても、おまえの中には残る。王女だというのが知れた以上、誘拐を避けるために閉じ込められるだろう。シルヴィ、俺と逃げよう」

「だ、だけど、父さんと母さんは？　クロフォード伯爵様と奥方様は？　捕まってしまうんじゃないの？　追手も掛かるわ。リュシー、あなたを追われる者にしてしまうっ」

現在の状況に甘んじるのは理由があるからだ。巻き込みたくないと考えたはずなのに、自分はなんと弱いのか。

これではだめだとシルヴェーヌは首を横に振った。リュシアンは顔を歪《ゆが》める。

「おまえに俺を選ばせないのは、この状況だ。だから、今度は俺が選んで、攫《さら》ってゆく」

抱き上げられて、すぐ横のソファに仰向《あおむ》けの状態で下ろされる。リュシアンは直ちに彼女の躰《からだ》の上に覆《おお》い被《かぶ》さってきた。

迷いを載せた視線で見上げれば、彼は早い口調で言う。

「おまえを抱く。……実は、俺も初めてだから手ひどくなるかもしれないが、許してくれ」

「初めて？　だけど、リュシーはすごくもてるでしょう？　引く手数多《あまた》だったじゃない」

こんなときなのに聞いてしまう自分は、ずいぶんそれを気にしていたようだ。

リュシアンは嬉しそうに笑う。

「妬《や》いていたのか？　誰とも関係したことはない。おまえにしか欲情しないんだ。俺にとって、おまえはただ一人の女だってことだ。シルヴィ、抱きたかった、ずっと」

シルヴェーヌの顔がかぁっと赤く火照る。あからさまな物言いに羞恥が募った。

「そんな、わたし、そ、そ……でもっ、大騒ぎになるわ。伯爵様たちが罪に問われかも――、待って、ね、リュシー、落ち着いて」

彼を押し上げようと手を突っぱねてもびくともしない。

リュシアンは、あっという間に豪奢《ごうしゃ》な上着を脱いで、下に着ていた白いドレスシャツの首元のボタンを片手で外し始める。

彼のもう一方の手は、起き上ろうとしたシルヴェーヌの肩を押さえた。

シルヴェーヌは、リュシアンを避けて逃げようとするが、その動きでくるんと身を返されてうつ伏せにされてしまう。

驚いた彼女は、背を反《そ》らして後ろを振り返りつつ制止の声を上げる。

「待って、リュシーっ」

まず剥《は》ぎ取《と》られたのはナイトガウンだ。次にナイトドレスの肩紐《ひも》を強く引っ張られ、縫い目を千切られて、胸のところのギャザー部分をずるっと下ろされる。乳房が出た。

慌てたシルヴェーヌは、うつ伏せでも両手で胸を隠す。これですっかり無防備状態だ。

背中にキスを落とされた。背筋につつ……とリュシアンの舌が這《は》ってゆく。

「きゃっ……、す、吸わないで。くすぐっ、た……あん」

「そうか。背中も好《い》いんだ」

大量の絹布は滑りもよく、リュシアンの手で腰まで下げられる。そして上向きにまたころりと体勢を変えられると、覗《のぞ》き込《こ》んでくるリュシアンと目が合った。

彼の瞳は、まさしくこれが男の情動だと言わんばかりの勢いで、熱っぽい。

くわぁぁと首筋まで赤く染まる自分を意識した。恥ずかしい。視線を肌で感じる。

胸を隠している両手首を取られて広げられると、二つの白い山——乳房が彼の目に晒《さら》される。

そこへ向かって降りてくる唇に気が付くと、目をぎゅっと閉じるしかなかった。

右の胸にリュシアンの唇が触れる。

「あ、あ……っ」

両手は頭の上で彼の片手だけで纏《まと》められ、リュシアンのもう一方の手がシルヴェーヌの左胸に当てられた。大きさや形を確かめながら動く大きな手の平で、膨らみを撫《な》でられ、包まれ、ぐっと掴まれる。

「想像していたより大きい。こういう形なんだな。綺麗で、好いよ、シルヴィ」

幼馴染の所以《ゆえん》なのか、本音だと分かってしまうから恥ずかしくてたまらない。

「ん……っ、あ、あぁ……っ」

ぎゅっ、ぎゅっ、と揉《も》まれておかしな息が漏れる。布地が纏わりついた腰のあたりに、いつの間にかリュシアンがいた。自分の足が大きく開いていて驚く。下着はないのに。

胸元をついばむ唇で乳首を丹念に愛撫《あいぶ》されると、たとえようもない感覚が躰《からだ》を走り始める。

「乳首が、だんだん硬くなる。芯があるみたいだ。……感じるとこういうふうになると本に書いてあったんだ。感じるか？　シルヴィ」

聞かないでほしい。答えられない。彼女だって、詳しいことなど知らないのだ。

「あ……っ、はっ……あ、強いから、もっと……」

「もっと？」

「……な、舐《な》めて、優しく、摘まんで……、あぁ……っ」

二人で彼女の身体の反応を試している。けれど乱れてゆくのは己ばかりのように思える。ひっきりなしに漏れてゆく息は、どこか甘い響きで自分の耳にも入った。

乳房を掴んでいた彼の手が、絹の塊を潜《くぐ》り抜《ぬ》けて陰部を撫ぜる。

「ひぁっ、あぁ、だ、め、リュシー……っ、そこは、だめぇ……」

両手を上げている狭い中でシルヴェーヌが頭を振る。髪がリュシアンの手を叩いて乱れた。

「邪魔が入る前に、挿《い》れたい……っ。シルヴィ……、ごめん」

邪魔というのはパウエルのことだろうか。魔導師が現れる気配はない。今はまだ。

リュシアンの指に力が入って、硬く閉じていた陰唇を割る。内部に潜った。

「あぁ……っ！」

目をぱっと開けて、シルヴェーヌは背を反らせる。すると、彼女を中心にして一気に魔法陣が広がった。

ソファもテーブルも関係なく広がる。窓の外に出てしまう大きさなのに、難なく壁をすり抜けて白い線が走る。窓の外は空中に浮いている状態で発動した。

空気の揺らぎが線上に立ち昇ると同時に、シルヴェーヌは自分の感覚が蕩《とろ》けてゆくのを感じる。とろりとろりと肉体が熱く疼《うず》いて、女陰の奥の方から何かが漏れてきた。

蜜路の入り口を潜っているリュシアンの指を濡らしてゆく。

「あ、あ、……あぁ……あ、あ、……っ」

いつの間にか頭上で纏められていた両手が外されていた。躰がとろとろと蕩けるばかりのシルヴェーヌは、自分の一方の手の指を口元に持ってきて舐めているのにも気が付かない。

胸の先端を咥《くわ》えているリュシアンの頭上にもう一方の手を置いている。それも意識の外だ。激しく身悶《みもだ》え始めた自分を自覚できない。

「あん……っ、あん、あん……っ」

「すごく、濡れてくる。……シルヴィ、感じるのか？　下の口が俺の指を食ってるぞ……」

「いやぁ……、言わないでぇ……」

彼の唇で扱《しご》かれる乳首が、痛いくらいの快感を生み出している。同時に、陰部を弄《まさぐ》るリュシアンの指の動きを鮮明に感じ取った。

指は蜜に乗って奥へ向かっている。蜜路を確かめてゆく指の動きにも、浅瀬を泳いで端にある陰核を撫でる動きにも激しく反応してしまう。特に花芽を嬲《なぶ》られると快感が鋭く走る。

「ひぁっ……あー……っ、ヘン、なの……変よ、変な感じ……あああ、あぁ」

びくんっと背を反らして、彼の手に肉割れをこすり付けてしまう。

「ここが、そんなに好いのか……。変じゃない。それは快感だ。……おまえ、すごく感じてるぞ。そういう顔をしている」

「いやぁ、見ないで……、リュシー……っ」

リュシアンは執拗《しつよう》にそこを攻め立てながら、顔を上げてキスをしてくる。

彼の舌に自ら吸い付いてしまう行為で、ふっくらと膨らんだ淫靡《いんび》な豆がどれほどの感覚を走らせるのか、リュシアンに教えてしまう。

白く浮き上がった魔法陣は確かに肉体を開かせる役目を果たすようだ。

けれど、どうして今。なぜ、リュシアンに愛撫されているときに発動しているのだろう……と考えるべきなのに、突き詰めて思考できる冷静さは吹き飛んでしまっていた。

やがてシルヴェーヌはぴんと伸び上がって達する。

「あぁぁ――……っ」

足先までも揺らして、快楽に埋まる。

「イったか？　……シルヴィ……」

「あ、はっ……は……、恥ずかし……っ、……」

激しく息を吐く。これが快感。これが達するという感覚。脳裏が酩酊《めいてい》する。

一気に昇り、徐々に下がってくる感じだ。その狭間《はざま》でシルヴェーヌは見た。

――炎が。

薄く開けた目に、紅《あか》い炎が見えている。屋敷が炎に包まれていた。

クロフォード城ではなく別な屋敷だ。泣いている幼い子供がいる。あれはシルヴェーヌ自身だ。七歳だった。

突然、目の前に黄金の瞳をした少年が現れる。炎に煽《あお》られる髪は金褐色だ。少年は威張《いば》った感じで、床の上に座り込んだシルヴェーヌを見下ろした。

――リュシー……？

九歳のときに十四歳のリュシアンに出逢った。けれどこれはもっと幼い。彼女は七歳だ。

いきなり現れた少年は、蹲《うずくま》っていた彼女に手を伸ばす。その後ろには炎、そして黒い影。

影はとても背の高い大人の男の形をしている。その男は幅広の諸刃《もろは》の長剣を持っていて、振り上げた。リュシアンの背に向かって一気に振り下ろしてゆく。真っ二つになる勢いで。

「だ、だめぇ――……っ、リュシーっ！」

快感に塗《まみ》れながら見た幻。影の動きを止めたくて叫んだ。

そして意識は暗転してゆく。日々の疲れと悩み、そして初めて味わった快楽の衝撃が彼女を眠りに誘う。

「シルヴィ？　シルヴィっ！」

叫んでいるのはいまのリュシアンだ。大きくなっている彼。大丈夫だったと、安堵《あんど》が胸の奥に広がる。シルヴェーヌは深い眠りに捕まり、伴侶召喚魔法陣も消えていった。

目覚めると自分の部屋のベッドで寝ていた。窓から眺められる外の様子から、昼過ぎだと見当をつける。場所にも時間にも驚いてシルヴェーヌは飛び起きた。

（夢？　途中で眠ってしまった？　そんな、間抜けな。初めてって、そういうものなの？）

着ているナイトドレスは、昨夜のものとは違っている。

ベッドから下りて、廊下へ出る扉ではなく、別のドアを開ける。《誰か》と呼べば、すぐにやって来た侍女頭が、お仕着せのスカートの端を摘まんで頭を下げる。

「おはようございます。シルヴェーヌ様」

「おはよう。えっと、わたしは昨日の夜……、ナイトドレスが違うから、あの」

質問ひとつするのも言葉遣いなどを考えながらになるから、要領を得ないときもある。

仕事のできる侍女頭は、シルヴェーヌが言いたいことを察して先回りだ。

「パウエル様が召喚術の講義をお部屋でもされていて、途中で眠ってしまわれたと聞きました。

呼ばれました私が、お着替えをさせていただきました。よくお眠りでしたよ」

魔導師が相手なら、《夜遅くに男性と一緒にいるとは、なんとふしだらな》と下世話な噂に

はならない。魔導師は己の魔法力を高めるために、性的欲望の元を断っているのが普通だ。

パウエルと接している間に、魔導師のことも多少は分かるようになってきた。彼らは常に、

より巨大な魔法力を得ることを考え、そのために己の生涯を費やす求道者なのだ。

「パウエル様は、他に何か言われていた？」

「お疲れのようなので、今日の午前中の講義はお休みくださいとのことです。湯浴《ゆあ》みをなさい

まして午餐《ごさん》をとってから召喚のお勉強を、と言われていました」

「では、お茶もご一緒したいとお返事をしてください。リュシアン様は、昨日帰られていますよね。もうどこかへお出掛けになったのでしょうか」

「お城にいらっしゃいます。リュシアン様のご予定は、こちらでは分かりません。それでは、まず湯浴みを」

湯のあとは昼間のドレスを着付けてもらって伯爵夫妻と一緒に午餐をとる。そのあと、魔法陣を発動するいつもの広間へ行った。

パウエルと対面のソファに座ってお茶のカップを手にするとき、どうしても昨夜のことを思い起こしてしまうが、引《ひ》き攣《つ》りながらも、なんでもない顔をつくる。

それくらいはできる……はず。町で、たくさんのお客さんとやり取りしてきたことが、今となってはずいぶん自分を助けてくれる。

「昨夜は……、あの、パウエル様が部屋まで運んでくださったのでしょうか？　魔法ですよね。〈空間跳躍〉でしたか」

「そうです。リュシアン様はご自分でお運びすると言われましたが、廊下を歩いていては恐ろしい醜聞《しゅうぶん》になりかねません。不肖私めが、抱き上げて直接お部屋へ跳びました」

醜聞と言われてぎくりとする。シルヴェーヌはリュシアンに迷惑を掛けてはならないと考えて言い添えた。

「ありがとうございました。……わたしが散歩がてら、一人でこの広間に来たのです。リュシアン様は偶然いらっしゃっただけで、あの方に落ち度はありません」

「状況は理解できますが、浅慮はいけませんね。未遂でよかったですよ」

義務を疎《おろそ》かにしたと、責められている。そこは理解できるので素直に謝罪する。

「すみませんでした。それで——魔法陣が発動したのです。なぜでしょうか」

「なぜでしょうね。私は発動したのを感知してここへきましたが、扉が開かなくて入れなかったのです。直接部屋の中に入ろうとしましても跳ね返されました。どうにか扉を開くことができたときには、シルヴェーヌ様はすでにお眠りになっておられたのですよ」

乱れた格好をしていたと思うが、その点には触れない。

もっと聞きたいことがある。シルヴェーヌは次第に緊張しながら聞いてゆく。

「リュシアン様は、なにか言われていましたか？」

「特別なことはなにも。シルヴェーヌ様、魔法陣を発動したとき、いつもと違うことはありませんでしたか？」

「……炎の幻を見ました」

「それは、おそらくルイ侯爵家の屋敷が燃えたときの記憶でしょう」

「そうだと思います。でも、どうしてそこに、少年のリュシアン様が現われたのでしょうか」

カップをローテーブルの上に置いて顔を上げれば、彼女をまっすぐ見ているパウエルの表情から笑みが消えている。彼にしては珍しいような厳しい面持ちだ。

「少年のリュシアン様が、そこに？　さて、どうしてでしょうねぇ……。そういえば、シルヴェーヌ様もリュシアン様も、十年前いきなりこの地に現れていらっしゃる。しかも、どちらもそれ以前の記憶をお持ちでない。ただの偶然ではないのかもしれませんね」

奇妙な符号であるのは確かだが、真相を突き止めるには材料が不足している。

シルヴェーヌは町の魔導師の聖堂に現れた。聖堂の力が働いたとずっと考えられてきたが、違うのだろうか。

大怪我をしてクロフォード城の庭に倒れていたというリュシアンは、どうしてそういうことになったのだろう。諸刃《もろは》の剣を大きく振りかぶった男の影が脳裏で浮かぶ。

知らなければならないことを、まだ知っていない。そんな気がしてならない。追い詰められているというこの感触。

彼女は目線を床まで下げながら口を開く。

「誓約の言葉で竜の魂を縛って契約とするのでしたね。召喚した王女が生きている間は竜界へは戻れない。では、王女が天命を迎えて逝去《せいきょ》すると、竜は自由になって、自分の世界へ帰れるのですね？」

「そうです」

「竜は、人よりもずっと長く生きる魔法生物だと聞いています。伴侶として人界にいても、竜界へ戻れば、新たな伴侶を見つけられますよね？」

「いいえ。伴侶召喚の魔法陣を使って竜を呼び、誓約の言葉によって契約が完了した場合、魂の縛りはそのままずっと残ります。だから、竜が死ぬまで伴侶はただ一人ということになりますね。竜は、未来永劫その王女に魂を捧《ささ》げることになります」

「未来永劫……。他の場合は？　どうなのでしょう」

「他の場合ですか？　人界へ来ない場合とか、別の召喚術の場合とか……、伴侶召喚の魔法陣で召喚されても契約が完了しないときなどは、普通に、長い年月の間に何度も伴侶を持つことはあるようです。魔法力が強い竜ほど長く生きますからね。ですが、ベルタ王家の魔法陣だけは、たった一人との契りを完成させます。素晴らしいでしょう？」

「素晴らしい……？」

目を見開いて床を凝視したまま、シルヴェーヌは膝の上に載せた両手を握りしめる。

パウエルは熱にうかされたように続けた。

「王女殿下あるいは女王陛下が天命尽きて亡くなられたときには、その魂を宝石に変えて竜界へ共に連れていくそうですよ。契約が完了していれば、伴侶の魂を人界の命の輪からもぎ取れるのです。王女の魂は、それによって人界での再生の可能性はなくなりますけどね」

命の輪とか再生とかについては、理論だけで証明はされていなかったはずだ。今を生きているシルヴェーヌにはさほどの関心もない。

それよりもと、震える唇を開いてパウエルに確認する。

「魂を宝石に変えて……。でも亡くなっているのでしょう？　肉体がないから話もしないし、一緒に笑いあうこともできない。抱きしめることも……できないのに？」

「できなくても、です。魔法力が尽きて消滅するまで、竜は伴侶の宝石を胸に抱いて存在してゆくことになりますね」

ぱっと顔を上げたシルヴェーヌは、パウエルへ激しい視線を向ける。

「人よりもはるかに長く生きるにもかかわらず、ほんのひととき人界で共にいた伴侶という名の人の魂を宝石にして、それを生涯胸に抱いて生きるのですか？　伴侶召喚の魔法陣に縛られているから？　何百年も、もしかしたら何千年も、たった一人で？」

「そうです。それほど強力な魔法陣なのです。素晴らしいとおも……」

「それでは……、それではまるで――、『わたしはあなたを愛しています』という誓約の言葉は、まるで、――呪いの言葉のようです」

自分で口にしながら、その内容に衝撃を受ける。パウエルは、はっとしたようにしてシルヴェーヌを眺めた。

彼は、今度は説得する口調になって、次の言葉をゆっくり綴《つづ》る。

「それも一つの考え方でしょうが、呪いと思うかどうかは竜自身にしか分からないことです」

「……」

「あまり深くお考えになると魔法陣の発動に差し障《さわ》ります。まずは目的を果たしましょう」

「……目的。そうね。……そうするしかない、から……」

掠れた声が出た。胸が詰まって、何をどう考えればいいのか分からない。

ふらりと立つ。パウエルは、最初のときと同じ動きで彼女の背中を押した。

「今まで何かと理屈で押してきましたが、今日は理論や形にとらわれず、もっと心の赴《おもむ》くままにやってみてください。あれこれ考えず、どのような夫の像を想像しても構いません。……そう、実在する近しい者の姿でも」

ぎょっとしてパウエルの顔を見上げる。いつもと変わらないニコニコとした笑顔がそこにあるだけだ。この笑顔も見慣れてくると、底のしれない怪しさを感じ取ってしまう。

魔法力をただひたすら追い求める者。怖いような、寒いような笑みだった。

「では、始めてください」

パウエルはくるりと踵《きびす》を返して壁際へ引いてゆく。彼の高い背を眺めていたシルヴェーヌは、唇を噛《か》みしめてから、始める。

「竜よ、来たれ」

このまま呼んでしまってもいいのかと迷う。けれどやめるわけにはいかない。

育ててくれた両親と伯爵夫妻、侍女頭やパン屋のお客さんなどクロフォード領の人々、そしてリュシアン。彼女の運命に巻き込んではいけない多くの人たち。

『自分で決めろ。己の生きる道だ』

運命を受け入れるのを選んだ。そうして竜を呼んでいる。

「来たれ、わが伴侶たる竜よ。来たれ」

シルヴェーヌを中心にして白い魔法陣が広がる。線上から半透明になったエネルギーの揺らめきが立ち昇ってきた。

いつものようにドレスの裳裾がはためき、亜麻色の髪が舞い上がる。

脳裏で描くのは夫となる者の姿だ。できるだけリュシアンに似せないようにと考えながら、吹き上がる空気に撫でられて肉体が煽《あお》られてゆく。

知ってしまった快感。彼に口づけられ、弄《まさぐ》られて気持ちが好いと感じた。肉芽への愛撫があれほどの快楽になるとは。知識では得られない実感だ。

「ん……っ、あぁ……、来たれ、来たれ……」

躰が熱い。炙《あぶ》られてでもいるようだ。

下肢をリュシアンの手で愛撫されて達した。イクというのがどれほどのものなのか、経験しなければ決して分からない。快感に身を浸したのは、昨夜だ。相手は。

――リュシー……だめ、彼を思い浮かべては、いけない。

魔法陣が揺らぐ。けれど、陰部を愛撫される感触を知る躰は、熱くなるのを抑えられない。

竜と結ばれるのを前提とした伴侶召喚魔法陣は、王女の躰を高める作用も含んでいる。そういうときに、他の男の姿など浮かぶはずがなかった。求めるのは彼だけだ。

両手を宙に浮かせ、上方へ差し伸べる。抱きしめてほしい。傍にいてと望んでしまう。熱い肉体は知っている。彼女がその身を渡したいのはリュシアンだけなのだと。

「あ、あぁ……っ、リュシーっ！」

求める心が名を呼ばせた。

そうして、安定しない魔法陣の中に一つの姿が現れる。すらりとした立ち姿で上からすぅっと降りてきた。

魔法エネルギーに煽られて乱れるのは金褐色の髪だ。重厚な柄で織られた肩布をはためかせている。派手やかな上着、濃い色のズボンと短ブーツ。そして、黄金の瞳。

伯爵家嫡男として十年過ごしている。リュシアンは立ち姿も優美だ。

シルヴェーヌは目に涙を浮かべる。さまざまな情報を並べてみれば、こういうこともあり得たのだ。だから、あぁ、やはり……と思った。しかし、それで嬉しいかといえば、違う。

——呼びたくなかった。だって、あなたをいつか一人にしてしまう。孤独の中に取り残してしまう。何百年も、何千年も、たった一人に。

揺らめく空気の中に立つリュシアンを、涙を流しながら見つめる。

リュシアンは腕を伸ばして、シルヴェーヌの手を掴んだ。引っ張られて彼の胸の中に収まると、躰に腕が回ってきつく抱きしめられる。

「シルヴィ……。俺は、おまえに召喚された竜だったんだな。驚きだ」

なんだか可笑《おか》しい。凍るような冷徹さもあれば、どこか抜けている雰囲気もあったリュシアンだが、この場でこういうふうに言えてしまうのも、彼ならばこそだろう。

どんな極限でも、どんな変化でも受け止めてゆく柔軟な精神は、どれほど強大な魔法力を持っていても得ることのできない、人であるリュシアンの力だ。

彼の身体の周囲に鈍い光がある。魔法力の放出だった。本体を二つ持つなら、リュシアンは竜体にもなれるのだろうか。

「あなたが竜だったなんて。もうずっと前に、わたしが召喚していたなんて」

「記憶が飛んでいた。今も穴だらけな記憶だが、自分がおまえに召喚された竜だというのは分かるぞ。いつも俺を呼んでいたのは、おまえだったんだな」

シルヴェーヌは躰を離そうと彼の胸元に手を当てて突っぱねるが、上半身を少し放すくらいしかできない。

「今なら、竜界へ帰れるわ。だからリュシー……」

「なにをバカなことを言っている。ここにおまえがいるんだから、俺が帰ることはない。昨日の夜の続きをしよう、シルヴィ。契約が完遂すれば、記憶と力が正常に戻る。覚醒《かくせい》できるんだ。今度は眠るなよ。昨日置いてきぼりにされて俺がどれだけ大変だったか」

「……できない、リュシー。だめ」

むっとした彼は、怒った調子で言い放つ。

「だめ？　やっと、誰にも文句を言わせずおまえを自分のものにできるというのにか。やめるわけがない。聞いているだろう？　俺たちは、伴侶として呼ばれ、応えた時点で相手を選んでいる。おまえを伴侶として選んだのは俺だ。契約を完了してくれ」

「でも……」

言葉を発するために開いた口は、彼の唇で塞がれる。すぐに生き物のような舌が入ってきて彼女の舌先をつつくと、痺《しび》れるような感覚が体中を走った。

すでに魔法陣の作用で肌が喘《あえ》いでいるような状態だ。口内は胎内でもある。下肢へ直接の愛撫を受けている感覚まで生まれていた。

「んっ……っ……んぅ……」

角度を変えて貪《むさぼ》られる。シルヴェーヌの両手は、リュシアンの上着の両側を必死で掴んでいた。その上着が、するりと彼から離れてゆく。

袖から腕を抜いていないのに、肉体を素通りして脱げていった。マント替わりの肩布も床にふわりと広がる。

魔導師のような魔法言語の詠唱もなく魔法が行使されてゆく。彼は魔法生物なのだ。

リュシアンはキスを繰り返しているだけだというのに、シルヴェーヌのドレスも剥ぎ取られてしまう。

「ぁ、そんな……やっ、リュ、シー、脱がさないで……」

頭を振って、少し外れた唇の端で言う。

「ずっと、我慢してきた。もう、いいだろう？　呼んだのは、おまえだ――」

その通りだが、自分の意志がそこにあったかどうかは不明だ。七歳だった。

布が擦れる感触もなく、シルヴェーヌの躰を通り抜けて、コルセットもペティコートも身体から離れる。ドレスと同じように、後ろに抜けたあとは、ふぁさりと床に落ちた。

一番下の薄絹もドロワーズもなくなると、裸体になる。

髪飾りもピンも彼女から離れて留めるものがなくなり、髪が揺れながら背中を覆った。

くちゅりと音を漏らしながら口内を貪られる。シルヴェーヌを抱きしめるリュシアンの腕が肌に直接触れて、彼女の舌の動きに戦《おのの》きが走る。

リュシアンの白いドレスシャツのボタンが、引っ張ったわけでもないのに取れて下に落ちていった。コトンコトンと音をたてて床を転がる。

「リュ、シー……あ、……」

「シルヴィ……」

ふわりと躰が浮き上がる。床に広がる彼と彼女の衣服の上に、上向きで寝かされて、ものすごく焦《あせ》る。脳内は嵐のようで、心臓はばくばくと鼓動を走らせる。

仰向けになれば顔は天井へ向く。目に映ったのは、格子状の梁《はり》ではなく銀色の幕だ。

『魔法陣全体が球体の魔法エネルギー壁に囲まれて外からも内からも視覚は遮断されます』

パウエルの言葉通りだ。しかし、明るい。光は通すのか。

(昼間だから——そんな……っ)

仰向けになったシルヴェーヌの真上にリュシアンがいる。いつの間にか、彼も裸になっていた。その肉体に視線などとても向けられず、目を瞑《つぶ》る。すると彼は微《かす》かに笑う。

「見ないのか？　俺はたっぷり見るぞ。隅々までだ。……おまえは美しいな、シルヴィ」

感嘆の口調で言われてから、厳粛《げんしゅく》な仕草で頬《ほお》にキスをされる。そして唇に。

リュシアンの手は両方の乳房に当てられ、それを揉む。指で乳首を摘まむ。口づけは苦しいほどになってシルヴェーヌは早い息を繰り返すばかりだ。

「力を抜いているんだ」

硬直しそうな躰から、言われるままに力を抜こうとしていれば、彼はやはり笑う。リュシアンの望みを叶えようと四苦八苦している彼女に満足しての笑みだろうか。

「リュシー……、だめだったら……。お願い、もうやめて、竜界へ」

「言うなっ。おまえがだめだと言えば言うほど、ひどくしてしまいそうだ。自分を抑えながら触れるつもりでいるのに。火を注ぐな」

躰への口づけで、いたるところがチクチクと吸い上げられる。怖いような彼と、淫らに反応してゆく自分。魔法陣にも煽られて、あっという間に流されてゆく。

「あ、あ、……っ、そんな……っ」

膝を立てられ、大きく広げられる。リュシアンはその間にいる。恥ずかしい場所が見られてしまった。しかも彼は内股にもキスを繰り返す。

「リュシー……、あ、や、だぁ……っ、リュシー……っ」

「こんなに閉じているのに、散らすのが楽しいなんてな……」

リュシアンの両手が陰部の両側から添えられて、陰唇をくいと開いた。

「……濡れている。……いやらしいぞ、シルヴィ」

「いやぁ……っん」

触れる前に、しみじみと見られる。恥部はどんなふうになっているのだろう。

シルヴェーヌは手を上げると、顔を覆ってから上半身を捩《よじ》った。本当は、縮こまってしまいたかったのに、両膝の間にいるリュシアンの躰でそれは叶わない。

ところが、身動いたことで開かれた肉割れが蠢《うごめ》いて、なおさら淫らな花弁をリュシアンの目の前に広げる。深く息を吐いた彼が、せっぱ詰まった声で言う。

「濡れた花びらが息づいているぞ。誘われているみたいだ……。もっと開くから」

「や、やだっ、……もう、やっ」

いやいやと頭を振っても、許されるはずはない。リュシアンは、指でさらに陰唇を広げた。

「充血して、紅い。赤い実がある。……舐めたいな……。おまえの蜜を啜《すす》りたい……」

リュシアンは、舌を出して抉《えぐ》るようにそこを嘗《な》めた。

「あ、あぁっ……あああ、あ」

走る抜けた快感の鋭さに背を反らしてしまう。顔を覆っていた両手をふらつかせ、重なっている服を掴んで捻《ひね》り上げた。

「柔らかく膨らんでいるよ、シルヴィ……、自分で分かるか？」

ここが、と唇でちゅっと陰核にキスをされる。吸われた。

「きゃぁ、ぁ、ああっ、リュシー……、知らないっ、そんなところ……っ」

淫靡な膨らみは、すぐに彼の唇で扱《しご》かれ始めた。意地悪げにきつくいたぶると、次は舌で優しく舐《ねぶ》る。唇と舌の愛撫は、凄《すさ》まじいほどの快楽をシルヴェーヌに饗《きょう》してくる。

「あん、いやぁ、汚い……んぅー、舐めちゃ、だめぇ……」

「だめと言われると、ひどくなるって言ったろうがっ」

怒ったような声と激しくなる舌の動き、そして彼の指は、陰唇から蜜路へ入り、奥を拓《ひら》く。

「魔法陣の作用は、すごいな……。ぐっしょりだ……。シルヴィも、初めてなのに」

「は、したなくて、ごめんな、さ……ぃ……あん、あ、……っ」

「乱れてくれ。その方が、俺も好い。——淫らになれ……っ」

「ひぁ——……っ、んあっ、あ、あぁっ」

花芽は歯でも扱かれた。たまらなくて、びくびくと痙攣《けいれん》しながら達してしまう。

そこを狙ったのか、ぐんっと奥へ入れられた指で中をかき回された。内壁が痙攣したようになっているところを指が嬲る。たまらない。

リュシアンは、彼女が達したあとも愛撫をやめない。彼の指は蜜壺から溢れる愛液を嬉々として掬《すく》い取《と》り、大きく動く。

彼の唇は、陰核から周囲へ移り、臍《へそ》のあたりを彷徨《さまよ》って口づけの痕を残していった。

ふっと顔を上げたリュシアンは、シルヴェーヌの目尻に溜《た》まった涙を見たのか、躰をずらして上から顔を覗き込んでくる。目尻の滴を吸って言うことには。

「蜜も涙も、味もよければ匂いも好い。躰の線も好みで肌にも夢中になる。すべてが俺のために用意されていると思ってしまいそうだ」

意味を解するには、脳内が羞恥で埋まりすぎていた。味も匂いも自分では分からない。

「……我慢してくれ」

わずかに離れたリュシアンは、彼女の足を抱え上げて、臀部《でんぶ》を彼の方へ向かせる。

濡れそぼった膣口に押し当てられたものは、硬く育った雄だ。それが何であるのか、初めての彼女には分からない。理解できたのは、挿入が始まってからだ。

切り裂かれる痛みは少なかった。魔法陣のおかげと説明されればその通りかもしれない。肉体の準備はできていたのだ。

それでも息が上がる。下からの圧迫で内臓まで押し上げられる感じだ。

「あ、あ、あぁっ、……痛った……っ、リュシーっ、あ」

「痛い、か？　くそ、ゆっくりしているんだ、が……っ」

圧迫感を説明できなくて、痛いと言ったが動きは止まらない。彼も苦しそうだ。いっそ一気に貫いてくれた方が……と閃《ひらめ》く。

「いいっ、いいの、もう、一気に、あぁ……」

「シルヴィ……。選ぶのは、いつもおまえだ。それで、いいんだ。おまえは俺のものだから」

笑った。楽しそうに、嬉しそうに。

リュシアンは、両脚を抱え直し、腰を進めて一気に隘路《あいろ》を開いた。

「アァ――……っ！　うぅ……っ」

シルヴェーヌはがくりと顎を上向かせ、痛みなのか衝撃なのか、何か分からないものをやり過ごそうとする。が、動き始めたリュシアンの怒張に意識をすべて持っていかれた。

がくがくとゆすぶられながら、彼の陰茎が内壁を擦るのを感じている。長大な竿《さお》が奥まで入って、子宮口を突く。恐ろしいようなこの感覚。

「あ、あぁ……っ、あ、……っ」

もはや声を押さえることなどできない。嬌声《きょうせい》というには苦しい喘ぎを繰り返して、激しく突かれる感触に耐えてゆく。

擦られた内部のどこかの場所が、凄まじい快感を走らせた。

「ひぁっ、いやぁ……っ、そんなふうに、しないでぇ……っ」

己が失われてゆく怖さに苛《さいな》まれて叫んでしまう。足首がリュシアンの肩に掛けられ、彼の手が陰核を弄り始めた。花芽は、彼女を一気に悦楽の海に投げ込む秘処だ。

喘ぎが深くなり、どんな声を上げているのか、自分では分からない。

快感はある。苦しさもある。圧迫感も――。

「リュシー……っ、好き、ずっと前からっ……っ、だから、だめなの……」

何を口走っているのか、自分では掴み切れない。初めての交合にしてはあまりに激しい蠕動《ぜんどう》で、躰が壊れてしまいそうだ。快感も大きい。呑み込まれてしまう。

無意識に内壁が蠢いて、彼女を犯し続ける男根を絞る。陰核は十分膨らんで、いつの間にか頭の被膜が剥《む》けていた。体中が熱くなる。特に肌は熱が籠った。

「お前の肌が熱い。熱いぞ、シルヴィ。止まらない。……っ、シルヴィ……っ」

呻《うめ》くような声で呼ばれ、彼女の内部の襞《ひだ》が奔流で叩かれた。雄が爆《は》ぜてゆく。

それに引《ひ》き摺《ず》られて、シルヴェーヌも達していった。びくびくと慄《おのの》く肉体は、彼の腕に囲われ、安心しながら震えている。

――傍に、いてくれる。これで、ずっと一緒に……。

脳裏で閃いたのは、まぎれもない己の本心だ。

「言ってくれ……シルヴィ。誓約の、言葉を」

誓約の言葉を口にして契約を完遂する。そうすれば、リュシアンは彼女のものだ。もう竜界へ戻ることはできなくなり、その魔法力でシルヴェーヌの望みをなんでもかなえてくれるだろう。何より嬉《うれ》しいのは、これで離れなくてもすむということだ。

「リュシー……。好きよ。あなたとずっと一緒にいたい。《わたしはあなたを》……ここで、《愛しています》と言い切ってしまえばいい。そうすれば自分の望みは叶う。

望みは――望むこと。わたしが望むこと。

パンを焼いて、それをリュシアンが美味《おい》しいと言って食べてくれるだけで、それだけで自分は幸せだった。

シルヴェーヌは無意識に思っていた。彼は伯爵家の嫡男で、いずれ貴族の令嬢を奥方に迎え、伯爵領を治めてゆくだろうと。赤子を腕に抱いて幸福な家庭を築くだろう。それでいいと。幸せになってほしい。邪魔なんてしない。パンを焼いて持ってゆくだけでいい。食べてもらえるだけで。

ささやかでたわいのない願い。けれど決して譲れない願い。

ただ幸せになってほしいだけ。なのに。

――何百年と孤独に生きねばならないなんて。魂を縛ってまでそれを強要する？

伴侶召喚の魔法陣が完遂しなければ、そんなことにはならない。

――自分の欲求のために自分の願いを足蹴《あしげ》に……するの？

今ならまだ、契約は完了していないから竜界へ帰れるはず。長い時を分かちあう相手も探せる。笑いあえて、抱きしめられる相手を何度も探せる。今ならまだ。

「……言えない。……言えないわ」

姉のカサンドラはすでに竜を召喚している。この国が必要とする竜は、もういる。召喚ができない場合もあると聞いていた。できないときは、王宮に閉じ込められて幽閉されてしまう。でも、自分だけで済むなら――それで、いい。

「シルヴィ?」

彼女の白い魔法陣が、しゅぅう……と蒸気が出るような音を立てながら消える。リュシアンが張っていた視界を遮断する魔法壁も薄く透き通ってゆく。

シルヴェーヌから身を離した彼は、すぐさま服を着てから、横臥《おうが》して躰を丸める彼女を自分の肩布で包んだ。そうして、覆い被さってぎゅうと抱きしめる。

リュシアンは、シルヴェーヌの耳元へ唇を寄せて断固とした声で言う。

「無理強いはしない。おまえが納得して、心からの想《おも》いで口にするまで待つ。覚えておけ」

広間の壁に張り付いて立っていたパウエルが近づいてくる足音がした。

音を立てずに歩く魔導師が、こうして近づくのをわざと知らせるのは、誓約の言葉を言えなかった彼女を問《と》い質《ただ》すためかもしれない。

シルヴェーヌは起き上ることもできず、リュシアンが掛けてくれた彼の香りのする肩布の端を両手で握りしめて目を閉じている。断罪を待つ気分だ。

リュシアンがパウエルに言うのを背中で聞く。

「今日はここまでだ。シルヴィは俺が部屋へ連れて行く」

「……え、っと。〈空間跳躍〉ですか？　契約は完了していませんよね。それでも魔法を使えるのですか。記憶は？　記憶がなかったから、伯爵家の嫡男として過ごされていたのでしょう？」

「魔法力にも記憶にも蓋《ふた》をされている感じだ。覚醒はできていない。使える力はわずかなものだな。だが、何とかなる。いいか、シルヴィを責めたら俺が怒る。誓約の言葉を強要するな。俺が望むのは自然に溢れる想いだ。形式や理論じゃない」

「……分かりました」

リュシアンはシルヴェーヌを肩布ごと横抱きにして持ち上げる。軽々といった感じだ。

ぽんっと跳躍した一瞬後には、彼女の部屋の中にいる。

歩くこともせずに入ったリュシアンは、シルヴェーヌをベッドに寝かせ、目を閉じて小さくなっている彼女の頬にキスを落としてから、何も言わずにその場から消え去った。

第三章　激愛に翻弄されても

魔法世界の竜界では、海、または地の中、火山口などの自然エネルギーが渦巻くところに魔法力が溜まりやすい。溜まった魔法力が固まると、そこに命が入り込む。時がくれば、卵のようなそれから魔法生物が生まれる。

竜であったり、そこかしこを駆け回る動物であったり、飛ぶ鳥や植物など、さまざまな種になる。昆虫にもなれば、魚にもなった。

そうやって生まれた生き物は、魔法力が尽きれば消滅して次の卵の糧《かて》となる。

竜界は退屈な世界だ。戦闘を繰り返しながら魔法生物同士で魔法力を食いあうが、世界が揺らぐような変動はない。

生まれて二百年ほどしか経《た》っていないリュシアンは、竜族のまだ若い部類に入る。彼は、好奇心旺盛で様々な世界を覗《のぞ》き見《み》ていた。

人界も見ている。だから、そこに魔法を操る魔導師がいることは知っていた。

ある日のこと、見ることはできても音は伝わらないはずが、助けを呼ぶ声が聞こえた。伴侶召喚魔法陣のなせる業だ。

声に誘われた彼が自分で構成した〈他世界を見る鏡〉を覗けば、燃え盛る炎の中で小さな女の子が蹲《うずくま》って泣いている。

その子の周囲には未熟な魔法陣が広がっていたが、とにかくまだ子供で呼び込む力も弱く、よほど強力な竜でなければ行けそうにない。が、彼なら可能だ。

(綺麗だな……)

浮き上がっている白い魔法陣は、成熟していなくても美しいものだった。

泣いているのか、両手で目元を擦っているから顔がはっきり分からない。それでも、庇護《ひご》を必要とした様子が彼を強烈に惹《ひ》き寄せる。

リュシアンは、もっとよく見ようと身を乗り出して、その女の子に思念波を飛ばした。耳には聞こえない心の声だ。

『泣くな。炎が怖いのか？』

少女は顔を上げて彼の方を見る。

本来なら、鏡という道を開いていても、人界からこちらは見えない。魔導師なら可能かもしれないが、この年齢の子供では魔法力を溜める器が小さくて無理だ。

見えないはずなのに、魔法陣のせいなのか、泣き濡れた大きな瞳が彼を捉える。青水晶のような瞳だ。空の高みをうかがわせる蒼天《そうてん》の青でもあった。

（――綺麗だ……）

彼ら竜族は、表面的な姿形よりもその存在の根源を感じ取る。人の根源、つまり魂の形だ。その子供の魂は、魔法陣の綺麗さに見合う美しさがあった。その上で、女の子の明るい亜麻色の髪も、透き通るような白い肌も美しいと思う。青い瞳にも惹きつけられた。

小さな赤い実を連想させる唇がわずかに動く。

「助けて」

声だったのかもしれないし、ただの口の動きだったのかもしれない。リュシアンの魂を揺さぶる呼びかけだった。

長い時の流れを淡々と存在してゆくだけの竜界で、魂が揺さぶられることなど滅多《めった》にない。命はあっても命の熱さを知らない。精神はあっても幸も不幸も知らない。つらさも嘆《なげ》きも嬉しさも楽しさも知らない。

ただ、何も知らないということだけは知っていたので、興味心だけは満載に持っている。

竜族とはそうした生き物だった。

伴侶を得ることで初めて魂の熱さを知ることができる。苦しさも孤独も味わうことができる。幸福もそこにある。だから彼らは伴侶を探す。

内包する魔法力で自分たちを測るので強弱関係は明確だ。魔法力を食いあう以上、竜同士で結ばれることは稀《まれ》だった。伴侶を持つなら別種の生き物が対象になる。

魂が惹き寄せられれば——求めるものがそこにあれば、竜は直《ただ》ちに竜界を出る。

リュシアンはすぐに飛び立ち、時空の狭間に竜の道を造り上げて抜けて行った。彼は召喚された。シルヴェーヌに合わせて、十二歳くらいの少年の姿で人界に出現する。

シルヴェーヌは幼く、召喚されても契約を結べない。

だから彼は、この時点でもう一つの本体として持つことになった人型を捨て去り、竜の姿に戻って竜界へ帰ることもできた。

けれどリュシアンは、この子供を見捨てられなかったのだ。

「あなたは、だれ？」

幼い声で聞かれる。

「〈リュシアン〉だ。おまえは？」

「シルヴェーヌ。シルヴィ。シルヴィって呼ばれてる」

「なら、シルヴィ。焼け死にたくなければ、俺と来い」

手を伸ばした。七歳だったシルヴェーヌは、その手に掴まって立ち上がる。

子供用ドレスの丸く膨らんだ袖に煤《すす》が付いていた。火の勢いが強い。もう少し渾かったら、シルヴェーヌは煙に巻かれてしまっただろう。

（……さて、どうするかな）

契約ができなかったので、彼の魔法力はほとんど封印されている。

人界で、人が竜の魔法力を手に入れるには、暴走をまず抑えなくてはならない。だから、伴侶召喚の魔法陣には、契約完了までは召喚した竜の力を封印する魔法が組み込まれていた。契約が完遂すれば覚醒《かくせい》する。伴侶の存在で人界に繋ぎとめ、伴侶の願いで暴走を抑えられるから、覚醒してもコントロールできるというわけだ。

覚醒前でも、リュシアンは〈空間跳躍〉魔法を使える。それほど、彼が内包する魔法力は強大だった。

空間を跳躍しようと精神を集中する。その隙を狙われた。

何者かがリュシアンの後ろに現れて、諸刃《もろは》の長剣を振り下ろす。シルヴェーヌが叫んだ。振り返るが遅かった。背中を斜めにざっくり切られ、そのまま跳躍した。

いきなりのことで座標を特定できなかったから、安全のために空中へ出る。翼を出せば空中でも構わなかったが、背中を切られていてできない。

シルヴェーヌを抱きしめて落ちてゆく。地面に激突する直前に空気の塊を作って自分たちの身体を受け止めさせた。これで無傷だ。

落ちてくるとき、視界の中に魔導師の聖堂が見えた。真っ暗な中、ポツンと一つ明かりが点《つ》いていた。

「跳ばすぞっ、シルヴィっ」

「わたし、だけなの……っ!?」

見えれば座標が組める。彼に切り付けた男が追ってくるのを感知していたので、リュシアンはシルヴェーヌの記憶に蓋《ふた》をして聖堂へ飛ばした。

記憶の蓋は、己が何者なのか分からなければ追っ手は追えないだろうと考えたからだ。あとで元へ戻してやるつもりでいたのだが――。

空間を跳躍しながら追えるだけの高い能力を持っている魔導師と対峙《たいじ》する。

すでに切られていた。そのうえ魔法力が大幅に制限されていたから苦戦を強いられた。それでも何とか対抗する。魔導師はリュシアンの手強さを理解して遁走《とんそう》した。

シルヴェーヌを追いたかったが、そこまで力がもたず、リュシアンはひどい怪我を負った状態でクロフォード城の庭に落ちた。

戦闘と怪我の回復のために、使える魔法力を極限まで費やす。

その結果、記憶を保つことができなくて、クロフォード伯爵に助けられたときには名前以外の一切を忘れていた。年齢は伯爵が見た目で想定したようだ。

結局、シルヴェーヌの記憶もすぐに戻してやれなかった。

記憶自体は脳内に残っている。魔法力も封印された状態で眠っているだけだ。ただ、引き出せない。完全に覚醒するには契約の完了が必要だ。

誰も彼もが、リュシアンが竜であるとは気が付かない。彼自身も、考えてもみなかったので余計に分からない。

怪我が癒《い》えるころ、子供のいないクロフォード伯爵夫妻から養子の話が出る。助けてもらったことを考えてその話を受け、リュシアンは伯爵家の嫡男《ちゃくなん》となった。

けれど、探さなくてはならないという気持ちが絶えず沸き起こり、彼を追いつめる。

何を求めているのか、何を探すのか、記憶が失われているので分からない。しかし、気持ちが追い立てられて、毎夜、城を抜け出していた。

どれほど食べても飢えている。渇いて仕方がない。喉の渇きを埋める命の水となるものを探し求めて夜中に彷徨《さまよ》い歩く。

そんなある夜、リュシアンはシルヴェーヌに再会する。水の代わりにパンをもらった。

リュシアンは十四歳、シルヴェーヌは九歳になっていた。

「――というわけだ」

話し終えたリュシアンは、シルヴェーヌへ顔を向ける。

場所は、クロフォード城の会議室。長い楕円形のテーブルの端にシルヴェーヌが座り、右手側面にリュシアン、左手側面の近いところから伯爵、伯爵夫人、パウエルの順に座っている。

パウエルがリュシアンに、《記憶は戻りましたか》と聞くと、リュシアンは《記憶自体は穴だらけだが》と前置きして、自分が思い出したことを話した。

最後にシルヴェーヌを見ながら付け加える。

「うっかり子供のころのおまえに召喚されて、怪我もして、記憶も失くして、そのままでいたらこの状態になった」

相変わらず端麗な顔だが、表情らしきものは浮かんでいない。けれど長い付き合いだ。シルヴェーヌはリュシアンが怒っているのを感じ取る。

「うっかり……って！」

思わず返してしまったが、その通りなのだろう。

昨夜、伴侶の契《ちぎ》りまで進んだとはいえ、そこでまた契約は止まってしまった。中途半端な状態だ。リュシアンからすれば、うっかりと言いたくなるのも無理はない。

ただ、不機嫌になることはあっても、彼はシルヴェーヌを責めない。

彼女はこの際だからと、伝えたいことだけを言うことにする。

「……リュシアン様は、もうご自分が竜族だとお分かりなのでしょう？　わたしは誓約の言葉を言えなくて契約は完了しませんでした。失敗したのです。どうぞ竜界へお帰りください。今ならまだ、帰れるのですから」

リュシアンはさらに怒った目付きでシルヴェーヌを睨《にら》む。

「〈様〉はいらない。いつもと同じ〈リュシー〉でいい。敬語もいらない。俺には使うな」

「そ、そうじゃなくて。わたしはあなたに竜界へ帰ってほしいと言って……」

「確かにそうですね。もう〈様〉はなしでよろしいでしょう。どうぞ、わたしのことはパウエルとお呼び下さい」

いきなり早口で割って入ったのは、ひょろんと背の高い宮廷魔導師だ。

パウエルに追随《ついずい》して、クロフォード伯爵が重々しく口を開く。

「シルヴェーヌ様は中途とはいえ竜を召喚されたのですから、女王陛下になられる可能性が、かなり高くなっておられる。われらについても〈様〉はなしでお願いします」

「そうですわね」

彼女の左側に座る三人が口々に言いつのる。リュシアンとシルヴェーヌの間で険悪な空気が流れたので、話題を引き取ったのだろう。

シルヴェーヌは唇を引き結んで黙る。

この位置は居心地が悪い。いわゆる上座であり、彼女がこの場での最上位身分者なのを示していた。そぐわないと感じる。

女王になる勉強をしてきたが、目的を達成できないことがはっきりした。彼女は契約を完遂できない王女になる。

顔に微笑を張り付かせたパウエルが淡々と聞いてくる。

「えー……、シルヴェーヌ様は、記憶を戻されましたか？　火事のこととか。リュシアン様はまだ記憶に穴が多いので、襲ってきた魔導師の詳細が分からないようですが」

今日の昼ごろ目が覚めたとき、生まれてすぐ預けられたというルイ侯爵家の人々の顔をぼんやり思い出していた。リュシアンが記憶の蓋とやらを取り除いたのだろうか。

それなら……と考えてみる。

「わたしは当時七歳でしたから、覚えていることは少ないのです。ルイ侯爵家の方々の顔も、薄ぼんやりとしか浮かびません。リュシーが戦った相手もはっきりしなくて。魔導師の服を着ていたような気もします。パウエル……は、何か心当たりなどないのですか？」

〈様〉を抜かすと奇妙な気がするが、女王にならなくても王女であるのは変わらないから、これもいずれ慣れなくてはいけないのだろう。

「そうですねぇ……。リュシアン様は、魔法力を封印されていてもある程度使えるほど強大な力を持っておられる。そういう竜と戦ったのですから、ただの魔導師ではないというのだけは確かでしょう」

「なぜ、わたしを狙ったのでしょうか」

「王権争いはとうに始まっていたということでしょうか。まぁ、それだけではないかもしれませんが。つまり、その点も分からないということですね」

誰もが黙り込んでしまう中で、パウエルが話してゆく。

「もしかしたら宮廷魔導師かもしれません。宮廷魔導師は、一線を引いて隠居中の魔導師長ディートヘルム殿まで入れると八人もいますから、この段階で特定するのは難しいでしょう」

「襲ってきた魔導師が誰かというのはいずれ分かる。必ずまたどこかでぶつかるからな」

リュシアンが断言した。この件については、一旦ここで終了だ。

シルヴェーヌは、パウエルの言葉の中にひどく気になる部分があったので聞いてみる。

「パウエル。リュシーの魔法力って、そんなに大きいの？」

「はい。リュシアン様が竜だと誰も気付かなかったのは、ご自分のことを人だと信じていらしたからでしょう。自分で自分を隠していた。シルヴェーヌ様のことも隠された。伴侶の契約が完遂できていない状態でも、ローラン卿《きょう》が感知できないほどの力を無意識に使える。すごいことなのですよ。〈普通〉をはるかに凌駕《りょうが》しています」

「……そうですか」

「シルヴェーヌ様の姉君、カサンドラ王女殿下の召喚竜は、火竜ナルサスです。ナルサス様もかなりの魔法力を持っておられるが、リュシアン様は同等かそれ以上かもしれませんね」

シルヴェーヌの鼓動が一際大きく打った。

最強の竜を召喚した者が女王になる。

——女王になってベルタ王国を治める自信……なんて、ない。

短い日々でも学んできたから分かる。付け焼刃では一国を治めることなどできない。

——誓約の言葉を言わなければ、リュシーは竜界へ戻れるし、わたしが女王になることもないのだわ。

言えない理由はそこにはない。けれど、切り離すことのできない問題であるのも確かだ。

視線を下げて机の上を見つめるシルヴェーヌは眉を寄せる。

誓約の言葉を言えなかったことも含めて、何もかもが一つの方向へ向かっているような気がして、怖い。

パウエルはシルヴェーヌに言う。

「焦ることもないでしょう。召喚自体はできています。リュシアン様はすでにお傍におられるのですからね。リュシアン様に、指先でいいのでほんの少し触れて、誓約の言葉を詠唱されるだけで、伴侶の契約は完遂しま……」

「パウエル！　無理強いはするなと言ったはずだぞ！」

きつい言い方で遮《さえぎ》ったのはリュシアンだ。

驚いて彼の方を見れば、シルヴェーヌには決して向けない凍るような視線でパウエルを睨み据えている。パウエルもさすがにいつもの笑みを消した。

シルヴェーヌは、膝の上に置いた両手を固く握りあわせる。

「やめて……。ごめんなさい。わたしのせいね。考える時間がほしいの。もう少し待って」

小さく言えば、その場の緊張がふっとゆるむ。

微笑を戻したパウエルがシルヴェーヌに言う。

「リュシアン様の魔法力に関して心配があるとすれば、伴侶の縛りが中途半端ですから、あまりに想像を絶する力だった場合、魔法力が暴走する恐れが出るということですね」

「暴走？　そんなこともあるのですか？　暴走したらどうなるのでしょう」

「ありとあらゆるものを破壊したあとで、個の意識を失くして溶けてしまうらしいですよ。人界の魔法力に混ざると言われています」

驚きで目を見張ったシルヴェーヌと、余計なことを言うなと怒りのまなざしで睨むリュシアンを交互に見やったパウエルは、両方に押された感じで背を反《そ》らす。

「可能性としては低いですよ、もちろん。さて、今後のことですが――」

パウエルが、並びに座るクロフォード伯爵の方を見ると、伯爵は上着の懐から一通の封書を取り出してシルヴェーヌに差し出した。

「推薦状です。あなた様を女王に推薦するといった内容をしたためて、サインをしておきました。お名前も、ご希望通りに、シルヴェーヌ・ルイ・モア・ベルタと書きましたよ」

「ありがとうございます」

「シルヴェーヌ様には長くご滞在していただきたかったのですが、近々王宮から招集が掛かるようなので、数日中にはこの城をお立ちになるのがよろしいでしょう」

「招集？　半年後だと聞いておりました」

「女王陛下の病状が思わしくないとのことです」

黙ってしまう。実感はないが、ジゼル陛下はシルヴェーヌの実母になる。

父となるローラン卿が傍についていても、病だけはどうしようもなくて、進行を遅らせるのがせいぜいだという。

怪我《けが》や傷は魔法力で治せても、天命に通じる病には手の打ちようがないと学んだ。魔法は神の力ではないのだと。できるのは、わずかな間の延命だけ。

複雑な表情を浮かべたシルヴェーヌにクロフォード伯爵が言う。

「シルヴェーヌ様。こちらを出られましたら、ルイ侯爵家へお行きください。火事のときの修復は終わっていますから、ぜひお出《い》でいただきたいということです。あちらも推薦の証書を書くでしょうから、これで二家揃《そろ》います」

「はい」

伯爵夫人が言葉を添えてくる。

「ドレスなども多めに作りました。別仕立ての荷馬車ですでにお送りいたしております。リュシアンのものも一緒にしてありますので、お二人でお使いください」

「お気遣いありがとうございます。何から何までお世話になりました。ご恩は忘れません。それであの、モアの父と母のことですが。お願いしてもよろしいでしょうか」

頼みごとまでするのかと呆れらそうだが、言わずにはいられなかった。

クロフォード伯爵は明るく笑って返してくれる。

「分かっておりますよ。城の者へパンを届けてもらうのを今後も続けるつもりでいます。ときおり人をやって様子を見させましょう。年を取って動けなくなるようなときには、本人たちとも相談して、きちんと世話をさせていただきますよ。ご心配なく」

「どうぞよろしくお願いいたします」

うんうんと頷《うなず》く伯爵の隣で、夫人が目を潤ませる。

「こちらもリュシアンのことをお願いしますわ。十年、母と息子として接してきました。今でもそう思っております」

シルヴェーヌも涙ぐんでしまう。

すると、リュシアンが立ち上がってテーブルを回り、伯爵夫妻のところまで歩いた。歩き方や優雅な動作などはこの城で身に付いたものだ。

人として十年を過ごしている間に伯爵夫妻から受け取ったものは、シルヴェーヌとモア夫妻が積み上げた親子としてのやり取りと同じで、きっとたくさんある。

リュシアンは、腰を深く折ってぐっと頭を下げる。

「怪我をしていた俺の世話をして、養子にまでしていただいた。感謝しています。どうぞ、いつまでもご健勝であられますように」

クロフォード伯爵も夫人も目元をそっと押さえる。

シルヴェーヌも目尻に溜まった滴《しずく》を指の背で拭いてから、立ち上がって深く頭を下げた。ドレスの裳裾《もすそ》を摘まんだ貴婦人の最上礼だ。

王女の身分がどうのとは誰も言わなかった。パウエルも何も言わずにいる。

感謝の気持ちがあるから頭を下げる。別れの挨拶はそうやって終わった。

ルイ家の領地は、クロフォード領より王都寄りになるらしい。侯爵家の屋敷までは五日の道のりであり、道中はその地の貴族家で泊まることになっている。

最終日は山越えになるが、どの地点からも〈空間跳躍〉魔法は使わないと聞いた。

リュシアンとパウエルが相談——という名の言い合いをして決めている。相談場所は、魔法陣の練習をした広間だ。シルヴェーヌも同席した。

先陣はリュシアンが切った。

「一度でも行ったことがあればまだしも、地図だけでは、跳んだ先に何があるのか分からない。距離があるから覗くこともできないし、罠《わな》も作りやすい。地上を行く方が安全だ」

「私は行ったことのある地ですから、三回ほど跳べば到着できますよ。シルヴェーヌ様だけでも先にお連れして……」

「俺がそれを許すとでも？　お前も魔導師だというのに、丸々預けろというのか？」

「私はそんなに信用されていませんかね」

「襲ってきた魔導師が誰なのか分からない限り、疑いを失くすことはできないな。完全な覚醒に至っていなくても、俺にはお前の持っている魔法力が巨大だというのは分かるぞ、パウエル。お前なら、俺の後ろに現れて背中を切り裂くことも可能だ」

「さすがに、それは無理ですよ。ムリムリ」

情けない顔をして反論するパウエルを、リュシアンはうろんげに見る。

「そんなことを言っていると、力の差だけでこけるぞ。——とにかく、今の段階で、空間を跳ぶのはダメということだ」

結論はリュシアンが出した。何やかやと言いながら、リュシアンはパウエルを信用している。本気で疑っているなら、同行そのものを拒否するはずだ。

同席したシルヴェーヌは、二人のやり取りを微笑《ほほえ》んで聞くのみだった。

彼女にはもっと別な気掛《きが》かりがある。

（……泊まる予定の貴族家では、歓迎会が催されるのよね。晩餐会《ばんさんかい》とか、きちんと対応できるかしら。そのうち舞踏会なんかもあるわよね。……し、心配だわっ。町のお祭りなんかとは、まったく違うでしょうし……）

失敗は彼女の教育を手掛けたクロフォード伯爵家の名に関わる。

予定が早まったので、クロフォード城では正式な舞踏会などが間に合わなかった。ダンスも教師と踊っただけだ。

伯爵夫人に《シルヴェーヌ様は、立ち居振る舞いも、ダンスも会話も、基本はおできになります。ご心配にはおよびませんよ。ちょうどいいので、王宮に入る前に経験を積ませられませ》と言われた。けれどやはり自信はない。

（……どうなるかしら。……失敗したとして、何度もやり直せるものかしら。……いいえ。立派な王女さまになるために、ガンバるのよ、わたし！）

暗く落ち込みそうになる気持ちをなんとか引き上げる。女王は無理でも、王女殿下の名に相応《ふさわ》しい自分になれるようにと祈りたい。侍女頭にも頑張ると約束したではないか。

（だけど……。どれだけ頑張っても、召喚の契約は完遂できないから、結局、外側だけをどうにか整えてゆくしかないんだわ……）

ゆっくり考えたくても時は待ってくれない。数日のうちに、シルヴェーヌはクロフォード城から出発した。

クロフォード家で護衛を手配してもらって、馬車で旅立つ。

侍女も数人選ばれ、後続馬車で連れて行くが、侍女頭とはお別れだ。大層泣かれて、シルヴェーヌも涙ぐんでしまった。

嫡男付きの老執事が、リュシアンに《どうぞお元気で》と深く頭を垂れ、《お前もな》と彼が応えているのも見た。

シルヴェーヌは、クロフォード城の厩番《うまやばん》にルキアさんのことを頼んだ。クロフォード伯爵は、王宮で落ち着いたらそちらへ連れて行きましょうと約束してくれたが、それが一体いつになるのか、誰にも分からない。

主な馬車には、彼女だけが乗る。リュシアンは馬で馬車の横についた。パウエルも馬に乗って反対側の横につく。

遠出をしたことのないシルヴェーヌには、過ぎてゆく町並みにしろ、商売人たちが売る特産品にしろ珍しいものが多くて、馬車の窓に張り付いて眺める。

宿泊する貴族屋敷での歓迎晩餐会などは、心配していたわりに、無難に終わってゆく。

夜はリュシアンと同室だ。彼が竜だというのは誰もが知っていて、シルヴェーヌと伴侶の関係にあるのも知れ渡っていた。ただし、契約が完了していないのは内緒だ。

人々を混乱させないためだからとパウエルが主張して、リュシアンも了解した。

契約が未了なのは、見ただけでは分からない。ベッドに入るとリュシアンは激しくシルヴェーヌを求めてきて、毎夜、肉体を貪《むさぼ》られる。その度に、白い魔法陣が発動した。

契約が完遂できれば、魔法陣は出現しなくなるそうだ。

そうして五日が過ぎる。

馬車は山中の街道へ入った。片側が崖、片側が山肌になっているとはいえ、道はある。この山を越すとルイ侯爵領の城下町までは近いということだ。

広い草むらに出たのを機に休憩に入った。なだらかでも上り下りがある山道は、馬に水をやって休ませる必要があるので、街道沿いには休憩場所が造られている。

快晴なのが嬉しい。馬車から降りたシルヴェーヌは、午後一番の眩《まぶ》しい空と雲を眺め、いつの間にか真夏になっているのに気が付く。初夏に始まった驚きの出来事から、一か月以上が過ぎていた。

隣に来たパウエルがシルヴェーヌに頭を下げる。

「では、私はいつもと同じで、ルイ侯爵家へ先触れに出ます。シルヴェーヌ様が、夕方ご到着の旨をお知らせしてきますね」

「えぇ、お願いします。……予定通りでも先触れがいるのって、なんだか変ね」

「貴族社会の慣例は、体面と礼儀で埋め尽くされていて、面倒なことが多いのですよ」

パウエルは笑いながらその場で消えた。

ふと見やった先に珍しい野花を見つけたので、近寄って屈み込む。草の上に、軽くて薄い布地を重ねた裳裾が綺麗に広がる。

小さな花にすぅっと手を伸ばしたのは、摘んでしまうというより触れたかったからだ。

ふうっと風が強く流れて、前髪がさわさわと浮き上がった。奇妙な音がする。獣が走る音だ。

激しく、速く、土を蹴って走る音、そして咆哮《ほうこう》。

ぱっと顔を上げると、真正面の森の中からシルヴェーヌに向かってくる大型獣が見えた。

知っている形ではない。双頭で、しかも足が四本以上あるような——。

——魔獣……!?

立ち上がる暇もなく、来る。

彼女の前にざざっと走り込んだリュシアンが、一太刀で頭部を切り落とした。

「リュシーっ！」

魔獣は黒い血を噴出しながら微細な粒子に分解されて、ざぁぁと拡散しながら消滅する。

竜界と接触したはるかな昔に流れ込んだ魔法力は、生態系にも影響を及ぼした。

不自然な命は時と共に淘汰《とうた》されるはずが、竜を召喚する方法を生み出したのと同じで、その獣を捕まえてそれ以上に歪《いびつ》な存在を作り出す者もいた。

そうして生まれたのが、魔獣と呼ばれる凶暴性の高い獣だ。

魔獣は、魔導師に操られる場合もあれば、解き放たれてしまうものもいる。

炎を畏怖《いふ》するので人のいるところには出てこない。このごろは、国全体で追い立てて、ことごとく消滅させることもある。

竜の力によって、ベルタ王国内には残っていないはずなのに、なぜ。

「「王女殿下！」」

その場は一気に騒然となる。

休憩用の場所を囲むのは森であり山だ。木々の向こうから周囲に響き渡る山津波のような咆哮は、数の多さを如実に表していた。

「シルヴィっ、来いっ。おいっ、ここに集まれ！」

上腕を掴《つか》まれて引っ張られる。呆然《ぼうぜん》として力が抜けていたためか、軽々と抱き上げられて馬車の近くまで運ばれた。

侍女も護衛たちも、リュシアンの命令を受けて近くに走り来る。

唸《うな》り声《ごえ》を上げ、すさまじいスピードでたくさんの魔獣が四方八方から迫ってきた。大きさも形も様々だが、あれこれくっつけた感が拭えないグロテスクなものが多い。

「動くなっ」

シルヴェーヌを土の上に下ろしたリュシアンが命じる。一瞬後には、彼らの周囲に半球の魔法壁が出現した。

半透明なそれに、魔獣は次々とぶつかる。全速力で衝突するので、肉体も損傷する。そのまま消滅してゆくものがほとんどだ。

周囲は凄まじい状態になったが、前を睨《にら》んで立つリュシアンを含めて、後方へ向かって半球で構成された魔法壁はびくともしない。

ところが、次々に現れる魔獣には恐怖もなければ、攻撃を緩める気配もない。ただひたすら向かってくるだけだ。

「きりがないな」

シルヴェーヌは、前にいたリュシアンがすらりと剣を抜いたのを見て、強烈な不安を抱く。

彼は肩布を留めていた宝石をむしり取って、マント替わりの布をばさりと横へ放った。

「リュシー……待って」

思わず呼べば、リュシアンは少しだけ振り返って彼女に微笑む。曇りのない笑顔だ。

すぐに顔を前に向けて、すたすたと歩いて行ってしまう。魔法壁はそのままなのに、リュシアンはそれをすり抜けて外へ出た。魔獣が一斉に彼に襲い掛かる。

「リュシー――っ‼」

「「リュシアン様っ！」」

シルヴェーヌの叫びも、護衛兵や侍女たちの制止の声も彼には届かない。

走り寄ろうとしたシルヴェーヌは、魔法壁で止められて追い掛けられなかった。

この壁の外に出ても、彼女では邪魔にしかならないだろう。分かっている。

それでも、たまらない思いを抱え、通り抜けられない魔法壁を彼の名を呼びながら両手でバンバン叩《たた》く。

リュシアンの剣技は素晴らしいものだった。――が、長剣はすぐに折れてしまった。

彼は自らの手の先に魔法エネルギーの塊を幅広の大剣にして、長剣の代わりにする。それを右手に持ってばんっと跳躍した高さは、三十メートルはあるだろうか。

動きの速さに目が追い付かない。人に可能な動きではなかった。リュシアンは、魔獣でさえ、紙かと思える軽さで切り捨ててゆけるほどの魔法力を持っている。

倒された魔獣は山となり、煙のような粒子に分解されて消滅してゆく。竜もまた、魔法力を枯渇させれば同じになるのだろうか。

それを想像するだけで、シルヴェーヌの心臓は激しく慄《おのの》いた。

「リュシー、リュシー……っ。召喚なんて、してはならなかったんだわ……っ、あなたを呼んではいけなかった。たとえわたしが火事で逝《い》っていたとしても――」

涙を流しながら、孤高に戦うリュシアンを見ている。見ていることしかできない。

リュシアンは強かった。魔法力に覚醒していないなどとは、俄《にわ》かには信じられない。

魔獣は相当数を減らしたが、今度は巨大化したものが森の奥から出てくる。ずしんずしんと地面が揺れて、動く巨人像ゴーレムが姿を現わした。空には、怪鳥が飛んでいる。

手元にある魔法力を結集した長剣では対処できないとみたのか、リュシアンは剣を消して、両手をくいっと上げると、掌《てのひら》を巨人ゴーレムに向ける。

目を射るような光が、彼の両手から迸《ほとばし》った。巨人像は粉々になる。シルヴェーヌたちを内側にした半球の魔法壁にもその破片が当たった。しかし、壁は少しも揺らがない。

次々に巨人像を破壊してゆくリュシアンに、上空から怪鳥が襲い掛かってくる。

空の高みを飛んでいるときはそれほどには見えなかったのに、地上を攻撃するまで降りてくると、その大きさに愕然とする。爪《つめ》と嘴《くちばし》の鋭さに戦慄《せんりつ》を覚えた。

「逃げて、リュシー……、もういいからっ……っ」

これだけの力を持っている。彼だけなら、十分逃げられるはずだ。

半透明の壁を叩きながら叫ぶシルヴェーヌをちらりと振り返ったリュシアンは、口元に不敵な笑みを浮かべながらも、激しく息を吐いていた。

よくよく見れば、手足に傷を負っている。濃い色の服を着ているからそこまで分からなくても、裂ければ状態が悪いのは見て取れた。

戦闘は激しく、彼女たちのための防御壁を維持しながらたった一人で戦う彼は、魔法力を制限されている。覚醒に至らない力でも、これほどまでに強力だ。それでも傷を負う。

「帰って、竜界へ……もういいのよ。だから、リュシーっ！」

ぼろぼろと零《こぼ》れる涙に構わず、シルヴェーヌは叫ぶ。そんな彼女に微笑みを投げたリュシアンは、空から地上へ急降下してくる何羽もの怪鳥へ顔を向け、すっと背を伸ばした。

空気が金色に揺らめいてリュシアンを囲う。

「あっ……、あ、リ、ユシー……？」

「「王女殿下の、竜っ！」」

みるみる変形してゆく。中天にある太陽の光を受けて煌《きら》めく黄金色の空気を纏《まと》い、リュシアンはもう一つの本体である竜体へ変わる。大きい。

腹側は乳白色、背中は金褐色で、黒と黄金の縞になった鬣《たてがみ》がある。大きな翼もあった。翼は黒色とグレーだ。くりんとした瞳は黄金色なのに、下辺から赤みを帯びてきている。

ガッと開いた口から辺り一面を揺らがせるほどの咆哮を上げて、背中の翼を大きく動かすと、不思議なほど軽い感じで巨大な竜体が浮き上がる。

嘴を彼に向けて急降下する怪鳥などものともせずに、弾き飛ばしながら空へ飛んだリュシアンは、再び咆哮した。

広大な空が、みるみる集まった雲に覆われてゆく。曇天《どんてん》から落ちてくるのは雷だ。

雷撃という言葉の通りに、何本もの光の矢が落ちてきて、怪鳥も、再び森から出て来た人型の土塊も悉《ことごと》く粉砕してゆく。轟音、そして雷の光、砕け散る無数の魔獣。

たくさんの鳥形魔獣が粉々になって落ちてくる。

空を見上げたシルヴェーヌは、あまりの数の多さに、さすがにもう魔法壁は持ち堪えられないだろうと予想した。

そこへ、眩《まばゆ》い平面魔法陣が盾となって間に入る。落ちてきた怪鳥の破片は魔法陣に弾かれて消滅していった。

とんっと半球の魔法壁の上に降り立ったのは、紫の衣をはためかせたパウエルだ。

リュシアンが二度目の雷撃を放つと、山自体が抉《えぐ》られたようになる。周囲はシルヴェーヌたちの半球を真ん中にして、大きな平原となってしまった。

もうゴーレムも出てこない。怪鳥も現れない。空は雲が散って晴天に戻り、森は静まる。

滑らかな軌道を描いて地表に下りてきた竜が翼をたたむと、姿全体が透き通って、やがて消えた。消えた所にはリュシアンが立っている。

シルヴェーヌたちを守っていた魔法壁も消えた。彼を凝視しているシルヴェーヌの視線の先で、リュシアンはゆっくり仰向《あおむ》けに倒れてゆく。

「リュシ――――っ‼」

叫んで走り出す。

「ただいま先触れから戻りました。シルヴェーヌ様、これはいったい……」

空中からシルヴェーヌのすぐ横に降り立ったパウエルの姿は、視界に入っていても気が付かない。パウエルの声も、まったく耳に入らなかった。

リュシアンに向かってひたむきに走る。ドレスは波うち、髪飾りが外れて落ちた。乱れた髪が後ろへ靡《なび》く。

いたるところに魔獣の残骸があり、しゅうしゅうと煙を出している。そういうものにも目もくれず、シルヴェーヌは彼の元へ行く。

倒れているリュシアンの横に膝を突いた。顔を覗き込んで叫ぶ。

「リュシーっ、リュシーっ、あぁ、目を開けて……っ」

土の上に投げ出された彼の片手を取って両手で握り、ひたすら名を呼んでいると、閉じられていたリュシアンの両眼が開く。長い睫《まつげ》がふわりと動いて瞳が現れた。

透き通った金色のはずが、下半分が真紅になっている。

「……リュシー……？　瞳の、色が……」

竜の本体が姿を見せたときも、大きな瞳の底辺は赤味を帯びていた。半分以上塗り込められたということは、竜の意識に取り込まれているということだろうか。

――でも、人の姿に戻っているわ。いいえ、たとえ竜の意識しかなくてもリュシーなのよ。

彼の身体に視線を走らせ、怪我の有無や様子を確かめる。

「大丈夫？　傷は？　リュシー……、ごめんなさい。こんなことに巻き込んで」

ぼろぼろと泣いてしまった。このごろ、自分は本当によく泣く。

竜の姿のとき服はどうなっていたのか非常に不思議だが、彼の服は破れていて血の痕を残しながらも身に纏われていた。しかし、傷自体は見当たらない。

魔法エネルギーが尽きさえしなければ、直ちに治癒できるというから自力で治したのかもしれなかった。かといって心配がなくなるわけでもない。

「……シルヴィ」

じっと彼女を見上げるリュシアンが掠《かす》れた声で呼ぶ。すぐさま、彼女が握る手とは反対側の彼の手が伸びて、シルヴェーヌの手首を掴んだ。

ガバリと半身を起き上らせたリュシアンが、シルヴェーヌの手を強く引っ張りながら覆い被さると、身体の位置は上下入れ替わり、彼女はとすんっと土の上に仰向けになる。

戦闘によって穴だらけだった地面は、彼女が身体を上向かせて倒れるわずかな間に、緑の芝に覆われた平坦な地となった。背中に衝撃もなければ痛くもない。

シルヴェーヌは、すぅっと下がってくる彼の唇を目に留めて焦る。ここは野外だ。

「外よ、リュ……」

激しく口づけられる。角度を変えて貪られ、口蓋を嬲《なぶ》られて、歯列の裏まで探られる。いきなりぶつけられた男の情動におびえるシルヴェーヌの舌を、彼の舌がきつく絡め取った。

太腿あたりに押し付けられているのは、完全に勃起したリュシアンの雄だ。

深い口付けのあと、彼の唇はドレスの首回りに落ちた。

シルヴェーヌは、動かせる範囲で顔を向けて周りの様子を窺う。視界に入ったパウエルが、ゆるりと腰を屈めた。耳には聞こえない彼の心の声——思念波が届く。

『魔法力の暴走を抑えるためにシルヴェーヌ様を必要とされています。荒れ狂う竜の本質を宥《なだ》めて、鎮めてください。よろしくお願いします』

——よろしく、お願いします……って、ここ、外なのですけど……っ。

項《うなじ》をきつく吸い上げられると、寒気のような刺激的な感覚が身体を走り抜ける。彼の唇は、ドレスの外に出ているシルヴェーヌの肌を舐め回した。

リュシアンの手が早々とドレスの裳裾の中に入ると、彼女の肉体は一気に熱が上がってくる。

ドロワーズの薄い布ごと下肢を弄《まさぐ》られた。

「リュシー……っ、ぁ……ん——」

「シ、ルヴィ……っ」

喉の奥から絞り出したような声で名を呼ばれる。切羽詰まってどうしようもないというこの声。求められているのを強く感じれば、肉体はたちまち反応する。

彼の情に呼応して、彼女の魔法陣が発動した。

白い線が複雑な文様を描きながら円になって膨らむ。芝の上に描かれた魔法陣の褥《しとね》だ。

　リュシアンの魔法壁も現れて、シルヴェーヌの魔法陣ごと内側に入れて膨らむ。これで外からは中が見えなくなるし、彼女からも外は見えなくなる。

刺激を受ける肉体は、魔法陣の煽《あお》りも受けて悶《もだ》え始めた。リュシアンの手の動きは性急だが、シルヴェーヌの肉体は遅れることなく合わせられる。それこそ魔法陣にも助けられて、熱い吐息に塗《まみ》れた。やがて高い嬌声《きょうせい》が口から漏れてゆく。

ドレスは着たままだ。護衛兵や侍女が休憩しながら待機している場所のすぐ近くにいるのを考えてくれている――と思う傍で、いきなり裳裾をめくり上げられて、その中にリュシアンが頭から潜ってしまった。

「リュシー、リュシー、……そんな、卑猥《ひわい》な……貴公子に、あるまじき……あぁっ」

魔法壁があって見えないとはいえ、光や空気は通る。午後の強い陽が周囲に溢《あふ》れていた。

薄い布が重なるスカートは、内側に入ったらどう見えるだろうか。

ドロワーズのボタンを外され、リボンを解かれて引き下げられると、大事な部分を彼の目に晒《さら》してしまう。スカートがあるのに隠せない。

片足をドロワーズから抜かれて脚を広げられた。茂みを撫《な》でられ、そして唇が。

「ん、あ、あぁ……あんっ……」

広げられたのは脚だけでなく、奥で閉じている女陰もだ。そこを舌が舐《ねぶ》るころには、しっかり濡れて奥の淫壺から蜜を溢れさせる。

リュシアンはそれを味わうのが好きらしい。舌を出して舐り、啜《すす》る。

「ううん――……っ、あ、リュ、シー……っ……き、つい」

強い吸い上げと隘路《あいろ》を拓《ひら》いてゆく乱暴な指。ばらばらと蠢《うごめ》く指の動きに蕩《とろ》けてしまいそうだ。舌と唇で挟まれて扱《しご》かれる陰核はすっかり赤い芽を出して彼に恭順している。

「あー……あ、あ、んぅ――……っ」

揺れる膝を両手で掴んだ彼は、いっぱいに開いて、奥の奥まで舌を入れる。同時に花芽を指で苛《いじ》めた。感じる。襲ってくる快感に身悶《みもだ》えが止まらない。

休憩している侍女たちが笑いさざめく声が密かに耳に入ってくるというのに、激しい嬌声を上げてしまう。

「ん、あぁ、あ、……っあっ、あ――……んっ……」

彼女の艶声は外には聞こえないはずだが、違っていたらどうしよう。どうしようと思うから羞恥も募《つの》り、ますます煽られる。

「あん、あんあぁ――……っ」

伸び上がって果てる。いつもよりもずっと早い。

びくびくと肢体を震わせていると、スカートの中から出たリュシアンが、彼女の両足を抱えた。大量の布が膝を隠しながらも折り重なり、足首から先が外へ出る。

薄い靴下は彼女のお気に入りだ。可愛《かわい》いリボンで飾られている。靴は赤い。軽い感触が好きで愛用していた。それらが自分の目で見える。足先が高々と上がった。

ドレス類はすべて身に着けている。けれど、ドロワーズは左足首に引っかかっている状態で、彼の前に開いている下半身は濡れていた。

いつでも挿入可能であるばかりか、蜜道や奥の肉壺が空洞に喘《あえ》いでいるのを自覚する。

「リュシー……あ、……リュシー……」

脚を上げられただけでその先へ進もうとしない彼に焦《じ》れて名を呼ぶ。

上から見下ろしているリュシアンの両眼はいまだに赤みを帯びていた。戦闘的で酷薄《こくはく》な色合いだ。

「いや、リュシー……、お、ねがい……、どうにかして、……おねがい、こんな、こんなに、はしたなくて、ご、ごめんなさ、でも、リュシー……、中に――」

いつの間にこれほど彼を欲する躰《からだ》になってしまったのだろう。涙目で頼んで口にするのは、リュシアンの雄を望む淫靡《いんび》極まりない内容だ。

「俺が、怖くないか？」

「あ、なに？　……なにを言ってるの……んっ、んっ、なに……」

奥の疼きがたまらないと腰が揺れる。陰部の口がとろりと蜜を垂らして息づいていた。

「竜の姿を、見ただろう？　怖く、ないのか？」

「あなたは、リュシーでしょう。……どんな姿をしていても、リュシーだわ」

「シルヴィ……。本当に？　気持ちが悪いとか、ないのか？」

「ないわ。あなたは、……わたしのパンを食べてくれるリュシー。わたしの愛しき竜、幸せになってほしい人。たとえ、わたし以外を伴侶にしたとしても、鎖なんて掛けられない、竜の姿も美しいわ……。リュシー……、あん、どうにかしてぇ……っ」

　リュシアンは笑う。

「俺の幸せ……か、おまえのそういうところを俺がどれほど愛しているか。シルヴィ……っ」

　彼の両眼の赤味が一層濃くなって、シルヴェーヌの蜜口は勢いよく凌辱された。すっかり勃ち上がった長大なる竿《さお》が、彼女の陰部にめりめりと深く差し込まれる。

「ひぁ……っく、い、ふ……太い……っ、あぁ、……アアァ──……ッ」

　びくんっと一度のけ反ったあとは、迫りくる快楽に身を浸す。

　しかし、上半身はドレスのままだからコルセットがきつい。はぁはぁと激しく息をするたびに締め付けられる。

「くるし……、リュシー、くるし、……あぁ」

「なにが……？　俺は、すごく好《い》い……っ」

　苦しいと聞いて、ぎょっとした表情を晒《さら》すリュシアンに、シルヴェーヌは訴える。

「コ、コルセット……胸が、あああぁっ……」

恥裂を限界まで割って奥を突いている楔《くさび》の熱いこと。彼女の襞《ひだ》はそれを離すまいと締め付ける。けれど、空気が足りない——。

リュシアンがシルヴェーヌの前まで手を伸ばすと、ドレスの前もコルセットの前もばんっと開いた。布が裂けたわけではない。下着となる薄布まで、被る形だったはずなのに前が開く。

胸を反らしていたから、シルヴェーヌの豊かな乳房が顕《あら》わになって揺れる。そこへ躰を前に倒したリュシアンが吸い付いた。

「きゃぁああ……っ、あ、……」

下肢では激しく犯されて子宮口まで叩かれ、ぎりぎりまで抜かれて空洞に喘ぐ。

胸は彼の口で嬲られている。乳房の膨らみに顔を埋められ、さらにはきつく吸われて高く声を上げる。

「シルヴィ……っ、こんなに乱れて、悶えて、俺が欲しいか？　もっと？」

「ほ、しいっ、……きつくて壊れそう……っ、でも、もっと、ほしいのぉ……っ」

「おまえが、これほどいやらしくて、卑猥で、飢えた雌の顔も持っていたなんてな。好《い》いよ、シルヴィ。おまえだけだ……俺は、おまえだけを求める、おまえだけを愛する——」

狂おしいほどの独白を聞きながら淫らに堕ちてゆく。

薄らと目を開けた。喜悦で目元が潤んでいるから、水の中から見ているような視界だ。その中で、嬉しそうに彼女を貪るリュシアンが見えている。

——金色の瞳に、戻っている……。赤が混ざるのも綺麗だけど、やっぱりこちらが、好き。

取りとめのない思考に自分でも笑う。

彼の腕の中なら、どれほど淫らに堕ちても、どれほど見苦しい姿を晒しても大丈夫だという安心感がある。甘えもあれば、縋《すが》り付きたい想《おも》いもある。

彼女にとっても、伴侶はリュシアンだけだ。だからこそ——言えない。

魔導師と違って、リュシアンは魔法言語など必要としない。魔法陣もない。望むだけで魔法を使える。恐るべき力だ。

それでも傷を負う。王女のために戦う竜は、魔法力を枯渇させて人界で消滅することさえあると聞いた。リュシアンがそういうことにならないと一体誰が保証してくれる。

「あ、あ、あぁ……っ、……」

熱で霞《かす》む思考。白熱の海に投げ出されてゆく。

隘路の奥には悦楽の場所がある。そこを集中的に責められ、子宮口まで押されて、目の奥に銀の閃光がちらついてくる。愉悦に狂いそうだ。

「アァ——……っ——……っ」

繋がった状態で、右脚だけを上げられて下半身を横向きに捩《ねじ》られると、斜め下から突いてくる態勢になる。いつもは擦らないところまで、雄がみっちりと嬲っていった。

「あ——……っ……」

どくんっと鼓動が大きく一つ打ったあと、硬直して足先までがピンと伸びる。一気に天上へ上りつめた。快楽が深い。ぎゅうぅぅと締め付けた雄の形さえ脳裏に描かれる。

「シルヴィ……っ、つぅ……っ」

無意識に男の象徴を絞って、爆《は》ぜてゆく感触に酩酊《めいてい》する。

「あ、はっ、……はっ……」

目を見開いたら涙が弾《はじ》け飛んだ。あとはもう、びくんびくんと痙攣《けいれん》しながら弛緩してゆくばかりだ。

霞《かす》んでいる意識の狭間《はざま》で彼の声がする。

「気持ち、よかったか？」

止める間もなく素直に言葉が出てしまう。リュシアンは満足そうに笑った。

「よかった……」

見惚《みと》れるような笑顔を脳裏に刻んで、シルヴェーヌは身も心もゆったり弛緩していった。

ドレスが元に戻される。シルヴェーヌの白い魔法陣もリュシアンの魔法壁も消えると、太陽が西方の峰にほとんど隠れているのが視界に入る。感じていた以上に時間が過ぎていた。

シルヴェーヌは、緑の芝の上に仰向けになっている。まだ動けない。

離れた位置から《そろそろ出発しますか》と聞いてきた護衛兵に、彼女の隣で土の上に座っていたリュシアンが答える。

「お前たちは街道をゆけ、パウエル。俺とシルヴィは直接ルイ家の屋敷へ跳ぶ」

「危険だからだめだとかなんとか」

「ルイ家の屋敷内の様子がここからでも見えるようになった。もう座標が組める。おまえは好きにしろ」

シルヴェーヌとしては、山道を馬車で数時間も揺られるのは避けたかったので、反対はしない。腰がだるくてたまらない。眠気もある。今にも瞼《まぶた》を下ろしてしまいそうだ。

パウエルの返事が聞こえる。

「リュシアン様は、契約が未成立で覚醒前だというのに、あっという間に魔法力の引き出しを拡大してきましたね。今の状態で竜体にもなれるとは、驚きですよ」

「そうだな。押さえ付けられている感じはあるが、いずれはもっといけるぞ」

「……すごいです。あなた様は普通の竜ではありませんね」

感嘆するパウエルに、リュシアンは大きく笑って返す。

「そうか？　記憶も穴だらけだから、自分では分からないな」

夕陽の最後の照り映えの中で、すくりと立ち上がったリュシアンは前よりも大きく見えた。

シルヴェーヌへ向けてくる瞳は、すっかり元に戻った黄金色だ。

真紅を下辺にとどめる瞳をした竜の姿が脳裏を過《よぎ》る。

（大きくて、力強くて、綺麗だった……。竜になってもすごく素敵、リュシー……）

竜の姿を見ようが、圧倒的な魔法力を間近に感じようが、微塵《みじん》も揺らがなかった己の想いの深さに、シルヴェーヌは自分で呆れる。

（……《普通の竜ではありませんね》って。……では、どういう竜なの？）

彼女は、分からないことが多いと騒ぐ心を持て余しながら、夕陽を眺めていた。


眠りから覚めたシルヴェーヌは、青い瞳を周囲へ向ける。

見たことのない天井柄の天蓋付きベッドに寝ている。横の方を見れば、ふかふか感のある絨毯《じゅうたん》の上に猫脚の優美な丸テーブル、そして同じ形態の二脚の椅子があった。

テーブルの向こうには、床から天井近くまでの窓だ。窓の外は庭になっている。

窓から直接出られる仕様だから、この部屋は一階ということだ。よく手入れされている庭だが、その向こうがどうなっているのか彼女のところからは見えない。

外は真っ暗だ。部屋の中は小さな灯《あか》りだけだから薄暗い。

（……魔獣に襲われたあとで夕陽を見ていて——見ていて、それから？）

ぷっつりと記憶が途切れている。多分、眠ってしまったのだ。そのあと、リュシアンとパウエルの会話通りに、〈空間跳躍〉魔法でルイ侯爵家の屋敷へ直接来たのだろう。

反対側へ顔を向ける。規則正しい呼吸を繰り返して、リュシアンが眠っていた。金褐色の前髪を額に流しながら、彼女の方を向いて横臥《おうが》している。

（よく眠ってる……。平気そうだったけど、疲労が大きいんだわ。……当たりまえか）

竜体になったのも初めてなら、あれほどの魔法力を放出したのも初めてのはずだ。傷を負っていたのに、それも自力で治している。

魔法力は竜の中にあるというが、人界で使えばなくなってゆく。休息と食事によって体内で造られるといっても、一気に放出して底をつけば竜といえども消滅してしまう。

特に人界では、いざというときに取り込める魔法力が少ないから、闇雲に力を行使するのは危ない。

これだけ近いと、薄暗い部屋の中でもリュシアンの顔はよく見える。同衾《どうきん》していても、寝姿など見た覚えがないので、まじまじと眺めた。

（長い睫……。通った鼻筋に陰影の深い相貌。皆が騒ぐのも無理はないわ……）

王女が召喚した竜の人型は個々に違うというが、どの姿でも魅力的なのは当然だ。召喚するときに伴侶の姿を想像する王女は、常に自分の理想を思い描く。

（だけど、わたしはそうじゃない。何も考えずに炎の中で魔法陣を発動させた。リュシーは、

自らこの姿を取ったはずよ。竜のときの色彩を持っているもの)

すぅっと上半身を起き上がらせたシルヴェーヌは、彼の額にそっと唇を落とす。

「ごめんね、リュシー。言えなくて、ごめん。人よりもはるかに長い刻《とき》を生きるあなたの孤独が恐ろしいの。それに、人界で利用され続けたら、いつかはきっと……」

口の中で呟《つぶや》く。滅入ってしまいそうになるのをふるりと頭を振って払ってから、ベッドから降り立つ。

レースとフリルで飾られた薄い夜着を纏っていた。着替えさせたのはリュシアンだろう。クロフォード家の侍女頭ならともかく、他者の手であればそのときに目覚めたはずだ。

布靴が用意されていたのでそれを履いて、そうっと、そうっと……と心の中で繰り返しながら、窓まで近づいた。夏だから開いている。もう眠くはない。

明け方まで時間もあるので、庭を歩こうと外へ出る。

シルヴェーヌは、リュシアンは眠っていると思って振り返らなかったので、彼の両目が開かれたのは知らない。

異国風の庭はきちんと整備されていた。小道をゆっくり歩く。満月に近い月の光もあれば、ところどころに灯りの入った小塔もあるので、そぞろ歩くのに不自由はない。

常に人が控えている生活に窮屈さを感じていた。こうしていると、カルカンタにいるときのような自由な気分になる。ふふ……っと、我知らず口元に笑みまで浮かんだ。

ずいぶん歩いたころ、小さな池を見つける。灯籠《とうろう》があって明るいので近寄って覗き込んだら、突然、水面に写っていた彼女の横に別の人の姿が現れた。

「きゃっ……、あ、パウエル」

ぱっと背筋を伸ばして振り返る。白髪で背の高い魔導師はくすくすと笑った。

「どうされましたか。お眠りになれませんか？」

「眠り終わったので散歩です。ここはルイ侯爵家の屋敷でしょうか？」

「そうです。火事のあとで建てられたので、何もかも新しくて快適ですね」

パウエルの後ろへ視線を投げて建物を眺める。両翼を備えた大きな屋敷だ。新しい感覚で建てられたからなのか、または王都に近いからなのか、〈城〉のような複雑な造りではない。

「まだ詳しく見ていませんから、屋敷の中までは分からないわね。……パウエル。ちょうどいいわ。聞きたいことがあるのです」

彼が現われたタイミングを考えると、シルヴェーヌが一人で外へ出たのを察知したというより、もしかしたらパウエルは、彼女の動向を常にチェックしているのかもしれない。

襲撃までされているから、無理もないことではあるが。

パウエルは笑みを絶やさない。目は細く山なりの曲線になっていた。

「私に答えられることなら、何でもお教えしますよ。何でしょうか」

「ベルタ王国に魔獣はもういないはずよね。すべて駆逐《くちく》されたと学びました。周辺国でも姿を見ることはほとんどないと聞いています。それなのに昨日、あれだけの数が一斉に襲ってきましたよね。なぜでしょうか」

「変ですよねぇ。多種にわたる獰猛型《どうもうがた》をあの数で揃えるのは、魔導師には無理です。あの場所まで連れてくるのも、統一行動を取らせるのも不可能ですね。たとえば、ですが……。あの場で造って操ったというのであれば、ああいった状態になるかもしれません」

「造って操る。魔導師が無理なら誰にならできるのでしょう。もしかしたら、竜？」

じっと見る。パウエルは、シルヴェーヌの問い掛けに少しも動じることなく、やはり微笑して答えてきた。

「シルヴェーヌ様は鋭いですねぇ。私も同意見です。あの襲撃は、お二人を抹殺《まっさつ》するのが目的というより、リュシアン様の力を試そうとしたのかもしれません」

「リュシーの力を試す？　竜が、なぜ？　この国には、リュシー以外に、三体の竜がいると聞いています。ジゼル陛下の海竜ローラン卿、姉カサンドラの火竜ナルサス、妹エレミネアの水竜カール。わたしたちの竜の中で、もっとも強大な魔法力を持つのは誰です？」

「現時点ではナルサス様です。それはもう大きな力を持っておられますよ。それこそ、次代の竜王になれるくらいの」

「竜王⁉　竜界を統《す》べる王のことね。それなら、少なくともナルサスには私たちを襲う理由はないわね。だって最強の竜を召喚した者が女王になるのですもの」

「最強です。現時点では」

含みのある物言いだ。意味はすぐに分かった。

もともと、シルヴェーヌが尋ねたかった問いにも関わる。

「リュシーは、普通の竜ではないのですか？」

「はい。能力が抜きん出ています。魔獣と戦ったときは、小指一本動かした程度だったと考えると、予想値だけですさまじいものがありますね。伴侶の契約が成立して覚醒したら、どれほどの魔法力を使えるのでしょうか」

そこでパウエルは、リュシアンのいる方へ羨望のまなざしを向けた。彼にとって、竜は憧れの存在なのかもしれない。

シルヴェーヌが様子を眺めているのに気が付いたパウエルは、急いで彼女へ顔を向ける。慌てた感じがひょうきんな彼らしくて可笑《おか》しい。けれど話してくれる内容は、とても笑えるようなものではなかった。

「ナルサス様は、自分は〈次代の竜王に匹敵するほどの魔法力〉を持っていると仰っておられた。匹敵するほどの、です。次代の王は別にいるのですよ」

「――……まさか。リュシーが？　それを確認するために、試したというの？」

「現在の竜王は、かなり高齢だと聞いています。もうすぐ、王の交代がある。王が消滅すれば、竜王は直ちに代替わりするそうですよ」

パウエルは目線を落として、考えながら話を続ける。

「魔獣をけしかけたのがナルサス様であれば、リュシアン様が次代の竜王である可能性は高い。なぜなら、リュシアン様がいなくなれば、自分が次代の王ですから。今のリュシアン様は、伴侶召喚の魔法陣で魔法力がほとんど封印されています。竜界では力の差がはっきりしていても、今ならリュシアン様を葬《ほうむ》ることができる」

「そんなこと……っ！　無理よ。だって、リュシーは人型を捨てさえすれば、竜界へ帰ることができるわ。危なくなれば竜界へ戻ればいいのだもの」

声もなくパウエルが笑う。いつもの笑みとはまったく別な様子で、身体を前後に揺らしながら爆笑していた。

「パウエルっ」

「す、すみません。つい。契約がされていなければ、人型を捨てることで魔法陣を振り切って竜界へ戻れはしますが、私は、リュシアン様がそうされるとは微塵《みじん》も思いません」

前に立っているパウエルが一歩進むと、彼女に手が届く位置まで近づく。パウエルは身長の高さに見合う長い腕をシルヴェーヌに伸ばしてきた。

いきなりの動きで戸惑うが、池があって後ろには下がれないし、下がる気もあまりなかった。

相手はパウエルであり、シルヴェーヌは彼を信用している。

迫る腕を見ている。彼女の額に向かって伸ばされる指があと数センチというところで、その指先にバチバチと青い火花が散る。

――えっ？

「うっ」

短く呻いたパウエルは、手を引こうとしたが手首を掴まれて止められた。

彼女の眼前を塞いで立ったのは、踝《くるぶし》まである長いガウンを羽織った広い背中だ。

パウエルとシルヴェーヌの間に〈空間跳躍〉魔法で横から入ったのか、柔らかな髪がふわりと横に靡《なび》いている。

一瞬で彼女の前に立ったリュシアンは、怒りの声で言う。

「何の真似《まね》だ。そいつは攻撃魔法だろうが」

「シルヴェーヌ様のお身の周りに膜が見えましたので、確認いたしました。やっぱりリュシアン様の仕掛けなんですね。攻撃が迫れば反応するなんて、そのような細かな技を繰り出せるほど魔法力を高められましたか。あ、痛っ、痛いですよ」

「膜？」

シルヴェーヌが身体を少し横に倒して、パウエルへ顔を見せる。リュシアンはかなり強い力で、ぎりぎりと手首を締めているようだ。

痛そうに眉を顰《ひそ》めていたパウエルはシルヴェーヌに向かってにこりと笑う。

「あなた様の守りのためでしょうね。それと、何かあればすぐに分かるように。ね、こういう状態なんですよ。竜界へ戻られるわけが……。痛いんですが」

さすがのパウエルも笑っていられなくて表情が真剣味を帯びる——と、いきなりその腕を放したリュシアンは、今度はシルヴェーヌの手首を緩く掴む。

「リュシー?」

「部屋に戻って寝る。付き合ってくれ、シルヴィ。まだ魔法力が身体の中で燻《くすぶ》っていて、おまえが傍にいないと休まらない。おまえだけが俺を鎮《しず》められるんだ」

頬が真っ赤に上気した。言われているのは単純に眠るための誘いではない。

怒っていたはずのリュシアンの声が、艶《なま》めかしさを帯びて彼女の肌を撫でる。手を握られて引かれると、ふらふらと一緒に動き始めた。

ふと思い付いて、シルヴェーヌはわずかに後ろを振り返る。

「パウエル、またあとでね。いつも気に掛けてくれて、ありがとう」

「シルヴェーヌ様についているのは、陛下のご命令による宮廷魔導士の仕事でありますが、私個人に依頼されたローラン卿のたっての望みでもあります。お気になさいますな。今日はごゆっくりなさってください。明日はルイ侯爵様と〈歓談〉です」

腰を折ったパウエルに見送られる。

（仕事とは別に《たっての望み》、ローラン卿は、わたしが竜を伴って王宮へ行くことを、それほど強く望んでいらっしゃるのかしら。ローラン卿……お父様……。モアの父さんとは、ぜんぜん違うのでしょうね。どんな方なんだろう）

新しいことばかりがやってくる。親であっても初めて逢うのと変わらない。

（幼いころからずっと一緒にいるのはリュシーだけね……）

甘えたくなるが、それはだめだと自分を制する。繰り返しだ。どうやったらこの螺旋《らせん》から抜け出せるのだろうか。

リュシアンは後ろを一顧だにせず、彼女を連れてもとの部屋へ戻った。

出入りした窓を閉め、ベッドまで行く時間も惜しいと言わんばかりに、すぐさまシルヴェーヌを抱きしめる。彼の一方の手が背中を這《は》って下がってゆく。

真夏でもあり、シルヴェーヌが着ているのは薄いナイトドレスだけだ。二つの尻のまろみに直に触れられているのと大した違いはなかった。

「ん……っ、ん……っ」

息が苦しいと感じて、リュシアンの胸元に埋まっている顔を放すと、口付けが降りてきた。啄《ついば》むような口付けはすぐに舌の侵入へと変わる。

彼の手は、臀部《でんぶ》をさまよった果てに、背中側から布ごと狭間に埋まった。

「あ……」

「脚を、開いて」

唇をほんの少し浮かして呼気と共に言われる。逆らう意味はない。すぐに魔法陣が発動するだろう。

このごろでは、契約を完遂させろという魔法陣の圧力が強くなっているようにも感じる。それほど、熱く乱れてしまうのだ。

「あぁ……ん……」

ナイトドレスの薄布を挟ませながら、開いた足の間に彼の手がより深く潜ってくる。女陰を指が撫ぜて擦られて、布にはきっと染みが浮いただろう。

口付けながら、リュシアンは喉の奥で笑った。

「濡れてくる。蜜で濡れた夜着か。あとで見てみよう」

「いや……っ、いじわる、言わないで。んっ、……ベッドが、あるから……」

「立ったままで、達《い》って見せてくれ。俺の手で淫らに蕩けてしまえ」

シルヴェーヌが怒った顔をしているうちに、躰は彼の手管に溺れてしまう。

後ろから陰部に潜った指が狭隘を嬲る。布が敏感な皮膚を擦るから痛いと訴えれば、ナイトドレスが一気に脱げて床に落ちた。彼は脱がせるという手間を必要としない。

感じ始めると、伴侶召喚の白い魔法陣が浮き上がってくる。線上にゆらゆらと立ち昇る魔法エネルギーによって、シルヴェーヌはたちまちとろりと蕩けた。

裸になると、今度は肌を晒した臀部を撫で回されて、後ろから双丘を指で広げられる。流れる空気が普段は外に出ない部分を撫ぜていった。

「あ、あ……、んー……」

腰を抱かれているので脚に力を入れなくても立っていられる。指を深くに挿入されても立ったままだ。不安定さが腰の揺れを誘う。

彼女は両腕を彼の首に回して必死に縋り付く。これ幸いと彼の指は女陰への愛撫《あいぶ》を深める。

「脚をもっと開けるんだ。もっと」

端的な指示には、彼の息遣いの荒さも影響しているのかもしれない。こうしていることで少しは興奮してくれるのだろうか。

両足の間に彼の太腿が入ると自然に大きく開いていってしまう。

魔法陣のせいもあるし、元からそういう肉体なのか、内部は濡れそぼってぐっしょりだ。

彼の手の指が、奥から浅瀬へ出て、前の端にある豆に絡む。くりくりと嬲り始める。

「あ、あぁ、ん……っ」

「腰が揺れているぞ。ほしいのか？　シルヴィ……もっといやらしくなって、俺を絡め捕れ。おまえにならどれだけでも溺れてやる」

耳を甘噛みされながら言われる。それだけで感じる。シルヴェーヌの方こそ、彼の躰に、その存在に溺れている。

いまだに服を着ているリュシアンに埋もれている裸の自分。白金に近い亜麻色の髪が背中で翻《ひるがえ》りながら波打つ。この肉体には、淫らを誘う彼の手がきっと似合う。

淫芽が勃ってきた。快感がきつい。

「ひぁっ……アァ――……っ」

背中を慄かせてのけ反る。びくんびくんと達して、リュシアンの指をより深く取り込もうとした。無意識の動きだ。彼はまた、喉の奥でくつくつと楽しそうに笑った。

床の上にうつ伏せにされる。腰を上げるよう掴まれて、後ろから突き上げられた。

リュシアンはズボンを下げただけで、上はドレスシャツを羽織ったままで繋がってきた。魔法ですぐにも脱げるのに、それほど性急だったということだろうか。

裸の彼女を、彼の硬い肉塊が後ろから獣のように犯す。ぎちぎちに埋まる男根は、シルヴェーヌを壊さんばかりの勢いで蜜壺を激しく蹂躙《じゅうりん》した。

彼女の膝の下にはナイトドレスがあるので、床の上でも痛みもない。尻を振ってしまう。これほど膣路で感じてしまうとは、自分自身に驚く。

「あ、あ、あぁぁ……っ、あ、つい……熱いわ……リュシ――っ……」

奥のしこりを突かれると大量の快感が走る。続けられると、体中に熱が溜まる。

その熱がやがて愉悦と共に爆ぜると知っている己の肉体は、彼の動きを悦《よろこ》ぶばかりだ。

「よく見える……な……。俺のを頬張って嬉しそうな下の口も、もっと別な穴も、丸見えだ」

「い、やぁ、……見ないで……恥ずかし……い、……んっ、あああぁ……」

背中にキスの雨が降る。リュシアンの手はシルヴェーヌの躰に回されて前に伸び、下から乳房を受けて握った。突き上げと同じようなリズムで、乳房が揺らされて小塔を摘まれる。

「ひ……っく……あぁっ……」

股の間を縫って後ろから彼のもう一方の手が伸びる。陰核に絡んでから再び会陰を後ろへ辿って、雄を含んでいっぱいに開いている陰唇に触れた。

下の口を大きく開けて男の怒張を銜《くわ》えている様子を、手でも確かめている。

「よく、呑めるものだ、裂けたりしないんだな……こんなに、開いているのに」

リュシアンはシルヴェーヌの肉体を隅々まで暴くのが好きだ。

その様子を口にするのも好きらしい。いろいろ試して、もっと深い快楽を教えて啼《な》かせたいと望む。もっと、淫らに狂えと激しく欲する。

「あん……あん、……だめ、も、いっく……っ」

叫んだ途端、動きが止まった。

「いや、いや、もうすぐなのに、……リュシー……っ」

そしてまた後ろから激しい突き上げが始まる。いいところで止まる。焦らされる。躰は悶えて更なる高みを目指してゆく。

「いじわる……しないでぇ……っ、あぁあ――……ん――」

「苛《いじ》めたいんだ……。啼いてくれ、もっと」

この夜のリュシアンは、いつにも増して意地悪だった。

パウエルは、今日はごゆっくりと言ったが、一日中何らかの形で彼と交わっていた。意識は蕩けていてはっきりしない。真夜中を過ぎるころになって、ようやく眠った。


翌日は快晴だ。気持ちのいい朝……ではなく、昼だった。午餐《ごさん》のために急いで用意をする。湯浴《ゆあ》みを終え、ドレスを整えるころ、侍従の知らせを受けたリュシアンが迎えに来た。ルイ侯爵に挨拶をするために、一緒に行くことになっている。

「できたか？」

「待たせてごめんなさい」

「美しいな。シルヴィ」

額に唇を落とされ、ぼそりと言われて頬を熱くする。

「……ドレスのおかげよ。これもリュシーが贈ってくれたものよね」

今日のドレスは真珠色に光る布と緋色のリボンが主体だ。緋色は暴走しそうだった彼の瞳に現れた色に似ている。

豊かに膨らんだスカートには刺繍《ししゅう》を施した紗《しゃ》が被《かぶ》さり、ところどころに配された宝石がそれを美しくたゆませる。大きく開いた首周りには宝石を連ねたネックレスだ。

廊下の窓から差し込む陽光を受けて、それらの宝石は、目にまぶしさを覚えるほどきらきらと輝いた。裳裾が靡けばさらに煌めく。

袖は肘までストンと下りたところできゅっとリボンが締められ、その先は幾段ものフリルとレースで手先までくる。フリルの裾から出るレースの白さが無垢さを演出し、彼女の明るい亜麻色の髪にとてもよく似合っていた。

シルヴェーヌを着飾りたいというリュシアンの意気込みに溢れている。

「リュシーも、すごく素敵よ」

あからさまに口にするのも照れるので、小声で返す。

彼自身は着るものに無頓着だが、クロフォード伯爵夫人の愛情が分かるほどの衣装持ちだ。作りも材質も最上級であり、男性の服として常に王都の流行を踏襲《とうしゅう》しているらしい。

金銀が施された上着と刺繍の入ったドレスシャツ、そして細身のズボンと磨かれた短ブーツなど、似合う。肩布は、複雑な柄で彼に相応《ふさわ》しい重々しさがあった。

「行くか」

「はい」

リュシアンが肘から曲げた腕を軽く彼女へ出せば、シルヴェーヌはそこに手を掛ける。

衣装を着付ける部屋の外に立っていたパウエルは、腕を組んで歩く彼らの後ろに付いた。パウエルも同席することになっている。

屋敷の中でも最上級という応接室で、侯爵夫妻と逢う。

老齢に差し掛かっているルイ侯爵と侯爵夫人は、シルヴェーヌに対して丁寧に腰を折った。侯爵は、小柄でもおしゃれな感じだ。シルヴェーヌの右手を下から持ち上げて、甲に唇を付ける様子は、優美でさまになっている。

シルヴェーヌはスカートを摘まんでわずかに頭を下げて礼を返した。侯爵は彼女の仕草に至極満足したようだ。目を細めて言う。

「美しく成長なされて喜ばしい限りです。動きもたおやかで麗《うるわ》しいですなぁ。シルヴェーヌ様には初めてお目に掛かるわけではありません。覚えておいででしょうか」

「侯爵家から離れましたのは七歳のときなので、はっきり覚えているとは申し上げられません。ですが、お姿などは見覚えがあります」

安堵《あんど》の息を吐いたルイ侯爵は、一同にソファを勧め、それぞれに座る。

「かつて、火事のときにお守りできなかった私です。あのときの断腸の思いが癒《いや》されるときがくるとは。幸運ですな」

ルイ侯爵が、長い間、辛《つら》い思いを抱えてきたのがこの言葉で分かる。シルヴェーヌは記憶に蓋があったので自分のことが分からず、無事であると知らせることができなかった。

狙われていた彼女の身を守るのに役に立っていたとはいえ、侯爵の長年の苦しみがそれで解消されるものではない。

「ご連絡もせず、申し訳ありませんでした」

「できない状況だったとパウエルに聞いております。王女殿下が町のお暮らしとは、おいたわしいことでした」

ここで、町の暮らしは楽しかったとか、それも自分の一部ですとか、言いたいことが山ほどあっても口は噤《つぐ》む。古参の貴族であるルイ侯爵に理解してもらえるとは思えない。

横側の一人用ソファに座るパウエルを見ると、相変わらずの笑みを浮かべている。

彼は、庭で逢ったときから今までの間に、王宮への報告、ルイ侯爵への説明など、恐らく山盛りの仕事を終えている。見かけは随分頼りなさそうだが、かなり有能だ。

対面のソファに座るルイ侯爵は、シルヴェーヌの横にいるリュシアンへ顔を向ける。

「このようなりっぱな竜殿を召喚されて、私も推薦状の書きがいがあるというものです」

リュシアンは鮮やかに微笑む。このあたりはクロフォード伯爵家の嫡男として生活していたときを彷彿《ほうふつ》させる。

侯爵夫人が満面の笑みを浮かべるのは、リュシアンの端麗さや、そつのなさ、優雅さなどを好意的に受け取っているからだろう。

契約は途中であることをルイ侯爵は知らない。横に座るリュシアンも何も言わない。ちらりとパウエルに視線を走らせても、素知らぬふうで黙っている。

（ごめんなさい、侯爵……）

混乱を招きかねない状況なのだ。シルヴェーヌの心の問題であり、理由として説明しにくいから、詳細は口にしない方が賢明だろう。

推薦状の話が出たので、彼女は少し早口で侯爵に伝える。

「推薦状に書いていただくわたしの名前ですが、市井の者とはいえ、モア夫妻が七歳からの十年間、育ててくれています。ですからわたしは、シルヴェーヌ・ルイ・モア・ベルタと名乗りたいと考えておりますが、よろしいでしょうか」

王女の名は、女王と伴侶の竜が一緒になって決めた名前がまずあり、そのうしろに預けられた貴族家の名が入り、国名がくるという形で認識されている。

そこに、どうしてもモアの名を入れたかった。貴族家と並べるには、身分のつり合いが取れないというのは承知の上だ。

同じことをクロフォード伯爵に伝えたときは、さもありなんと頷《うなず》いてもらえたが、ルイ侯爵は気分を害するかもしれなかった。

王都に近いという領地の位置を考えても、古参ということからも、ルイ家はクロフォード家より貴族社会での力が強く、貴族としてのプライドも高い。

反対されて推薦状は書かないと言われる場合も考えた。たかが名前と笑う者もいるだろう。それでも、これだけは譲れなかったのだ。

気持ちがそのまま外に出たまなざしで、シルヴェーヌはまっすぐルイ侯爵を見つめる。侯爵は、にこやかに笑って了承した。

「女王陛下になられれば、そのお名前が歴史書にも記載されますな。私の方は構いません。ご自身のお名前ですからお好きになさるといい。推薦状のお名前はその通りに書きましょう」

「ありがとうございます」

「その代わりと申してはなんですが。私はもう年ですから、王宮へ出仕するのは難しいと考えています。ですから、シルヴェーヌ様が女王陛下になられた暁《あかつき》には、どうぞ息子をご側近の一人にお加えくださるよう、お願い申し上げます」

気持ちよく了承するから、こちらの望みも頭に入れておいてほしいということだ。推薦状を書くからという意味もあるだろう。

さすがは王都に近い位置で貴族家を存続させてゆく侯爵だ。老齢になっている分、思慮深く、計算高く、狡猾《こうかつ》さまで備えている。

かといって、避けるべき悪人でもない。これが、貴族たちの権力争いというものなのだ。

シルヴェーヌの方も契約は中途状態という隠し事をしながら話している。

「先のことは分かりませんので、もしも女王になりましたときには、という約束事にしかなりませんが、それでよろしいですか？」

「十分なお返事として受け取らせていただきますよ」

はっはと笑う様子はいかにもな好々爺《こうこうや》に見えるから、人は外側だけでは測れない。

「シルヴェーヌ様にはゆっくりご滞在していただきたいのですが、定められた条件を揃えて二週間後に王宮へ来るようにという連絡が入りました。女王陛下の招集が出たのです」

はっとしてパウエルを見る。

「そうです。シルヴェーヌ様は、あと一つ、貴族家の推薦状が必要ですから、すぐにこちらを立って、めぼしい貴族家を訪れる必要がありますね。より格上の家であるのが、望ましいでしょう」

「ギョーム公爵家はどうだ。あそこの次男と、狩りで一緒になったことがある。家柄からしても、カサンドラ王女が預けられたアルフレート公爵家に対抗できるはずだ」

姉のカサンドラはアルフレート公爵家で育てられている。当然、三家の一つになるだろう。

妹のエレミネアが預けられたブラン伯爵家は、ブラン伯爵夫妻が馬車の事故で亡くなって断絶している。現在、エレミネアはアルフレート公爵家でカサンドラと一緒にいるという。

エレミネアの水竜カールは、それほど大きな魔法力はないというから、三家の推薦状を揃えるのは無理かもしれない。

提案者がリュシアンだったのですぐに頷いてしまいそうだったが、ふと思いついて、シルヴェーヌは考えながら言葉にする。

「リュシー、ありがとう。でも、できれば先に、アルフレート公爵家へ行きたいと思うの。姉のカサンドラと妹のエレミネアに逢っておきたいのです」

最初の方はリュシアンへ向かって言い、後の方はこの部屋にいる者全員への言葉だ。

驚いた顔をした男たちを尻目に、侯爵夫人がうんうんと頷く。

「ご姉妹に逢いたいというお気持ちは分かりますわね。先にアルフレート様のところへ行かれるのはいい案ですわ。まだ二週間の猶予《ゆうよ》がありますし、ギョーム様は、推薦状は書かれるでしょうから、そちらを一週間の滞在にすれば、一週間はアルフレート家にいられますわね。いいえね。私も妹がおりまして、年をとっても仲良くいたしておりますのよ……」

いきなり話し始めた夫人に顔を向けて、にこやかに相槌《あいづち》を打ちながら、シルヴェーヌはまったく違うことを考えていた。

(女王になる気はないと訴えても無駄だと言われたけど、直接話したら分かってもらえるかもしれない。それに、リュシーのことを他の竜に聞けるかも)

山で魔獣の襲撃を受けた。あれが姉の竜ナルサスの仕業であるなら、近づくことで危険度が増すかもしれない。それでも。

(本当にナルサスがやったのかどうか、今の段階では予想でしかないもの。はっきりさせないと、防ぐのも難しいのではないかしら)

相手を見極めるためにも、対処するにも、一度逢った方が確実だ。

ルイ侯爵夫人の言葉が途切れたところで、リュシアンは迷う素振りもなく言う。

「おまえがそうしたいのなら、好きにするといい。俺はおまえの希望を叶えてゆきたい。いつでもどんなときにも」

「決まりですか」

パウエルが確認する。ルイ侯爵は、シルヴェーヌを意外そうに眺めた。

「シルヴェーヌ様は、案外、女王に向いておられるやもしれませんな」

はっとして顔を上げ、ルイ侯爵を見つめる。

「自らの考えを持ち、自らの言葉で話す。これは、なかなか難しいのですよ。若い女性なら、なおさらでしょう。王宮では、魑魅魍魎《ちみもうりょう》が犇《ひし》めいておりますからな――とこれは、言い過ぎましたか。はっははは……」

乾いた笑いをしたあと、ルイ侯爵は真剣なまなざしをシルヴェーヌに向ける。

「アルフレート公爵家が、現在、最も権勢があります。次家となるのが、ギョーム公爵家です。アルフレート家の内部を見られることは、後々のために役立つかもしれませんな。……では、先にアルフレート家へ行かれるということで、今日中に使いを出しておきます」

「はい。お願いします」

二週間後には三家の推薦状を揃えなくてはならない。ただ、シルヴェーヌは、そこまでやることになる確率は低いと考えている。

姉のカサンドラがいるし、リュシアンが竜界へ戻れば、すでに処女ではない彼女の魔法陣は使用できず女王候補の枠から外れる。

候補から外れても王宮で暮らしてゆくことになるから、何がどうなっても、カルカンタのパン屋〈モアの店〉に帰れることはない。二度とない。

それは望んではいけないことだ。魔獣の襲撃を受けたシルヴェーヌは心底そう思う。

リュシアンを一人で戦わせるのも、あれで終わりにしたい。誓約を唱えてしまうと、リュシアンはどれほど利用されるばかりになるだろう。

自分の意志でできるたった一つのことを心で唱える。

――リュシーが、長く孤独になってしまうような言葉は、決して言わない。彼を人界に繋ぎとめて利用するなんてことは、絶対にしたくない。

願うのは彼の幸福。

彼女がずっと持っていたささやかな望みは潰《つい》え、今やただ一つの願いが残る。

こうして、ルイ侯爵との〈歓談〉は終わり、シルヴェーヌたちは晩餐の間へ移動した。

第四章　竜はみな純愛なのですね

三日後、アルフレート公爵家へ向かって出発する。

屋敷の正面に横付けされた四頭立ての箱型馬車に乗ろうとしたシルヴェーヌは、リュシアンに止められる。

「馬車はやめだ。飛んで来いと挑発している。シルヴィ。俺の背中に乗れ」

「えっ⁉」

見送りに出て来たルイ侯爵夫妻も、一緒に行くために馬を引いてきたパウエルも、その他大勢の侍女も護衛兵たちも、みな目を丸くしてリュシアンを眺めた。

屋敷の正面には、馬車のために造られた開けた場所がある。その中央まで歩いた彼は、ふいっと顔を空に向けた。リュシアンの周囲に、空気の流れを伴う魔法力の揺らめきが立ち昇る。

目を細めて彼を凝視するうちに、シルヴェーヌは気が付いた。

——山での襲撃のときより巨大になっているんじゃないかしら……。

金色の光が彼を包んで膨《ふく》れ、次の瞬間には両翼がバサリと大きく広がって青い空に映える。

翼が上下に動く加減で強めの風があたりを舐《な》めていった。

竜の本体が姿を現し、誰もが声を失くす。翼の先が三階建ての屋敷の屋根に届くほど大きい。

強力な魔法生物らしく己の光――透き通る黄金色――を纏《まと》っている。

竜の口は人の言葉を話すようにはできていない。頭の中に直接彼の〈思念波〉が届く。

『乗れ』

「どうやって？」

いきなり声を出したシルヴェーヌを、周囲は驚きの眼で見る。パウエルだけが納得して、竜と華麗なドレスに身を包んだ王女を興味深そうに眺めていた。

シルヴェーヌを包んでいる膜が、彼女を中心にして青く透き通った球形に膨らむ。そのまま浮き上がり始めた。

「え？　リュシー？」

安定もよく、立ったままの姿で竜の背中に下ろされる。その時点で丸い膜は見えなくなったが、多分元通りになって彼女の身を覆っている。

『掴まっていろ』

黒と黄金の縞になっている鬣《たてがみ》をしっかり掴む。そういえば、〈貴婦人は馬に跨《また》がらない〉と聞いたことがあった。シルヴェーヌは微笑《ほほえ》む。

（ベルタ王国の王女は、伴侶の竜にならら跨っても許されるわよね）

そうして竜は浮き上がる。その雄姿に誰もが見惚《みと》れる中、シルヴェーヌは大きな声で言った。

「ルイ侯爵っ、行きますっ。またいつか、お逢いしましょうっ」

侯爵と夫人は、空へ上昇してゆく竜へ向かって深く腰を折った。その場にいる者たちもみな、人界には存在しない魔法生物と、彼らを手に入れることのできる王女に頭を下げる。

竜は高度を上げたあと並行飛行に移って目的地を目指し始めた。

魔法言語を唱えるパウエルの足元に小さな魔法陣が浮き上がる。形が完成すると、彼はぱっと鳥の姿に変形した。鷹《たか》だ。すぐさま飛び立って竜の後ろにつく。

シルヴェーヌの瞳の色のような蒼天《そうてん》を、巨大な竜が飛び、小さな鷹が追っている。太陽が近い。穏やかな風が気持ちよかった。

高度を上げたことによる寒さや風圧は、竜と彼女を包む球形の魔法壁で遮《さえぎ》られている。数日前、山で魔獣に襲われたときに半透明だった魔法壁は、薄く金色を刷《は》いた透明になっていた。大きさもそうだが、リュシアンの魔法力がそれだけ上がったのだ。

防御壁としても強固になっているのだろうが、空気は柔らかな風として流れてゆくので呼吸に不自由はない。通すものを種々選別している。まさに竜の意志次第で確保される生きている壁なのだと感心した。

ルイ侯爵領から出たあとは、まっすぐ王都を目指す。シルヴェーヌは眼下に見える光景に夢中だ。

「すごいのね。上から見ると、なにもかも小さく見えるわ。見てリュシー、あそこ、湖よ！」

『そのうち水浴びに来よう。夏が終わる前に』

「リュシーったら、貴婦人は外で水浴びなんてしないんだからっ。やってみたいけどね」

声を上げて大きく笑った。リュシアンも笑っている気がする。

パンを焼くのも楽しいが、竜の背に乗って空を飛ぶのも、本当に楽しい。

《あれが王都ですよ》とパウエルが思念波を飛ばしてきて、シルヴェーヌは先の方へと目を向ける。上方から見ているから視界は広い。

地平線が見え、北方に連なる山々も見えている。真下は田畑で、所々に集落があり、その向こうに広がるのが王都だ。

単純に町と言っても、彼女が育ったカルカンタや、クロフォード城から出たあとで通ってきた町々とは比べ物にならないほど広大だ。しかも、外壁がない。

その向こうに王宮がある。上下に高く、左右に広がっていた。大きい。

王宮の城壁は三重になっていて強固そうに見える。いざという時には王都の者たちを内部に入れる仕組みになっていると学んだ。広い王都を分散して守るより効率がいいらしい。

王都の上空に二つの点がある。みるみる近づいて形がはっきりしてくると、竜とそれに乗る人間が視認できた。

リュシアンは、ある程度の距離まで近づいて止まる。

「翼を動かさなくても浮いていられるのね」

　不思議そうに呟いたシルヴェーヌに応えて、リュシアンが説明する。

『飛ぶときは〈飛行〉、宙で止まれば〈浮遊〉だ。どれも魔法だな。魔法は、人には信じられないようなことができるから恐るべき力になるが、使い方次第で役にも立つ』

「……炎に似ているわね」

『そうだ。怖さを知って使うものなんだ。さぁ、始まるぞ……！』

　球形の魔法壁の表面に金色の光が下から上へ走って、より強力に構成された。以前よりも濃い色が付いて、透き通っていても黄金色がはっきり分かる。

　陽の光がそれに反射するから、外から見れば太陽が二つあると錯覚しそうだ。

　リュシアンは魔法力を抑制されていて限定的にしか使えないはずだが、魔法壁は前方の竜たちと変わらなく見えた。

　――次代の竜王……。本当にそうなら、ますます人界に引き留めてはいけないいんだわ。

　何度も何度も脳内で確認する。

　長い孤独に突き落としてしまうからできない。万が一にも竜王なら、なおさら人界で利用したあげく魔法力を極限まで消費させてはいけない――と、今にも《愛しています》と言ってしまいそうになりながらも、ぐっと唇を引き結ぶ。

　そして今、気付く。契約を完遂すると王女が死ぬまで人界を出られない。竜界に戻る手段を失くすのだ。他の竜と対峙《たいじ》して戦闘になった場合、魔法力が尽きかけて命の危険に晒《さら》されても逃げる術がなくなる。

召喚したとき、いきなり目の前に現れたのと同じで、戻るときもその場で竜の道を作れるはずだ。生命の危機に陥《おちい》ったときの最終手段が竜界への帰還だろう。

初めて他の竜を目前にしたシルヴェーヌは、誓約の言葉は最後の逃げ道を失くしてしまうということを悟った。

『難しく考えるな。まずは目の前だ』

「――は、はいっ」

前方に浮いている竜たちは、同じような透き通る球形の魔法壁に包まれていて、一方は紅《あか》、一方はかなり薄い水色だ。魔法壁は竜体の色と同じ系統だった。

腹側が乳白色なのはリュシアンも同じだが、一方の背中は紅の濃淡、もう一方は水色をしている。くりんとした瞳は、どちらも背と同じ色だ。

リュシアンだけが一系統の色ではない。金褐色と金と黒と灰色を纏う。竜のときの瞳は赤を載せ、人のときは黄金だ。これは内包する魔法力の差によって生じているのだろうか。

紅い竜はリュシアンとほぼ同じ大きさで、もう一方よりも大きく、その背中に乗っている王女は、水色の竜に乗る者より年齢が上に見えた。

まぶしいほどのブロンドはシルヴェーヌの髪よりも濃い。遠目では瞳の色まで分からない。

顔もよく見えない。自信に満ちた雰囲気だけは伝わってくる。

ドレス姿ではなく、男のズボンを膝上で膨らませたものを穿《は》いている。長い上着と、短ブーツと華麗な肩布だ。

『あの服はいいな。乗りやすそうだ。あれなら馬も跨って乗れるぞ』

「あっ」

シルヴェーヌのドレスが一瞬で似たようなものに変わった。服は粒子に分解して持ち運ぶと彼に聞いたが、分解して新たな形に構成することもできるとは、何と便利なことか。

水色の竜に乗っている方が妹だろうと見当をつける。黒髪なのは見ただけで分かったが、こちらも距離があるので顔立ちなどは、はっきりしない。

紅い竜に乗っている者が、竜の背中で立ち上がって声を上げる。

「ようこそ。私は女王陛下の長女、カサンドラ・アルフレート・ベルタ。十九歳よ。私の竜は火竜ナルサスです。横にいるのは、三女のエレミネア・ブラン・ベルタ。つい最近、十六歳になったわ。竜は召喚したばかりで、水竜カールです」

シルヴェーヌも立ち上がり、声を出す。

「わたしは、次女のシルヴェーヌ・ルイ・モア・ベルタ。十七歳。竜は……リュシアン」

火竜とか、水竜とか、属性を知らないので言えなかった。カサンドラは笑った。面白いと言わんばかりの華やかな笑いが、空間を隔《へだ》てていても伝わってくる。

『座れ。シルヴィ。挨拶代わりに、来るぞ！　掴まれ！』

来る？　何が、とは問い返さない。リュシアンに対する信頼が大きく作用して、シルヴェーヌは何も聞かずに、竜の首の後ろあたりの鬣《たてがみ》をしっかり掴むと身を伏せた。

紅い球体がこちらへ向かって動いてくる。初めはゆっくりだが、どんどんスピードが上がってきた。直線コースをまっすぐ来る。

背中のカサンドラは立ったままだ。それは彼女が、伴侶である竜の力をそれだけ信頼しているということだろう。自分たちは信頼というより経験が不足している。

リュシアンもそちらへ向かって動いてゆく。風を感じなくなったのは、球体になっている魔法壁の作用に違いない。さらに強固さを増したのだ。

ぐんぐん近づいてくる透き通る紅。視界が赤く染まってゆくような恐ろしさだ。シルヴェーヌは身動《みじろ》ぎ一つせずにリュシアンにしがみ付いている。

口をしっかりと閉じて、悲鳴さえ漏らしてはならないと自分に言い聞かせた。リュシアンの背に乗っているのだから、無様な姿だけは見せたくない。

二つの球は、空中を一気に横切って激突した。音はない。空気が衝撃で割れたかのように大きく揺れる。次の瞬間には辺り一面、強風が舞い踊った。

球体の内側にまで風が舞う。それほど空気が荒れた。彼女の髪が大きく乱れる。

ぶつかったあとは互いに弾き飛ばされて、再び、二つの球体が距離を置いて空に浮かんでいる状態になった。

シルヴェーヌとリュシアン、見物していた水色の竜とその背に乗るエレミネア、そして、そこにいるのを忘れていた鷹のパウエルがカサンドラの声を聞く。

「大した力だこと。それでもナルサスには及ばないようね。さぁ、屋敷へ行きましょう。シルヴェーヌ。そしてリュシアン。――歓迎します」

はきはきとした物言いときっぱりと物事を決めて動かしてゆくさまは、さすが最年長の王女殿下と言いたくなるような威厳まであった。

リュシアンの力が及ばないと言われたので、シルヴェーヌはむっとする。彼女からすれば互角だった。ただ、試しにぶつかってみたという段階で、リュシアンには、かなりのエネルギー消失になってしまったようだ。

広い敷地に建てられたアルフレート公爵の王都屋敷に到着して、シルヴェーヌの部屋へ案内された途端、リュシアンは奥のベッドに寝転がって大きく息を吐いた。

廊下を歩いている間は少しも疲労を感じさせなかったが、それは見せかけだったのだ。

クロフォード伯爵家にいたころ、勉強に剣の訓練、肉体の鍛錬、貴族家の嫡男《ちゃくなん》として他家との付き合い、そしてシルヴェーヌとの時間を捻出するのに、リュシアンはいつもぎりぎりの状態で踏みこたえていた。

週に二日とはいえ、城を訪れてそれなりに長時間かけて逢っていたにもかかわらず、シルヴエーヌは、嫡男付き執事に言われるまで、リュシアンがどれほど多忙な毎日を過ごしているのか知らないでいた。それと同じだ。

彼はきっと、どういう状態になっても倒れるまで何でもない顔をして立っている。リュシアンが竜と分かって以来、人並み外れた力を見せられていたからつい失念していた。

――わたし、もっと気を付けていないと。

心に強く留めおく。

姉と妹は、別なところに降りているから顔を見ていない。パウエルは、屋敷に入ってすぐ《アルフレート公爵様にご挨拶してきます》と離れているので、今は二人きりだ。

ズボン式の衣服はリュシアンがドレスに戻した。その裳《も》裾《すそ》を捌《さば》いてベッドの横端に腰を下ろすと、目を閉じているリュシアンに聞く。

「リュシー。怪我《けが》とか、していない？　大丈夫？」

「怪我はない。平気だ。少し休む。晩餐会《ばんさんかい》があるんだったな」

「ええ。三時間くらいあとになるそうよ。わたしは用意をしているから眠っていて」

この部屋へ案内した屋敷の執事は、丁寧に頭を下げながら今後の予定を口にした。

『七泊のご滞在と聞いております。今宵は、屋敷の中だけの晩餐会でございます。そのときに、アルフレート公爵様とお逢いくださいさい』

『明日は舞踏会が予定されております。お客様が多いですよ。盛大になるでしょう』

『明後日から二日ほどはお休みいただきまして、そのあとの三日は皆さま方とご親交を深められる時間となりましょう。狩りなど、いくつか遊びの手配をしております』

『八日目に、こちらで馬車を用意致しまして、ギョーム公爵家へお送りすることになっております』

と、立て続けに言われてぽかんとしてしまった。

この家にとって、シルヴェーヌはカサンドラに対抗する邪魔者、あるいは敵という認識になるはずだ。

それでいながら、わざわざ舞踏会などを催すのは、歯牙《しが》にもかけていないと言いたいのか、または、アルフレート公爵家の力量を誇示したいのか。どちらにしろ、舞踏会はさぞかし豪勢なものになると予想できた。

今夜の晩餐会は《屋敷の中だけの》ということなので、アルフレート公爵が招待主で、客が王女たちと竜たち、パウエルとこの屋敷に常駐する宮廷魔導師といったところか。

姉妹と竜たちに逢うのがシルヴェーヌの目的だったから、晩餐会でそれは達せられる。その先の予定は流れのままでいい。

状況などというものは、激変する可能性をいつでも秘めている。自分が王女殿下だと示されたときに、そしてリュシアンが、彼女が召喚した竜だったと知ったときにシルヴェーヌは思い知った。先のことは誰にも分からないのだ――と。

「シルヴィ、何を考えている？　初めて顔を合わせる姉妹と、いきなり一緒に食事をするのは重荷か？　晩餐会に出るのをやめたいなら、俺が寝ていると言えばいいぞ」

眠っているかと思ったら、リュシアンの目が開いている。彼女を守ろうとしてくれるのを感じて、シルヴェーヌは微笑んだ。

「いいえ。大丈夫よ。重荷というより、気を引き締めて、さぁ行こうかーって感じかな」

ここで上半身を捩《よじ》り枕に顔を埋めて笑うのは、いささか失礼というものではないだろうか。肩まで震わせているとは、なんてこと。

「リュシーったら。そんなに可笑《おか》しい？」

「ここは敵地だろう？　それでも《行こうかーっ》とか。おまえらしくていい」

再び仰向《あおむ》けになって目のところに腕を乗せると、リュシアンは呟いた。

「……あぁ……、シルヴィのパンが食べたいな」

どきりとする。もうどれくらいパンを捏《こ》ねていないのだろう。火加減のタイミングはちゃんと覚えているだろうか。

彼女は半身を倒して、リュシアンが顔まで上げた腕に口づけた。

「また焼くから。そうしたら食べてね、リュシー」

「あぁ。約束する」

言葉は途切れ、リュシアンは眠った。

胸が苦しい。こういう彼を見ると、召喚した七歳の自分を怒りたくなる。

シルヴェーヌはリュシアンを気遣いつつ、ベッド端から静かに腰を上げた。部屋を横切り、次の間へのドアを開ける。湯を浸かってドレスに着替えるために小声で侍女を呼んだ。

支度を整えて部屋へ戻れば、リュシアンはすでに準備を終えて窓辺で佇《たたず》んでいた。

濃い色の正装は、金褐色の髪や黄金色の瞳という派手な様相をしているリュシアンに落ち着きを加えて、二十二歳とされた年齢を少し上げた見掛けにしている。

「リュシー……。もう平気なの？」

「少し休めばすぐに回復する。人の姿をしていても基礎的な造りが違うからな。次は、勝てる。そんな心配そうな顔をするな」

顔には出さないつもりでも、彼には分かってしまう。

「綺麗だ、シルヴィ。おまえはどんどん美しくなるな」

シルヴェーヌの装いは、リュシアンの正装と対になった光沢のある紺色の生地に、半透明の絹がたっぷりのフリルとなって重ねられている逸品だ。庶民育ちの彼女は、着付けられている間中、散りばめられた宝石の多さに溜息を吐いていた。

「ありがとう、リュシー。あなたも素敵よ」

いつものやり取りでも、それができることにほっとする。

彼の指で顎を取られて軽く口づけられて。リュシアンは大きく笑って言う。

「さて、《行こうかーっ》」

彼女の言葉を真似《まね》て言うから、シルヴェーヌもつられて笑った。


晩餐の間の前部屋でアルフレート公爵に挨拶をした。

ルイ侯爵のときと同じで、スカートの裳裾を少し摘まんでわずかに腰を屈《かが》めるシルヴェーヌと、腰を折って彼女の手の甲にキスを落とす公爵という図が繰り返される。

アルフレートは、大貴族らしい貫禄に溢《あふ》れた壮年の男性だ。濃い栗色の髪と灰色の瞳、強面の顔。しかし表情は柔らかく、言葉は穏やかに流れる。

「お逢いできて嬉しいですな、シルヴェーヌ様。あなた様は十年前に亡くなられたと言われてきましたが、町中でお育ちになっていたとは、驚きました」

「……はい。わたしも自分が王女だと聞いたときは、驚きで声も出ませんでした」

驚いたという彼の言葉は本心だろう。ナルサスの力を考えれば、シルヴェーヌさえ現れなければカサンドラの女王位は確定していた。

「では、食事にいたしますか。我が領地で放牧している羊の肉がメインです。料理長が腕を振るっておりますよ」

「喜んでいただきます」

アルフレートの手で腰を押されて晩餐の間へ入る。華美な部屋で、長くて幅のある楕円のテーブルと、背凭《せもた》れの頂きに紋章が入った椅子、たくさんの燭台、見事な花瓶に活けられた花々、壁際にはずらっと給仕の者が並んでいた。

テーブルの端にはアルフレートが座る。本来なら対面のもう一つの端に公爵夫人が着席するはずだが、夫人はかなり前に他界しているという。嫡子《ちゃくし》もいないので空席だ。

公爵家は、嫡男がいなくなったクロフォード伯爵家と同じで、親類筋から養子を迎えることになっているらしい。

シルヴェーヌは、アルフレートに勧められて、彼からは左角《ひだりかど》を回った側面の位置に座る。その隣にリュシアン、パウエルと着席した。

右角《みぎかど》を回ったところにカサンドラが座る。定位置なのだろう。シルヴェーヌの真ん前だ。

カサンドラの横に、エレミネア、ナルサス、カールと続いて、この家に常駐している宮廷魔導師が着席してから晩餐が始まった。

最初に話題を振ってきたのはカサンドラだ。

「シルヴィと呼んでも構わなくて？」

「はい。お姉さま……、と呼んでもよろしいでしょうか」

慣れていなくて《お姉さま》が言い難《にく》い。カサンドラは、大輪のバラを思わせる笑顔を見せた。イメージできるバラの色は紅だ。

空の上で見ていた輝かんばかりのブロンドは、夜の灯《あか》りの下では非常に妖しい光を放っている。瞳はエメラルドだった。胸は大きく腰は細く、背丈はシルヴェーヌとほぼ同じくらいだ。緋色のドレスがとても似合っている。

目鼻立ちがはっきりしていて、作り物のように整った顔だ。大層な美女だと思う。声も涼やかで、発音も美しく、話し方がきっぱりしているから聞き取りやすい。

「《お姉さま》ね。もちろんそれでよくてよ。そのうち慣れるわ。ね、おじさま」

明るく言ってまた笑う。自然な動作で角《かど》を挟んだ隣になるアルフレートに顔を向けた。

カサンドラにとってアルフレートは育ての親となるから親しげなのも当然だが、《おじさま》という呼び掛けを他の貴族には決してしない以上、どれほど公爵が特別であるかが察せられる。王宮ではさぞかし際立つことだろう。

アルフレートは満足そうに頷いた。

「そうですな。王宮では共に暮らすことになるでしょうし、ま、仲良くされるといい」

「ええ、おじさま。妹ですもの。可愛く思いますわ」

カサンドラは横に座るエレミネアへも顔を向けると、優しく目を眇《すが》めて笑った。なんと華やかで社交的なことだろう。

妹になるエレミネアは、黒髪をきっちり結い上げて真珠の髪飾りを付けている。整った白い顔と黒髪は異国ふうの印象で、顔のつくりは濃い感じなのに、水色のドレスは清らかな雰囲気で派手さはない。

自信に溢《あふ》れた闊達《かったつ》な姉と、おとなしくて控えめな妹という図は、端から見ても非常に美しい形をしていた。

町で育って、パンを焼いて、掃除もするし、洗濯もして馬にも跨るという自分がここに加われるのか、はなはだ疑問だ。

クロフォード城の侍女頭に言ったように、勉強をして練習もして、王女としての動きやたしなみなどを身に付けてゆくつもりでいても、現実は厳しい。目の前に並んだ姉妹と自分の間には、誤魔化しようのない大きな差がある。

（……落ち込んでしまいそう……。でも、そんな暇はどこにもないんだわ。元へは戻れないから、進むしかないのよ……）

せめて心は強く保ちたいと思う。

そんな彼女へ顔を向けて、エレミネアがおずおずとした様子で言ってくる。

「わたしも、シルヴィ姉さまと呼んでいいですか？」

確かに妹は可愛い。姉のカサンドラには圧倒されるような勢いがあるが、妹は控えめな分、ひたすら可愛く感じた。シルヴェーヌは笑って返す。

「もちろんよ、エレミネア。わたしからは、エミィと呼んでもいいかしら」

「はい。よろしくお願いします」

素直に微笑まれてこちらが恐縮してしまう。姉にしても妹にしても、一人っ子として育ったシルヴェーヌには初めての感覚で、どこかくすぐったい。

三姉妹とアルフレートは、晩餐会での歓談という名目に相応《ふさわ》しく、よく笑い、よく語りながら料理を頬張る。

男連中は、話を振られれば相槌を打ち、片言のような返事をしながら黙々と食べていた。

ときおり、ナルサスがカサンドラに話を振るが、すげない返事しかもらえず落ち込んだ顔をする。シルヴェーヌは内心非常に面白くそれを眺めた。

火竜ナルサスは、輝くような金髪に緑の瞳だ。髪と瞳の色が彼を召喚したカサンドラと同じなのは、もしかしたら姉は自己愛が強いのだろうか。

エレミネアの竜カールは大人の雰囲気を持っている。ナルサスとリュシアンは同じくらいの年齢に見えるが、カールはそれよりもずっと年上の美青年ふうだ。白銀の髪はまっすぐで長く、肩先で緩く括《くく》って前へ流している。瞳は濃い青色だ。

物静かな雰囲気のカールはほとんど話さず、ときおりエレミネアの方を見つめる。そのときだけは伴侶を気に掛ける気持ちが垣間見られて、シルヴェーヌはひそかに微笑する。

リュシアンは、他の竜たちよりも話すことにそつがないが、ここではあまりしゃべらない。空中激突がこたえているのだろうか。

鮮やかな笑みと共に、カサンドラがリュシアンに話し掛ける。

「リュシアンはクロフォード家の嫡男として過ごしていたのでしょう？　ずっと人として生活

できていたなんて、違和感はなにもなかったのかしら」

リュシアンは口元に伯爵家の嫡男らしい笑みを浮かばせて答える。

「何もなかったですよ。伯爵家で過ごした十年の価値は計り知れません。そのころ得た知識や訓練は俺にとって無形の財産となり、シルヴィのために大いに役立たせられます」

「まぁ、シルヴィは幸せね。賢い竜を手に入れられて」

朗《ほが》らかに笑うカサンドラを横目で見て、ナルサスはむぅっと機嫌を悪くした。対面に座っているから、それらが子細に眺められる。シルヴェーヌは笑いをこらえるのが大変だ。

あまりにも分かりやすいナルサスは、リュシアンと同じくらいの背の高さをした美丈夫《びじょうふ》だ。だから余計にその子供っぽさが強調されるのかもしれない。

デザートと薫り高いお茶が出てくる。これで晩餐は終了になるだろうが、最後になってアルフレートが奇妙な言い回しをした。

「ナルサス。例の件はどうだったのだね？」

（……例の件？）

返事をしたのは、ナルサスではなく、カサンドラだ。

「おじさま。もうその件はよろしいのではありませんこと？　空中で接触したときに、それほどでもないのは分かりましたわ」

リュシアンの魔法力のことだ。リュシアンは表情に何も浮かばせず、黙ってデザートのティラミスを食べている。

最初からほぼ何も言わないでいたパウエルや、もう一人の魔導師が、ふっと顔を上げた。

一言くらいなら反論してもいいだろうとシルヴェーヌは口を開き掛けたが、アルフレートが先に言葉を重ねる。

「疑問点は何事も確認しなくてはいけないのですよ、カサンドラ様。私がナルサスに質問をしているだろう？　横から口を出すものではない」

育てたとはいっても、諫《いさ》めるようなことを王女殿下に言うとは思えなかったから意外だった。しかも、誇り高いであろうカサンドラが黙ったのも奇妙な気がする。

最初に聞かれたナルサスが答える。

「リュシアンは次代の竜王に間違いないな。魔獣に襲撃させたときは確定できなかったが、魔法壁越しでも接触したから分かる。カールは竜界でこいつを見ているから、もっとよく分かるんじゃないか？」

シルヴェーヌは思わずデザートナイフとフォークを皿の上に落としてしまった。しんっと静まり返った中で、カシャンと軽い音が響く。

「ご、ごめんなさい」

マナーを考えて慌てて謝罪の言葉を綴《つづ》るが、誰も聞いてはいないだろう。

これで魔獣の襲撃はナルサスの仕業だと確定した。しかも動機は、リュシアンが竜王かどう

かを確かめるため――らしい。パウエルの予測は当たったわけだ
竜は尋ねられると、躊躇《ちゅうちょ》なく答えるという。内緒にしたり、何かに役立たせるために秘密にしたりすることはないらしい。伴侶がそれを望まない限りにおいてだが。

『人界に興味がないからだ』

というのはリュシアンの言だ。

人よりもはるかに長く生きるから、人界に人の輪ができても、しょせん短い時間でなくなってしまうものでしかない。伴侶の死と共に竜界に戻れば、関わる時間はさらに短い。

複雑な心情を持って揺れ動く〈人〉という生き物と関係を繋ぐのは、あまりにも面倒だと考える竜がほとんどで、大抵はそのために頭を悩ませることはないという。

彼らが心に留めるのは伴侶だけだとリュシアンは断言した。

『……純愛なのね』

思わず呟いたシルヴェーヌに、リュシアンは言った。

『そうだ。伴侶の言葉には影響されるし、その願いは何をおいても叶えようとする。大切なのは伴侶だけだ。人界がどうなろうと基本的にはどうでもいい』

そういう竜の性質もあって、黙っているようカサンドラが先に言っておかない限り、ナルサスは聞かれれば話す。

カールもそのはずだが、答えるのを迷っているふしが見えた。年齢が高いと感じるのは、竜

としても長く生きているからかもしれない。

エレミネアが、驚いた顔をしてアルフレートの方を見たのを、シルヴェーヌは視界の隅で捕らえた。指示を仰いでいるとも見える。視線を対面に移せば、カサンドラの蒼褪《あおざ》めて白くなった顔が目に留まった。

公爵はわずかに頷き、エレミネアはカールに確かめる。

「カール。そうなのですか？　リュシアンは、本当に次代の竜王なの？」

「そうですよ。エレミネア。私は竜界で竜体のリュシアンを見ているから、すぐに分かりました。リュシアンは次代の竜王です」

「でもっ、リュシアンはナルサスの魔法力に追いつけないでいたわっ」

強い口調でカサンドラが言い放つ。説明を始めたのはパウエルだ。

「それはですね。伴侶の召喚がまだ中途だからです。リュシアン様の記憶には穴があり、魔法力を完全に覚醒されていないのですよ。えー……このごろは、魔法陣の縛りをかなり振り切っておいでですが」

「中途……っ。そんなことがあり得るのですか？」

「カサンドラ様。目の前にそういうお二人がいらっしゃいます。あり得たのですよ。シルヴェーヌ様が七歳のときの、ほら、あのルイ侯爵家の火事のときに魔法陣が発動して召喚……という流れだったようです。最近、契《ちぎ》りまで終わって、あとは誓約の言葉だけですね」

「竜王――。誓約の言葉だけが残っている？　そんなもの、今すぐリュシアンの手でも握って言えばいいでしょう！　何の理由で遅らせているのです」

カサンドラがシルヴェーヌを鋭い視線で見てくる。

無理強いはしないというリュシアンの意志のままに、周囲に見逃されてきた。それは分かっている。リュシアンに甘えているということは分かっているのだ。

「わたしは……、どうしても言えなくて。だって、魂に鎖を掛けて未来までも縛る言葉ではありませんか！　人の命の方がずっと短いのにっ。そのあとの長い時間を孤独にしてしまう。だから誓約の言葉は、わたしには呪いの言葉だと思えて。……簡単に口にはできません」

「王女の義務を学んでいないのですか？　最強の竜を召喚することが、ベルタ王国王女の第一の義務なのですよ！」

「その〈義務〉も、こちらの都合でこちらが勝手に決めたものでしかありません！　人界で消滅する可能性もあるのに、利用するために、そのためだけに、そういった決まりをこちらで作ったのです！」

長く考えてきた。姉の自信ある態度に気圧されていても、これだけはきっちり主張できる。

晩餐の間は再び静まり返った。

親しげで姉らしい鷹揚《おうよう》さを見せていたカサンドラは、一変したきつい瞳でぐっと睨《にら》んできた。

シルヴェーヌも一歩も引かない眼で睨み返す。エレミネアがそういう二人を驚きの表情で交互に見る。そこへ、凍ったような冷徹な声が割って入った。

「俺たちの問題だ。他の者にとやかく言われる筋合はない。放っておいてくれ」

リュシアンはカップとソーサーを手に取ってゆっくり口を付ける。一瞬、ここがどこで、どんな話をしていたのか忘れてしまいそうなくらい優雅な仕草だ。

水竜カールが、ふっふふ……と笑う。そして水のせせらぎのような声を出した。

「確かに、他の者がとやかく言うことじゃないな。これはもう、人間の世界で言う〈夫婦の問題〉だろうからね」

夫婦と言われてシルヴェーヌは頬を上気させる。彼女が目線を下げると、カサンドラも感情を持て余し気味にくいっと顔をよそへ向けた。

エレミネアが、隣に座るナルサスに尋ねる。

「現竜王はどういう状態なのですか？」

「高齢だからもうすぐ消滅する。消滅した時点で、竜族で最大の魔法力を持つものへ王位の継承が始まる。記憶がないとか封印とかは関係ないな。内包する魔法力だけで選ばれるから、今のところはリュシアンで決定だ。継承のために竜界へ引っ張られる。いったん戻らなくちゃいけない」

戻ると聞いて、シルヴェーヌの鼓動がどきりと波打つ。

——もしも彼が竜界へ戻ってしまったら……。わたし……どうしよう。

何度も竜界へ帰れと彼に言いながら、現実味を帯びると心が騒いでしまう。弱い自分。しかし、すぐに胸の内で首を振る。

——わたしのことは二の次でいい。願いは一つなのだから。

エレミネアは小首を傾げて今度はカールに聞く。

「竜界に？　引っ張られて戻されるのですか？　伴侶の契約はどうなるのでしょう」

「竜王継承のときだけは、どんな場所にいてもどんな状態でも引っ張られるんですよ。伴侶の契約が成立していれば自分の意志では帰れないが——帰ろうとも思わないけど、竜王継承は魔法力の大きさだけが問題であって、魂の状態は無関係なんだ」

「伴侶召喚の魔法陣が破られるのですか？」

詰まった声でカサンドラが尋ねれば、カールはそれにも応えた。

「魂に鎖を掛けられていようがいまいが、そのままで竜界へ帰されます。竜界の魔法力のすべてで引っ張られますから、逆らうのは難しいでしょうね。契約があれば座標を固定できるので、人界へ戻れます。なければ門を設定できなくて戻れない」

飄々《ひょうひょう》と言い終える。

フォークでデザートをつつきながらナルサスが付け加えた。

「ま、どちらにしろ、リュシアンが人界で魔法力を失ったり消滅したりすれば、俺が次の竜王だってことだ。内包する力次第だから、はっきりしている」

「今のところは——ですが。人界でナルサスが消滅すれば、別の竜が取って代わります」

微笑んで釘を刺したカールは、もの静かで穏やかそうに見えながら、実はすごく嫌味で意地悪なのではないだろうか。

隣に座るナルサスの憮然《ぶぜん》としたさまが可愛く見えてしまうくらいに、カールは皮肉で大人の雰囲気を持っている。

その場を引き取って締めたのは、アルフレートだ。

「今後の成り行き次第ということになりますな。女王陛下の招集で王宮へ行くまであと二週間ですから、それまでには否が応でも結論が出るでしょう。シルヴェーヌ様には一週間のご滞在予定をいただいております。どうぞ、気兼ねなくお過ごしください」

「ありがとうございます」

微笑みあって終了だ。

廊下の角で就寝の挨拶をしたとき、カサンドラの笑顔は冷たく固まっていた。美味《おい》しい食事だったにもかかわらず、シルヴェーヌはどっと疲れてしまった。

部屋へ戻ると、すぐに着替えてベッドに潜る。侍女はもういいからと下がらせた。

この部屋の繋がりにリュシアンの寝室があるというのに、彼も同じベッドに入ってくる。

「もう眠りたいんだけど……。リュシーは眠らなくてもいいの？」

「昼間休んだからまだ平気だ。シルヴィは眠ればいい。疲れたんだろう？　俺がおまえの眠りの番をしてやる」

　後ろから回された腕で、横になった状態で緩く抱き込まれた。

　背中から伝わる彼の存在で身体も心も安堵《あんど》する。睡眠欲求が強まった。けれど、眠る前に一つだけ聞きたくて、シルヴェーヌはたどたどしく声を出す。

「リュシーは、竜王になるのね？」

「そうなりそうだ。なんだか、おまえと状況が似ているな。余計なことを考えなくてもいいぞ。俺は自力で立つ」

　声こそは小さくても、ゆるぎのない宣言だ。

　――竜王……。そうね。あなたはまさに王だわ。

　自分とは覚悟の度合いが違う。

　竜だと知らされてさぞかし驚いたはずだ。次代の竜王と告げられてどれほどの衝撃を受けたことか。察して余りある。それでも彼は、慌てふためいたり惑うそぶりを見せたりはしない。

　暖かな腕に揺らされる。掌が優しく肌をなぞっていった。胸を弄《まさぐ》り始めているリュシアンの手に、もぞもぞとした感触が込み上げる。ナイトドレスを着ているから布越しになる分、悪戯《いたずら》を仕掛けられている気分だ。

「豊かで重い……。横向きになっていると二山分だな」

「ん……っ……う、ん……眠いの……」

リュシアンは深く溜息を吐いて動きをやめる。

「仕方がないな。おやすみ。シルヴィ」

「おやすみなさい。……リュシー」

こういうところはすごく甘いと思う。けれど自分で考えろと言う彼は、シルヴェーヌの決断を手伝ってはくれない。厳しいところもある。

——そんなあなたが、好き。リュシー。竜王になるときには帰ってしまうのね。そのとき契約がなければ人界に戻れない。二度と逢えなくなってしまうんだわ……それでもわたしは。

「シルヴィ……？　眠ったのか？」

ことんっと落ちるようにして、シルヴェーヌはリュシアンの腕の中で眠った。

翌日は昼に目覚める。そのあとは舞踏会の準備で大わらわだ。

女王陛下が出席する王宮の舞踏会では、王女でも陛下の登場前に大広間にいなければならないが、こうした王都にある貴族家での催しでは、身分的に最上位になるから、王女たちは宴がたけなわになるころを見計らって参加する習わしだと教えられた。

時間もぎりぎりになって部屋へ戻れば、すっかり支度を終えたリュシアンが待っている。

今夜のシルヴェーヌは光沢のある金色を下地して真珠色のレースや紗をたゆませたドレスを纏っている。布で作ったバラの花飾りと一緒に宝石が配されているので、非常に華麗な感じになっていた。

すっと出されたリュシアンの掌にシルヴェーヌが手を置くと、彼は肘を上手《うま》く曲げて腕を組んだ形にする。そうして二人、歩き始める。

舞踏会の会場になる大ホールの大扉の前にカサンドラとナルサスが待っていた。

廊下とはいえ円形の部屋のような待合ホールになっているから、スカートが膨らんだドレス姿の貴婦人が数人集まっても空間的な余裕がある。

カサンドラは黒色の地に大輪のバラが刺繍《ししゅう》してあるドレスだ。薄紫のレースが美しく映えていた。見事な肢体の曲線もいい感じに出ていて、視線がついそちらへ流れる。

シルヴェーヌは軽く頭を下げた。

「お姉さま、お待たせしてごめんなさい。遅れました？」

「エミィもまだよ。揃ってから入りましょう」

笑って答えるカサンドラからは、晩餐会終了時に見せた硬く冷たい感じは消え失せていた。

ほどなくしてエレミネアとカールが来ると、一同うち揃って動き始める。大扉が開けられ、侍従長によって大きな声で告げられた名前の順に大ホールへ入る。

カサンドラとナルサスを筆頭にして、二番目がシルヴェーヌたちだ。

「シルヴェーヌ・ルイ・モア・ベルタ王女殿下、リュシアン・クロフォード様」

正式な場で、王女と名を連ねる者は伴侶の竜しかいない。ベルタ王国での常識だ。竜を召喚できなかった王女は、正式な場へは出られない。

ジゼル女王の二番目の王女とその竜については噂《うわさ》が先行していたのもあって、ホールを埋める人々の視線が集中した。声も止まって静まる。

伴侶の竜はどこにも属さないから名前だけだが、リュシアンは正式にクロフォード伯爵家へ養子に入っているので、貴族名簿にも名前が記載されている。

名乗るときは、クロフォード家の名を入れてもいいという許可は貰《もら》っていた。クロフォード家のためにもなるので、こういう場では正式名を名乗る。

大扉から入ってすぐのところは、大広間から数段上がった半円の高座だから、上方からホールを一望できる。

これだけの群集——しかも貴族がほとんどで、他に給仕や近侍やメイドなどの使用人もたっぷりいる——を下方に見ることなど初めての経験だ。シルヴェーヌの心臓がドキドキと踊る。脚が竦《すく》んで動けなくなった。

彼と組んでいた手の先がきゅっと握られる。前を見たままのリュシアンが、組んでいた腕とは違うもう一方の手を上げて、シルヴェーヌの指先をわずかに握っていた。

「行くぞ」

低い声は他には聞こえないほどの音量だったが、隣に立つ彼女の耳には入る。

腹の底にずしんと降りて力になる。そういう声だった。

――あなたが傍にいてくれるなら、魑魅魍魎《ちみもうりょう》が犇《ひし》めくと言われる場所にも行ける。陰謀や陰口を押し隠しながら興味津々で見上げるあの人々の中にだって入れる。どこへでも行ける、あなたとなら。ありがとう、リュシー。

シルヴェーヌは微笑んでリュシアンと共に数段を下りていった。

わらわらと寄ってきた紳士や貴婦人たちに次々に挨拶をされると、貴族名簿を横にして専門の教師から人物情報を学んでいたのに、誰が誰やらさっぱり分からなくなってしまった。

そこへやって来たのがカサンドラとナルサスだ。

「個別に紹介するわ。それはわたしの役目でしょうからね。皆さまは、舞踏会を楽しんでくださいませ。妹はまだ慣れていないのです。順にお伺いしますわ」

「ほほ……。カサンドラ様は、よきお姉様ですわね」

かなり高位の奥方だろうと思われる老夫人がそう答えたことで、周囲から人が離れていった。

ほっと息を継ぐ。人が離れて安心してはいけないだろうが、それが正直なところだ。

カサンドラは、老夫人に礼を言う。

「お気遣いありがとうございます。おじさまが、お酒もお料理もたっぷり用意してくださっていますわ。次の間も三部屋が解放してありますのよ。どうぞごゆっくりなさって」

「アルフレート公爵様にはご挨拶しなければなりませんわね。では、またのちほど」

老婦人はふわりと頭を下げて遠ざかる。言葉も態度も洗練されていた。

シルヴェーヌに笑ってみせたカサンドラは、次の動きを促す。

「行きましょうか。おじさまも後からご一緒してくださることになっています」

「お姉さま、ありがとうございます」

「長女ですものね。これも務めだとおじさまに言われているのよ」

ふふっと笑ったカサンドラは先に立って歩き始める。シルヴェーヌは、姉の言葉の端々にアルフレートの存在を感じ取って戸惑ってしまった。

さまざまな人に紹介されてゆく。恐らく身分と権勢を練り合わせて判断された順序だろう。そういう順番も覚えておけということかもしれない。

姉の如才《じょさい》のなさや、機転の利くやり方にシルヴェーヌは圧倒される。自信に溢れる物腰も優雅で美しく、憧れを抱いてしまいそうだ。

ただときおり、《おじさまがそうおっしゃっていたから》や《おじさまに聞いてみますわ》という言葉が出てきて、不安な気持ちにもなる。

（何がこんなに気になるのかしら……。親も同然だもの。当たり前でしょうに）

ホールを闊歩しながら、シルヴェーヌたちは挨拶を受けてゆく。途中でエレミネアたちも加わったから、大きなグループになった。これはそのままアルフレートの勢力を示す糧《かて》になるのだろうとシルヴェーヌは考える。

一通り終われば次は舞踏会らしくホールの中央でダンスだ。

シルヴェーヌは、最初はリュシアンと踊った。正式な舞踏会が初めてなら、リュシアンと踊るのも初めてだ。

「上手いのね、リュシー。なんだか自分が軽くなったみたい。踊りやすいわ」

ダンスの教師たちとは微妙に違う。力で回されるのではなく、踏み出すとそれを後ろから押し出してくれる感じだ。無理がない。

「シルヴィの動きが軽いんだ。リードしていても回し過ぎないよう注意しないとだめだな。腰も細くて……少し痩せたんじゃないか？　もっと食べないと」

「そう？　自分では分からないわね」

踊りながら話すのは誰も聞こえないから心安いが、体力は必須だ。

三曲ほど踊ってリュシアンとは離れる。社交の場である以上、他の男性とも踊らなくてはならない。ダンスを繰り返すうちにカサンドラたちともばらばらになった。

（……喉が渇いた、ような……。続き間にあるのよね……）

給仕を呼ぶという方向へ頭がいかなかったのは、慣れていないの一言に尽きる。

顔に笑みを張り付かせてホールを横切ってゆくときに、窓が連なる横壁の一角に立って話をしているリュシアンとカール、ナルサスの姿を見た。

三人はどこからどう見ても大層な美麗さがある。若い女性たちが、遠巻きでため息を零《こぼ》しながら眺めるのも当然だろう。異質で美しい一角だ。

（次の間、……あら？　迷ってしまったのかしら）

壁伝いに行けばよかったはずだが、なぜか人がぱたりといなくなってしまった。別な方へ繋がる扉が開けられていて、間違って通ったようだ。

そこも続き部屋になっている。人いきれが少々辛くなっていたシルヴェーヌは、一休みをしたくてそのまま歩いた。

どの扉も常に開いている。三つほど越えると、長い廊下が左右に伸びているところへ出た。右へ折れれば屋敷の奥へ向かう。左手側は、突き当りに外へ出られる両扉がある。しかも扉は開放されていた。どうやら、気分が悪くなった人のための措置のようだ。

肩から力を抜きたくなったシルヴェーヌは、そちらへ足を向ける。

（少しだけ、外の空気を吸ってこよう。少しだけだから……）

ふらふらと出た先は庭園だった。細い道がくねくねと木々の間を通っている。灯籠《とうろう》があり、夜空に月もあり、完全な闇夜ではない。夏なので寒くもない。

誰もいないのでほっとしながらしばらく歩く。舞踏会の喧騒も後ろで遠くなる。

そうやって来たところに、岩と木々で隠されたくぼみのような場所があった。小道から外れていたので隠れるにはちょうどいい按配《あんばい》だ。

周囲に誰もいないのを幸い、シルヴェーヌはそこまで行って岩の上に腰を下ろした。

戻らなくてはいけないと思いながらなかなか動けないでいると、ふと話し声が聞こえてくる。誰かが近づいて来たようだ。

「……誓約の言葉は竜の魂を縛るものですわ。シルヴィは呪いの言葉だと言いましたが、その通りかもしれません。そう思っている限り、口にはできませんわね」

（お姉さま？　相手はナルサス……ではないわね。彼に対するときと口調が違う）

野太い男性の声も聞こえてきた。

「契約もまともにできない者に、女王の資格はありませんな。自分の気持ちなどに振り回されるようでは、女王などとても。しょせんは、下賤《げせん》な町の育ちということでしょう」

ぎくりとする。シルヴェーヌのことだ。

顔を出せないので聞いているばかりになってしまうが、男の声にも聞き覚えがあった。

「放っておけばいいのですわ。それで期限切れになるでしょうから」

「カサンドラ様。よく考えなければなりません。リュシアンに少しでも触れていれば、どこであっても口にするだけで契約は完了するのですよ。シルヴェーヌ様がその気にさえなれば、竜王になる者の魂に鎖をかけられるのです。そうなると、あなた様は女王にはなれない」

「でも、おじさま。シルヴィもエミィも妹なのです。ひどいことはしたくありません」

「甘い！　気持ちや考えを変えるだけの猶予《ゆうよ》を与えてはならないのです！」

近くの小道を通ってゆく。夜道だ。カサンドラもアルフレートも、息をひそめて硬直したシルヴェーヌには気が付かなかった。

曲がり角を回って姿が見えなくなると、シルヴェーヌは陰になったところから出て、反対側へ歩いてゆく。歩きながら、今しがた耳にした会話を脳内で繰り返す。

彼らの言っていたことは正鵠《せいこく》をついている部分もあった。

（……お姉さまなら、きっとすごく立派な女王陛下になられるわ。わたしでは……）

開けた場所になり、噴水を真ん中にした丸い池がある。大小の岩が周囲に設置されて水を溜める役を果たしていた。

ふらりと近寄って岩の一つに腰を下ろす。ため息が零れた。

すると、目の前にグラスが差し出される。はっとして顔を上げれば、月を後ろにしてリュシアンが立っていた。

「あ、ごめんなさい。呼びに来たのでしょう？　すぐ戻るから」

「エレミネアとカールがホールの方を引き受けてくれた。ナルサスはカサンドラを迎えに行っている。俺はおまえを探してここへ来たんだ。喉が渇いたんだろう？　ホールを横切って行ったから、てっきり続き間へ向かったと思ったのに」

気付かれていないつもりだった。けれど、それはあり得ない。彼らは自分の伴侶がどこでどうしているかくらい、探れば分かる力がある。

グラスをありがたく受け取って中身を飲んだ。

「ありがとう、リュシー。お酒じゃなくてジュースなのね。美味《おい》しかったわ」

手を出されたのでグラスを渡すと、彼は持ったまま一度だけふっと振った。すると、グラスが消えたので、シルヴェーヌは目を見張る。彼女はくすくすと笑った。

「魔法は人を怠惰にするわね。ホールへ戻したのでしょう？　手で持って戻れるのに」

「安易に使わないよう気を付けてはいる。今は、話すのに邪魔だったからな。一人で出てきて、こんな誰もいないところで、何を考えていたんだ？　シルヴィ」

《一人で》のところを強調されたので、リュシアンが微妙に機嫌を降下させているのが分かる。彼を誘うべきとか、一人では危ないとか言いたいのだ。

「ごめんなさい。少しだけでいいから一人になりたかったの」

「話せ。聞いている」

岩に座っているシルヴェーヌとその前に立つリュシアン。暗い中で向かいあっていると、まるで世界には自分たちしかいないかのようだ。

声が小さくても彼には聞こえるだろうし、表情を取り繕《つくろ》っても、リュシアンには見えてしまうだろう。隠す意味はない。だから本音で話す。

「女王にならなくても、王女であるのは変わらないでしょう？　これから先、王女としてちゃんとやっていけるのか自信がないの……。今のわたしは張りぼてなんだもの。どれだけ勉強しても練習しても、本物じゃないわ。お姉さまやエミィのようには振る舞えない。ぎくしゃくしていて、きっとすごく無様なのよ」

あろうことか、リュシアンはそこで笑った。このごろの彼は、前よりよく笑っている。

「リュシーっ」

「ごめん。シルヴィがこれほど落ち込んでいるのは初めてだから、新鮮で」

「もうっ。人が真剣に悩んでいるのに、笑うなんて」

彼が笑ったのを見ただけで気持ちが軽くなる。

「シルヴィはよくやっている。自信を持っていいんだ。これだけの状況変化を受け止められるだけでもすごい。あとは慣れだろ。時間が解決する。おまえは美しいし、優雅な動きもできる。言葉使いも前より身に付いてきているぞ。俺が言うんだ。間違いない」

「……そう、かな」

「そうだ。前を向く精神を失うな。この一瞬を永遠にできるのは、どんなときでも前を向く力のある者だけだ。そういう者が女王になるべきだと俺は思う。おまえのような者が」

「わたしに女王は無理よ。きっとカサンドラ姉さまが女王になられるわ。だからリュシーはもう竜界へ戻っていいのよ。次代の竜王なのですもの。継承のときには竜界から引っ張られるのでしょう？　今戻っても同じことだと思うのよ」

眉を寄せたリュシアンは、シルヴェーヌの主張に微塵《みじん》も賛成する気はないようだ。

「そのときがくれば、俺のことは俺が考える。それより、カサンドラが女王になってもいいと本気で言っているのか？」

「え？　それが一番自然よ。お姉さまは、誇り高くて、自信を持っていて。はっきりした物言いも、物事を決めてゆく力も、なんでもお持ちだわ。女王に相応《ふさわ》しいとみんな思っているし、わたしもよ。エミィも、きっとそう」

「あれは、アルフレートの傀儡《かいらい》だぞ。カサンドラが女王になるということは、アルフレートに全権が渡るということだ。それでいいのか？」

どきりとする。不安があった。姉があまりにも《おじさま》を連呼するからだ。

「で、でも、お姉さまにはナルサスがいるわ。きっと上手く導いてくれる。だって竜は、召喚された時点で人間の何倍も生きているのでしょう？」

「何度も言うが、竜は人界に興味がない。ましてや政治や権力闘争など関心の外だ。伴侶の願いを叶えるためなら命も掛けるが、〈女王〉の助けはしない」

「リュシーはそこまでじゃないでしょう？　人と人の繋がりを考えるじゃない」

「人として過ごした十年があるからだ。親子の愛情のあり方も少しは分かるし、貴族たちの権力志向も理解できる。けれど、俺の場合が特例なだけだ。いいか。アルフレートの望みは女王を操ってベルタ王国に君臨することだぞ」

「君臨……。女王の権威には誰も手を出さないって聞いたのに」

「赤子のときから手を打ってきた男だ。そんな慣習には縛られないさ。俺はクロフォード領が大事だからそれでいいとはとても言えない。クロフォード領は国境線に近いからな」

話の先を予測して思わずこくりと喉を鳴らす。クロフォード領には伯爵夫妻やモアの両親がいる。

「アルフレートは、他国へ手を伸ばしたいという野望まで持っている。ナルサスは、俺がいなければ次代の竜王になれるだけの強大な魔法力を持っているから、カサンドラさえ押さえておけば、なんでも可能だと考えたんだろうな」

伴侶のためだけに魔法を発動させる竜は、女王が間違えてもその要請で強大な魔法力を解放してしまう。カサンドラの後ろでアルフレートが全権を握るなら、結局彼のために竜は動いてしまうというわけだ。

とどめのようにリュシアンは聞いてくる。

「他国支配まで考えるアルフレートに、ベルタ王国を渡してしまってもいいのか？」

その聞き方では返事は一つしかない。いいわけがないのだ。では誰が女王になる？

すぐに答えられなくて黙っていると、リュシアンは口調を変えて別な話を振ってくる。

「おまえは、もしも女王になったら何をしたい。もしも――でいいから言ってみろ」

「もしも……。小麦やライ麦の税を一定にして、もっと下げたいと思うわ。パンは主食だもの。なのに領地によって加算される税率が違うのよね。カルカンタを出てそれを初めて知ったの。

高い税を課せられるところは、まともに食べられない人が出てしまう」

「いいな、それは。一考に値する提案だ」

褒められたのが嬉しくて素直に微笑む。

「この国には大きな問題が山積している。たとえば、鉱山の件だ。アルフレートは自分の領地にある金鉱からもっと掘り出したいようだが、それは拙《まず》い。貨幣が金で出来ているのは価値の裏付けを金の量でとっているからだ。金が市場に溢れると貨幣の価値が下がる。採掘量は全体でコントロールするべきだ」

まじまじとリュシアンを眺めたシルヴェーヌは、ほぅと肩から力を抜く。

「……リュシーは、相変わらずなんでも知っているのね」

「おまえの質問に答えたいから、ずいぶん勉強した。俺とおまえの出逢いは、このベルタ王国にとって、一つの僥倖《ぎょうこう》かもしれないな」

「そういえば昔、モアの父さんが言っていたわ。《あのお方がおまえと出逢ったのは、何かの巡りあわせなんだろうなぁ……》って。《出逢うべき運命を持っていたんだろう》と」

「その通りだったたな」

「……」

シルヴェーヌは考え込んでしまった。

姉に対しては、助言をするというのはどうだろう。しかし、シルヴェーヌの言葉をカサンドラが聞き入れるかどうかは、かなり怪しい。

シルヴェーヌは現れたばかりの王女見習いに過ぎない。しかも、王女の義務とまで言われている竜の召喚は最後のところが終わっていない。王女として彼女は半人前だ。

――なんて、中途半端なのかしら、わたし。

身近な人たちのこと、ひいてはベルタ王国の行く末や民のことを思うと、《傀儡》とまで言われてしまうカサンドラでは不安だ。かといって、自分にできるかと問われても、今の状態では、できないとしか言えない。

なにより、今のままでは、誓約の言葉を呪いの言葉だと考えた自分の気持ちをひっくり返せない。

「わたしは……」

考え込んでいるうちに下を向いて土を見ていた。これではいけないと顔を起こす。すると、リュシアンの後ろの方にある高い木々が目に留まる。暗い夜空に影を映したような木々たち。

（クロフォード城の奥庭にあった木に似ているわ……）

懐かしいあのころ。ふっと思い出したのは、竜だと分かる前のリュシアンとの会話だ。

『利用されるばっかりって感じね……。竜自身はどう思っているのかしら』

『竜の気持ちは竜に聞くしかないだろうな』

伴侶の魂を宝石にして胸に抱く竜の気持ち。そういえば一度も聞いていない。

召喚の説明のとき、パウエルも言っていた。

『呪いと思うかどうかは竜自身にしか分からないことです』

なんだろうこれは。迷宮を抱えていた脳裏が、一つの方向へ向いてゆく、この感じ。

「どうした？　シルヴィ」

「え？　あ、……いえ。そろそろ戻らないと。エミィに叱られてしまうわね」

最初からもう一度考えてみようとシルヴェーヌは胸の内でひとりごちる。

軽い動作で座っていた岩から立ち上がった。身体の向きを変えようとしたところで、両肩をリュシアンにゆるく掴まれる。

「リュシー？」

「ここまで迎えに来た。褒美をくれ――」

唇が近づく。シルヴェーヌは目を閉じた。


暗い中で口づけを交わすシルヴェーヌとリュシアンを、遠目で見ている者がいる。カサンドラとナルサスだ。

カサンドラがアルフレートと歩いているところへ、《空間跳躍》魔法でナルサスが現れた。

話は終わったというアルフレートと離れてホールへ戻るところを、シルヴェーヌとリュシアンが近くにいるとナルサスが言い、彼らはシルヴェーヌたちの声が聞こえるぎりぎりの位置まで近づいた。

黙って聞いていたカサンドラは、ナルサスの上着を引っ張ってその場から離れていく。

終始無言だったカサンドラの表情は、晩餐会のときより冷たく厳しいものになっていたが、シルヴェーヌはそれを見ていない。

リュシアンは、彼らが聞いているのは察知していた。いるのを承知の上で、シルヴェーヌと話をした。いっそ、聞かせたかったというのが本当のところだ。

クロフォードの屋敷で貴族の女性たちをたくさん見ているリュシアンからすれば、カサンドラは分かりやすい性質をしている。

（……妹を家族として大切に思う気持ちと、邪魔者だと感じる心は同居か。人の心というものは厄介なものだな）

カサンドラは、アルフレートに操られているのを自覚しているのに、跳ね除けられない。それを精神的な弱さと捉えられる冷静さがあっても、独り立ちできない自分に苛《いら》ついている。

アルフレートは赤ん坊のときから彼女を育てているから、自分の《傀儡》として仕立て上げるのは簡単だっただろう。

それはカサンドラにはどうしようもないことだ。彼女を責めることはできない。かといって、真実は隠しようもなく目の前に横たわっている。

次代の竜王を召喚した妹を妬《ねた》む気持ちもある。だがそれは、ナルサスには辛《つら》いことだ。

（近いうちに、戦闘を仕掛けてくるな。カールもエレミネアの言葉には従うだろう。次々に来られるとかなり面倒だが、やってやるさ）

くちゅりと口づけを深くする。シルヴェーヌの腕が上がって、リュシアンを身体から離そうとするが、まだだ。この身を抱きしめている幸せに、もう少し浸らせてほしい。

（戦うにしても、ぎりぎりまでおまえには内緒だな）

公爵家の屋敷にいる間は、魔獣を使って襲わせたナルサスでも何もしないとシルヴェーヌは思っている。しかし結局、竜族だから、人界の都合に関わりなく伴侶の望みが最優先だ。ナルサス自身の望みにも適うから、絶対に仕掛けてくる。

シルヴェーヌがそれを知ると、リュシアンを覚醒させるためだけに誓約の言葉を口にしかねない。それでは無理矢理言わせるのと同じだ。

（義務や義理で《愛している》と言われるのはごめんだ。けれど、それ以上に、俺だっておまえの幸せを願うから、おまえの選択を尊重したいんだ――）

それぞれの思いを隠して、舞踏会の夜は更《ふ》けていった。

第五章　あなたに捧《ささ》げる

舞踏会は概《おおむ》ね成功だったようだ。パウエルが参加者たちの評価を教えてくれた。

ホールを一時的に抜け出したから、シルヴェーヌはその点を言及されると考えたが、無問題とのことだ。そういえばカサンドラもアルフレートも庭を歩いていた。

翌日、昼過ぎに目が覚めたシルヴェーヌは深く落ち込む。

（夜明けには起きていたカルカンタのわたしは、どこへ行っちゃったんだろう……っ。今日と明日は予定もなくておやすみだって聞いたから、パンを焼きたいのに）

仕方がないので、一日ですべてのパン作り工程を完了するのは諦《あきら》めて、作業は夜と朝に分けることにした。

夜になり、ベッドの上で、ナイトドレス姿のシルヴェーヌにいそいそと覆《おお》い被《かぶ》さってきたリュシアンへ一つのお願いをする。

「今夜は厨房《ちゅうぼう》へ行きたいの。料理長と話して、厨房の一つを貸してもらうことにしたのよ。パンの下ごしらえのために。ね、リュシー。そういうわけで、えっと……」

性交は中止とか、今夜はダメとか、閨事《ねやごと》に関しては口にしにくい。

本当なら内緒にして、出来上がったものを目の前に出したかった。しかし、作業時間を手に入れるためには、リュシアンの協力が不可欠だ。特に夜には。

王宮の招集やギョーム公爵家への移動予定が近づいているのを考えると、今夜と明日が最後のチャンスかもしれない。

「朝早くから掛かるつもりでいたけど、とても起きられなかったの。一日中厨房を借りて閉じ籠るわけにもいかないから、今夜仕込んで、明日の朝、焼くことに……」

「いいな、それ。俺も厨房へ行く。よし、行こう」

ぱっと顔を輝かせて起き上ったリュシアンは、彼女のナイトガウンを掴んで渡してきた。彼の手に一緒に握られているのは、どこからか調達した花柄の胸当て付きエプロンだ。

彼女のパンに対するリュシアンの執着があまりにも相変わらずだったので、シルヴェーヌはひとしきり笑った。

二人は連れ立って部屋を抜け出す。

「俺の魔法で誰も近づけさせないから、好きにできるぞ」

こういうときだけ魔法を使うというのも気が引ける。ただ、雑音がないのはありがたいので感謝しつつ甘んずることにした。

アルフレート公爵家の王都屋敷には、使用人用とは別に、料理長が腕をふるう厨房が三つある。それだけ大きな屋敷であり、大きな催しが多いということだが、この二日間は予定がないので一番大きな厨房以外は使われないと聞いた。

パン窯《がま》を貸してほしいこと、小麦やライ麦や塩、そして十分な時間をとれないのでパン種などもあれば分けてもらえないかということを、着付けのあとで走って行って料理長と交渉した。料理長は《お金なんて受け取れません。怒られたら庇《かば》ってくださいね》と笑っていた。

リュシアンと一緒に厨房でパンを作る。こんなときがやってくるとは、かつては想像もしていなかった。ものすごく気分が高揚する。楽しい。

仕込みの分は、一晩かけて発酵をさせるから避けておいて、すぐに焼くことができるものも作ってゆく。それは焼いてゆく都度、彼に食べられていった。

「捏《こ》ねるのは力仕事なんだな。そちらの固まりは一晩ねかすのか？　温度が大事？　湿度もか。俺が調整した空気の壁で覆ってやるから……」

「いいの。魔法に頼りすぎると、自分だけで作れなくなってしまうわ。明日の朝早く起きて焼くから、また食べてね」

「もちろんだ。今焼いてここにあるのは、シルヴィも食べろ。細くなっているぞ」

「はい。これが終わったら、お茶を淹《い》れるわね」

メイドや侍女を呼ばなくても、自分でできるのが嬉《うれ》しい。

厨房にある傷だらけの大テーブルと椅子を使って、お茶を飲み、焼いたばかりで暖かいクッキーやスコーンを食べた。向き合ってたわいもない話をする。

時間はどんどん過ぎてゆく。会話が途切れたところで、シルヴェーヌは昨夜考えたことを、思い切って彼に聞くことにした。

「あのね、リュシー。クロフォード城にいたとき、利用されるばかりの竜の気持ちはどうなんだろう……って、話していたの、覚えている？」

膝の上で握りあわせた自分の両手を見てから、すぅっと顔を上げたシルヴェーヌは、テーブルを挟んだ向かい側に座るリュシアンにまっすぐ視線をあてた。

長い睫《まつげ》を伏せ気味にして、リュシアンは密やかに笑う。

「覚えているさ。聞きたいか？」

こくりと頷《うなず》く。

そろそろ真夜中になる。厨房の中はとても静かだ。リュシアンの魔法のおかげで周囲には誰もいないし、生活音も届かない。彼の声がよく聞こえる。

「おまえは、誓約の言葉は呪いの言葉だと言った。おまえにとっては、そうかもしれない。けれど、俺にとっては、違う」

息を呑んで彼を見つめる。ぽかんと口を開けてしまったのは許してほしい。

「伴侶の魂を宝石にして竜界へ連れて行くのは、誰にも渡したくないからだ。だからこそ、人界の命の輪からもぎ取る。未来永劫《みらいえいごう》、自分のものにするために」

「未来永劫……自分のものに……」

　誰か別な人間の呟きのようだ。

　パウエルが伴侶召喚の魔法陣のことを彼女に説明するときに言っていたのは。

『竜は、未来永劫その王女に魂を捧げることになります』

　互いに――ということなのか。

「命の輪にのって次の世に生まれることがあったら、おまえは誰か別の伴侶と結ばれてしまうかもしれない。それはいやだ。絶対にいやなんだ。だから、人の根源、つまりは魂を人界から離して胸に抱いている。宝石にするのは、形にした方が傍に置きやすいし、隠しやすいからだ。俺たちは、独占欲が強い」

「……独占欲……なの？　契約が完了したら竜界へは戻れないし、魔法力が尽きたら人界で消滅してしまうわ。魂を宝石にしたところで、語りあいもできずに長い間ずっと一人なのよ。延々と孤独を味わうことになる。それでも、いいの？」

「いい。命の熱さを感じられる相手を見つけられたこと。自分の魂を揺り動かす相手と結ばれたこと。それに勝るものはない。伴侶の希望をなんでも聞くのは、最後は人界から連れ出してしまうからだ。伴侶の願いを叶えるためには命も懸ける。それが俺たちだ」

「……存在する長い時の間に、伴侶を何度も持つ竜もいるって……。そういうこともできるのに？　魂を縛られてしまってもいいの？」

「魂の宝石を胸に抱いていれば、他の伴侶など必要ない。魔法力が尽きて消滅するときには、宝石も砕けて共に竜界の糧《かて》となる。それでも離すことはないんだ。永遠に俺のものにする」

「……永遠……」

「契約が完了していることが前提条件なんだけどな。そうでなければ、人界が王女の魂を離さない」

瞬《まばた》きを繰り返したシルヴェーヌは、目線を下げて傷だらけのテーブルの表面を凝視する。見ているのは木の表面ではなく心の内だ。自問自答が止まらない。

——竜にとっては呪いの言葉ではない。では、何なの。想《おも》いを告げる言葉……ではないわよね。縛ってしまうもの。縛るだけなら別の言葉でもよかったはず。なぜ〈誓約〉なのかしら。

考えがまとまらない。何かが見えそうで見えない。ふっと思うのは。

「もっと早く聞けば良かったのね……」

「シルヴィ。〈今〉というのは、間違っていないぞ。もっと早い時期に聞かれても、答えられなかった。記憶がここまで回復したから言えるんだ。いいか。結論を急ぐな。おまえの場合、誓約の言葉は女王になるのと直結している」

心臓を鷲掴《わしづか》みにされた面持ちで顔を上げる。

「それが、無理強いをしない一番の理由だ。女王になることを自分の中で納得できなければ、誓約の言葉を言った途端、おまえは不幸になってしまう。シルヴィは俺の幸せを考えるだろう？　俺もおまえの幸福を望む。だから、女王になりたくなければ、言うな」

シルヴェーヌの唇が震えた。自分で選べと言われている。リュシアンは、彼女を大切にして甘やかす半面、厳しい面も見せる。すべては彼女のために。

見つめあう中で、リュシアンの瞳の下辺に赤みが差してきたのに気付いてぎくりとする。

（……魔法力が暴走し始めたの？　どうして、突然）

感情の高ぶりに合わせて、人としての理性が破られようとしているのだろうか。竜の本体が出ようとしているのかもしれない。

くっと眉を顰《ひそ》めたリュシアンは、いきなり強い言葉を吐き出し始める。

「誓約を口にしようがしまいが、俺はおまえがここにいる限り竜界へ戻ることはない。……誰にも渡したくない。おまえを俺から奪う者は引き裂いてやる。おまえを無理矢理女王に仕立てて不幸にするなら、ベルタ王国といえども破壊しつくす。俺は――」

テーブルの上に置かれた彼の片手が拳を作って細かく震えていた。本当はここまで言いたくないのに抑えきれなかったと見える。表情はあまり変わらなくても辛そうだ。

シルヴェーヌは膝の上に置いていた右手を伸ばして、固く握りしめられたリュシアンの拳の上に載せた。ひくりと身動いた彼は、赤く染まりつつあった両眼を閉じる。

「すまない……。綺麗ごとを口にしていても、強欲なものだな。破壊衝動もある。でも、おまえの幸せを願う気持ちは本当だ。信じてほしい」

「――信じる。わたしも同じだもの」

瞼《まぶた》が震え、再び彼の瞳が現れる。真紅は追いやられ、黄金色に戻っていた。

「愛している」

魂が揺さぶられる――今の自分の心は、まさにその状態だ。

見開いたシルヴェーヌの両眼に滴《しずく》が溜まる。重さを増した一滴が、つと頬を流れた。

「愛している。俺のことはいい。自分が幸せになる道を選んでくれ。それが俺の願いだ」

「――はい」

静かな夜だった。二人で後片付けをして部屋へ戻る。シルヴェーヌはリュシアンに抱きしめられて深く眠った。

熟睡したからか、次の朝は早く起きられた。服はリュシアンに着付けてもらう。

厨房では、ペティコートのあるドレスのスカートは広がっていて邪魔だ。だから、空の上でリュシアンが形成したのと同じ、膝の上が膨らんだズボン姿をお願いした。

花柄の胸当て付きエプロンも出してもらう。髪は後ろで一つに括《くく》った。

部屋を出るときに、付いてこようとするリュシアンを止める。

「今度は出来上がるまで待っていて。焼き立てを持ってくるから」

「それなら、ここから一番近い庭の木の下に、テーブルを用意して待つことにする」

「外なのね。分かったわ」

クロフォード城の奥庭を思い出す。今となっては懐かしいくらいだ。

シルヴェーヌは件《くだん》の厨房へ行って動き始める。ところが。

「混ぜてもらうつもりで来たわ。楽しそうだもの」

「シルヴィ姉さま。お邪魔してごめんなさい。いけませんか？」

誰も来ないはずの厨房へ姉と妹が来た。ナルサスやカールが協力したに違いない。

二人ともシルヴェーヌと同じ膝上が膨らんだズボン姿で、フリルがいっぱいのエプロンまでしている。やる気満々だ。

出入り口に立った二人に、一応、忠告だけはする。

「貴族のお嬢様とか王家の人が厨房へ入るなんて、してはいけないのでしょう？」

「そんなこと。誰が決めたんです」

カサンドラがきつい口調で言う。

「貴族のお嬢様はだめかもしれないけれど、王女ならいいのではないかしら。ね」

ね……って！　小首を傾げたエレミネアは、とても可愛い。控えめで大人しい妹には、もう一つ特技があったようだ。可愛く押すのが上手い。

笑いを押し殺してシルヴェーヌは手招く。

「発酵は終わっているから続きをします。形も自分たちで造れるわ。焼くのは任せて」

そうして、三姉妹で後の工程を済ませてゆく。楽しかった。姦《かしま》しくもある。若い女性の集まりだからお喋りがやまない。

「わたしも、姉さま方のようなブロンド系の髪だったらよかったのに」

「エミィの髪は素敵よ。わたしがいたカルカンタの町は港に近いから、外国の人もたくさん入って来ていたわ。黒髪の人も大勢いたのよ。エキゾチックで魅力的だと思うのだけど」

エレミネアは自分の黒髪にずいぶんコンプレックスを持っているようだ。カールが白銀の髪なのはそのせいかと納得した。

カサンドラもシルヴェーヌの意見に賛成する。

「ほんとにそうよ。自分に自信を持てば、エミィならもっと人の注目を集められるわ」

「いいのです。人の注目なんてわたしには必要ありません。お姉様が女王陛下になられたら、表にはあまり出ないようにしていただきたいくらいですもの」

自分の容姿や引っ込み思案なところを気にしているエレミネアは、カサンドラが女王になるのを全面的に押している。アルフレートの影響を感じるが、それを口にする気はない。

はにかんだ様子を見せて、エレミネアは付け加える。

「わたしは三家の推薦状をもらっていません。だから、王宮に行ってお母様に叱られるかもしれませんね」

次代の竜王を召喚したシルヴェーヌには使えない手段だが、竜たちの力関係を鑑《かんが》みて、無理をしないというのは賢い選択だ。

「お姉さまもエミィも、お父様やお母様に度々逢われているのですか？」

「それが……」

口籠ったエレミネアを横に見て、カサンドラが答える。

「ここ数年は、王宮での催しはまったくないわね。今は、政務をこなされるのが精いっぱいで、お父様が付きっきりでいらっしゃるそうよ。高位の貴族も会議でしかお逢いできないというし、私たちもずっとお顔を見ていないわ」

「そうなのですか……」

声を落とす。ローラン卿《きょう》がジゼルの傍から離れないのは病の進行を抑えるためだ。ローラン自身も、数年前の隣国との小競りあいでずいぶん魔法力を費やしたと聞いた。両親ともに先が長いとは思えない。自分は彼らに逢えるだろうか。

今はどうしようもない。シルヴェーヌは気を取り直して顔を上げる。

「さぁ、火を入れるわよ」

パン窯《がま》に並べて焼き始める。興味津々で眺める姉と妹の様子に、つい笑った。彼女もモアの父の作業を手伝いながら同じことをしていたのを思い出す。

焼き上がるまでお茶にしようということになって、昨夜リュシアンと囲ったテーブルに、今度は三姉妹で腰を掛けた。カサンドラの話題は、ナルサスのことが多い。

「ナルサスは、どうしてあれほど食べるのかしら。私が嫌いなものまで口に入れるから、すごく気になってしまうわ。カールはそれほど食べないと思うのよ。リュシアンはどう?」

「すごく食べます。すべてエネルギーになるのだと聞きましたけど」

「……そう。でもどうして私が嫌いな……、えーと、山葡萄《やまぶどう》までっ」

怒っているようなそうでもないような言動に、シルヴェーヌは思わず尋ねてしまう。

「お姉さまはナルサスにとても素っ気ないですよね。これほど彼のことをお話されるのに、何か特殊な事情でもあるのですか?」

角を挟んだ隣に座るエレミネアが、テーブルの陰で慌ただしく手を振っている。

(……聞いてはいけない? え? どういう……)

「素っ気ないのも当たり前でしょう!」

「え……?」

「伴侶とかいっても、あれは、私が女王になるためのただの道具よ! 外見が素晴らしくいいのは、私があの姿を願ったからなのだわ。他の女性にもてるのも、人がたくさんいる場所に私が彼を連れ歩いているからであって——」

勢いに押されて背を引いたシルヴェーヌは、見たままをぽろりと言ってしまった。

「お姉さま。お顔が真っ赤です」

「——……っ」

ぶわっと顔を上げたカサンドラに鋭い視線で睨《にら》まれる。すると横にいるエレミネアが焦った口調で言い放った。

「し、シルヴィ姉さまっ、こういうときは見て見ぬふりをしませんと……っ」

「「えっ」」

カサンドラと声がハモる。視線はエレミネアに集中した。エレミネアは赤くなったり青くなったりしながら俯《うつむ》いて、恥ずかしげにもじもじとしている。

「あ、えーっと、そろそろ焼けたかしら」

笑い出したくなるのを抑えて、白々しくもシルヴェーヌは立ち上がった。

パンの様子を見る。口端が上がる。笑いを収めて、また座る。

育ったところの話も出る。町にいたことに関して、カサンドラもエレミネアも何も言わない。姉妹の中では大した問題ではないのだ。

王女にとってもっとも大切なのは、どれほど強力な竜を召喚するかという、ただ一点だ。中途半端でもシルヴェーヌは次代の竜王を召喚している。

話をしているうちに、アルフレートを始めとした高位の貴族たちの方が、育ちが云々と言いたがるのだと分かった。それはカサンドラの言葉で証明される。

「町にいた方が強力な竜を召喚できるなら、次の王女は、一人くらいは町で育てた方がいいと宮廷魔導師たちが考えるかもしれないわね」

「実際は七歳のときに召喚しているので、町で暮らしたからというのとは違うと思います」

「そうだったわ……。ルイ侯爵家の火事のときね。エミィは、ブラン伯爵家で育てられていたけれど、伯爵夫妻はエミィが八歳のときに馬車の事故で亡くなっているのよ」

「馬車には、わたしも乗っていました。ブラン伯爵がとっさに外へ放り出してくださったので助かったのです」

カサンドラの細い眉がきゅうと寄せられる。

「なんだかおかしなことね。どちらの場合も王女狙いということかしら」

シルヴェーヌも眉を顰《ひそ》め、エレミネアは不安そうな顔をする。

ルイ侯爵家とブラン伯爵夫妻の災難は、起こった時点で三人とも竜の召喚前だ。竜は関わっていない。シルヴェーヌのときは謎の魔導師が現れているから、エレミネアの場合も、もしかしたら魔導師が関与しているのかもしれなかった。

妹王女二人を排除するつもりでいたと考えるなら、カサンドラを育てるアルフレートが一枚嚙んでいる可能性もある。証拠もないので口にしてはいけないだろうが。

沈黙が下りた厨房の中で、カサンドラが不意に顔を横へ向ける。

「なんだか、焦《こ》げ臭いわね……」

「！　パン窯が違うから……っ」

バタバタと立ち上がり急いで取り出せば、残念なことに焦げている。

話に夢中で、パン窯が違えば火加減も変わるというのを失念していた。シルヴェーヌは姉と妹を見て告げる。

「これはすぐ食べてしまいますから、お姉さまもエミィも手伝ってね」

にこりと笑うしかなく、カサンドラもエレミネアも、もの珍しそうに焦げたパンを見ている。

彼女たちの前に出されるパンは、焦げていたりはしないのだ。

動き回って次のパンを焼いてゆく。焼いている時間で、再びテーブルについた。

「焦げたパンなんて初めてです」

エレミネアが手に取ってしみじみ眺めてからぱくんと食べた。その時の顔といったら。

同じように食べたカサンドラが代弁する。

「にがいわね……」

「きちんと焼ければ美味《おい》しいのよ。次は大丈夫ですっ。……なにその疑わしそうな顔」

むむっと睨むとシルヴェーヌの姉と妹は顔を見合わせて笑った。

すごく楽しかった。大いに笑った。食べた。動いた。三人で笑いあってパンを作ったというこのときの出来事は、きっと生涯消えない記憶になる。

次はちゃんと焼けたので、内緒だがシルヴェーヌはほっとする。

ふかふかパンで埋まった鉄板を取り出すことができて嬉しい。久しぶりに焼いたので、感慨もひとしおだ。遠いカルカンタで、モアの両親もきっと同じようにしているかと思うと、目尻に涙が滲《にじ》む。

国境に近いクロフォード領と、その中でも他国への出入り口となる港に近い町カルカンタ。

脳裏で浮かび上がるのは、一つの現実だ。

――カルカンタでパン屋を営む平安は、女王陛下と伴侶の竜が守っているんだわ……。

アルフレートの野望を聞いた。

強く思う。守る者がいなくては、平安は成り立たないのだと。


そのころリュシアンは、いそいそとお茶の準備をしていた。彼のための執事はこの屋敷にはいないので、自分でテーブルや椅子を運ぶ。お湯のポットやカップに皿もだ。

魔法を使えば簡単に揃うが、シルヴェーヌが言う《魔法は人を怠惰にする》には同意するところもあるので、まずは肉体を使って動く。

王都の中とは思えない広い庭の一番奥にある木の下にセッティングした。

夏の朝らしいさわやかな風がそよぐ中、椅子に座ってうんっと伸びをする。そこでリュシアンは、簡易テーブルを挟んだ対面に向かって憮然《ぶぜん》と言い放つ。

「俺が用意したんだ。いきなり来て相伴《しょうばん》にあずかろうなんて礼儀に反するぞ、カール」

椅子に座り、背もたれに身を預けてゆったり本を読んでいた――と、そのままで《空間跳躍》魔法を使ってやって来たカールは、見掛けだけなら、銀色の長い髪をゆるく結んだ優しげな風貌をしている。

　リュシアンに抗議されたカールは、徐《おもむろ》に本から顔を上げた。

「もうすぐ竜王になるんですから、もっとこう、どんっと構えたらどうです。参加者が増えた方が楽しいですよ。用意してもらったことには礼くらい言いますから」

　笑顔が悪辣《あくらつ》というのもカールの特性だ。

「エレミネアのパンが楽しみでなりません。追い払うなんてしませんよね。エレミネアが泣いてしまいます」

「……っ。おまえもだ！　ナルサス！」

　しゅるんと空気が舞った。一瞬後には、椅子付きでナルサスが現れる。

「おれも食べたいんだ。あんなにきゃっきゃされてると、交ざりたくなってしまうな」

　別に盗み見ているわけではないが、それぞれの相手がどこで何をしているかくらいは、肌を掠《かす》める風ほどには自然に分かる。

　昨日の夜シルヴェーヌと一緒だったリュシアンは、この場は溜息だけで終わらせて待つことにした。せっかくの楽しいひとときを、荒れた場にはしたくない。

　それなのにカールは、隣に陣取ったナルサスに言う。

「交ざりたいなんて言ってあなたが厨房に入ったら、カサンドラに頭から小麦粉をぶちまけられるんじゃないですか？　邪魔をするなってまた怒られますよ」

ぐるぐると唸《うな》るナルサスを眺めたリュシアンは面白そうに笑う。するとナルサスは、椅子に座りながらもぐっと背を反《そ》らして、彼に反撃してきた。

「まだ誓約の言葉一つもらってないやつが偉そうに笑うな。少なくともおれは、一度は《愛している》って言われたんだからな」

「ん？」

「一度、だけ？　最初の契約のときの一度だけなんですか？」

驚いてナルサスを見たリュシアンとは違って、カールは容赦《ようしゃ》なく聞いた。

さすがにぐっと詰まったナルサスが、肩を落とし気味にして言うことには。

「だから、一度もないよりいいってことだ。そうだろ？　リュシアンは、かなり魔法力を戻しているみたいだが完全じゃない。いつまでそうしているつもりなんだ。召喚された直後ならともかく、ここまできたら無理にでも言わせる方法なんて山ほどあるだろうに」

「まぁまぁ。魔法力の食いあいをする竜族ですからね。必ずぶつかる。助言などしない方があなたのためになるのではありませんか？　絶好の機会なんですから」

密やかに笑うカールは、そのままリュシアンへ向く。

「どうでしょう、リュシアン。パンをいただいたら腹ごなしに手合せしませんか？」

教書に載るような穏やかで優しい物言いだ。この姿を願ったのはエレミネアだが、内容が過激なのはカールの性質による。

「いいだろう。提案者はアルフレートか」

「いいえ。アルフレートからカサンドラ、そしてエレミネアに。私としては、次代の竜王とやりあう気はないんですが、エレミネアに頼まれてはね」

ナルサスが片手を上げる。参加の意思表示なのだろうが、なぜ子供なみに手を上げる――とリュシアンは思ったが、それは指摘しないでおく。

「おれも交ざるぞ。カサンドラの望みだからな」

「一対二では、《ずるい》と言わないか。おまけに俺は完全な状態じゃない。《卑怯》というのもあるぞ。……だがまぁ、俺たちにそういう概念はないか」

「そーそー。おれたちは、竜王にだけは服従するし命令があれば守護にもつくが、他は同じ目的を持ってつるむことはない。お前はまだ竜王じゃないから、構わんだろ。順番でいく。それで一応、一対一だ」

わくわくとした顔でナルサスが主張すれば、今度はしみじみとカールが話す。

「あなたに仕掛けても、《危なくなれば、リュシアンは竜界へ戻れるからいいでしょう?》だそうですよ」

カールもナルサスも完全に契約が成っているので、伴侶の命が終わるまでは魂を繋がれた状態だ。それこそ竜王継承の当事者にでもならない限り、人界からは出られない。

鎖が掛けられていないリュシアンだけは、人型を捨てれば竜界へ戻れる。生命の危機に直面したときに最終手段があるということだ。大きな切り札ではあるが、彼がシルヴェーヌを置いて竜界へ帰ることはない。

そんなリュシアンの心情を知っているカールは、くつくつと笑う。

「そうそう、エレミネアはこうも言っていましたよ。《リュシアンが竜界へ帰るのはシルヴィ姉さまの望みでもありますから》とね。あちらこちらから追い立てられていますね」

カールは楽しげだ。リュシアンは不機嫌そのものの顔になるし、ナルサスは、一度しかないと自分で言った反動で意気消沈気味になっている。

リュシアンは昨夜の厨房での会話を思い浮かべた。シルヴェーヌは、誓約の言葉が竜にとって呪いではないと理解したはずだ。あとは女王になる覚悟だけだが、それが彼女にとってつらいものなら、契約などなくてもいいとリュシアンは思っている。

笑ってパンを作っているとき、シルヴェーヌは幸せそうだ。そんな彼女を守りたい。

ふっとリュシアンが顔を上げて屋敷の方を見る。パンが焼けたようだ。

三人の王女たちが、それぞれバターやジャム、野菜や腸詰肉などと一緒に四苦八苦しながら持ってくる。メイドや侍従を使わないところに気合いが感じられた。

「さって、どれだけおかしなのがでてきても食っちまおうぜ」

「どんなできあがりでも、エレミネアの手で作られたものなら美味《うま》いに決まっています」

「シルヴィのパンが不味《まず》いわけがないだろ」

各々《おのおの》好きに言いたい放題だ。

彼女たちには聞こえない位置であるのを目で測ったカールが、ぼそりと言い置いた。

「腹が膨《ふく》れたら始めましょう。リュシアン相手では、覚醒前でも私にはかなり危ないのですが、この際仕方がありません」

「おれはそのあとだな。今日中には終わりたいもんだ。な、リュシアン」

「王都の近くではだめだ。誰もいない広い場所……となると、国境近くにある樹海の谷がいいだろう。それぞれの伴侶も連れていく。魔導士がちょっかいを掛けてくるのは困る」

ルイ家の火事とブラン家の事故については、カールとナルサスにも思うところがあるのか、反対はない。カールがいささか冷たく付け加える。

「見届け人も要りようですね。最終的に王女たちをここまで連れて帰れる者が必要です」

自分が戻れない場合を考えているのかもしれない。リュシアンはすぐに結論を出す。

「パウエルでいいだろ。あいつを引っ掛けて行こう」

本人の了解は取れていないが、竜三体の決定事項には、どれほど優秀な魔導師でも逆らいようがない。ここで名前が出る分だけパウエルは優秀だということでもある。

パウエルにしてみれば、引っ掛けてというのが、〈竜体の爪の先で〉ではないようにと祈りたいところだろう。

リュシアンのために、彼の好きなリンゴジャムをパンに塗った。ポットの中の湯を彼が魔法力で温めなおしてくれたから、その場でお茶を淹れることができた。

ジュースを差し出したのはナルサスで、別な種類の果物がいいと言ったのはカサンドラだ。ナルサスのしょげる様子が可愛くてつい笑ってしまう。

エレミネアとカールは、夫婦というより恋人同士に近い。《あーん》と言われてカールが口を開けたので、シルヴェーヌは目のやり場に困ってしまった。

太陽が中天を過ぎるころまで、皆で楽しく騒いでいた。それがなぜ。

——なぜ、こんなことに……っ。

歪《いびつ》な三角形をした先が前方へ突き出ている崖の上で、シルヴェーヌとエレミネア、そしてパウエルの三人は、空中で対峙《たいじ》している二体の竜を見ている。

竜たちは、どんどん雲を厚くしてゆく空と、大地に広がる樹海の中間に浮いていた。

——みんなで笑いながらパンを食べていたのに……！

アルフレート屋敷の庭で、眩しげに太陽を見上げて、そろそろお開きにしましょうとカールが立ち上がった。

リュシアンが隣にいるシルヴェーヌの手を握ったかと思ったら、いきなり漆黒の闇と零下まで冷えた空気に包まれる。次の瞬間には、この崖の上にいた。

近くにカールとエレミネアも現れる。リュシアンが、手をぐっと前に突き出して引くと、その先で襟首を掴《つか》まれたパウエルが後ろ向きで、たたた……とよろめきながら出現した。

パウエルは、相変わらず情けなさそうな声音で、《私はこれから昼餉《ひるげ》だったんですよ……》と言った。

すぐに竜体になって空へ飛び上がったリュシアンを止める暇《しま》はなかった。

リュシアンは、背中が金褐色だったはずが、今は黒と金の縞になっている。鬣《たてがみ》は黄金、クリンとした瞳は遠くからでも赤色がかなりを占めているのが見て取れた。

様相や姿が前と違うのは、それだけ使える魔法力が強大になったからだ。瞳に赤が混ざるのは、魔法力の開放度が上がっていることの表れに違いない。

カールも水色の竜になって飛び上がり、二体の竜は、崖端からかなり離れたところで戦闘を始めた。

崖の高さはかなりのものだ。濃い緑が底なし沼のように見える眼下の樹海の中に、人が通れる道があるとは思えない。ここは《空間跳躍》以外では来られない場所だ。樹海の周囲を辿《たど》れば、はるか向こうに連なる山々が霞《かす》んで見える。

カールとリュシアンはぶつかり合いながら、光る球を飛ばしている。光る球を避けきれずに被弾すると、きらきらとした光を零《こぼ》しながら防御を担う球体の魔法壁が削れていった。

「エミィ！　カールを止めて！　わたしはリュシアンにやめるよう言うから！」

空中で戦う竜たちを、必死の面持ちで見つめているエレミネアの両肩を掴んで、ゆさゆさと揺さぶる。

いつもきっちり結い上げているエレミネアの黒髪が乱れて数束だけ肩まで落ちたが、そんなことはどうでもいいのか妹は気にも留めない。

「エミィ‼」

「シルヴィ姉さま」

すぅっと顔を上げてシルヴェーヌを見てきたエレミネアの表情は硬い。いつも、恥ずかしげに俯《うつむ》いていたエレミネアは、今を必死に耐えている。

「リュシアンは、もしものときには竜界へ帰ることができるのでしょう？　だからいいではありませんか。カサンドラ姉さまは、この一件が上手《うま》くいったら、この先女王になっても、カールには何もさせないと約束してくださったわ」

「何もさせないって……。何かさせるはずだったの？」

水色の瞳を忙しげに瞬《また》かせながらぐっと唇を噛《か》みしめたエレミネアの代わりに、彼女たちの後ろにいるパウエルが答える。

「あのですね。国境で小競り合いなどがあって向こうが竜を出してくれば、女王の竜の補助として使役されるということです。女王の竜が最強ですから、従わないときは消滅の憂き目をみますしね。伴侶を盾にとられればなおさら、竜はなんでもするでしょう」

「そんな……っ。女王にとっては自分の姉妹の夫ではありませんか！」

「伴侶として竜を召喚するのはベルタ王国のためなのです」

「だから、どんなふうに利用しても構わないということなの？　そんなこと、許されることではないわ！」

大きな声を出してパウエルに詰め寄る。パウエルはいつものような頼りない様子と、ときおり垣間見せる魔道士の顔を表裏返しながらシルヴェーヌに言う。

「平安と繁栄のためです。そのために女王と竜は戦うのですよ」

ぐっと詰まる。戦慄《わなな》く唇は動かず、何も言えなかった。それは彼女も考えたことだ。しかし、だからといって竜たちを犠牲にしていいものなのか？

強風が吹く。振り返って竜の戦いを見れば、水竜カールの周りにエネルギーというよりは水の球らしきものがいくつも浮かんでいた。竜体よりも大きな銀色の球体だ。

空はすっかり厚い雨雲に覆われていて、崖の上から見渡せる向こうの山々では豪雨になっているようだ。

水球をぶつけられてもそれほどの痛手にはならないとシルヴェーヌが考えれば、魔法力で戦闘の詳細を見ているパウエルが呟《つぶや》く。

「あれは、酸ですね。強酸の球のようです。さすがにあれをぶつけられると――」

ぎょっとしてシルヴェーヌは目を凝らす。

――中身は、酸、ですって？

頭の中をたくさんの情報が渦を巻く。強酸に関する知識もあった。本で読んでいる。

さすがのリュシアンも、命中すればただでは済まないだろうが、翼を持って動き回る彼なら避けきれるはず。こうして見ていても分かる。スピードがカールよりも速い。いざとなれば短距離の《空間跳躍》を繰り返すことでも避けられる。

では、あの球体はどうなる？

「下に落ちるわ……。エミィ……。エミィ、やめさせて。酸の雨が樹海に降り注げば、生態系は壊滅してしまう。水に混ざって川に紛れ込めば、魚も死ぬ。水の流れはいずれ町の水路にも入るわ。人の生活にだって影響するのよ。エミィ！」

肩を掴んで揺さぶっても、エレミネアはカールの方を見たままだ。

「シルヴィ姉さまは、こんなときにも他のことを考えられるのね。でもわたしはだめ。カールしか見えません」

妹にはもう何を言っても無駄だと分かると、シルヴェーヌは、再び空中へ目を向ける。けれど、迷う。リュシアンに頼むのか？　利用してはならないと言ったその口で。

ぐるぐると動き始めた球体は、リュシアンを取り囲んでいく。一気にぶつけるつもりだ。

時間はない。今この段階で頼むならリュシアンしかいないのだ。

「リュシー……っ、リュシーっ、酸の玉なの！　下に落とさないで！」

そのとき、シルヴェーヌは理解する。利用――ではないのだと。これは、願いなのだと――。

女王、あるいは王女の願いを、伴侶の竜は命を懸けて叶えようとする。

竜たちは人界に興味がない。伴侶の願いを叶えることだけを望む。国の平安と安定、そして興隆を願えば、竜はその願いを叶えようとする。

自分で口にして初めて分かる。竜と伴侶の間にあるのは、〈利用〉ではないのだ。

曇った空にいくつも閃光が走り、大きな音が空に轟く。雷だ。球体が動き始めた瞬間、上方から何本もの光の線が落ちてくる。山中で見たものと同じ、高い圧力の電流、雷撃だ。

幾本もの光は、カールが作った強酸の球を直撃して蒸発させてゆく。周囲は轟音と蒸発する際の煙のような蒸気で満たされた。

するとその時を狙っていたのか、水竜の大きな口が開いて銀色の塊が吐き出される。雷を操るリュシアンへまっすぐ伸びた。そして当たる。

「リュシーっ！」

彼は翼を大きく広げ、腹に着弾させて爆《は》ぜたその強酸球を受け止める。一滴も地上には落とさないよう、すべて己の身体で受け止めて吸収したリュシアンは、空中で仰向《あおむ》けになりながら倒れ、そのまま樹海へ向かってゆっくり落ち始める。

ゆっくりなのは翼がまだ機能しているからだ。途中で人型に変わる。翼は背中にあるが、浮き上がらない。そこへ水竜が突っ込んでゆく。とどめを刺すつもりなのは明らかだった。

「やめてっ！　リュシーっ‼」

見ているだけの自分は、もう半狂乱だ。

ところがシルヴェーヌは、これほど距離があるにもかかわらず、己に向かってくる水色の竜を見上げたリュシアンが笑ったような気がした。

水竜カールの爪が人型のリュシアンに掛かろうとする寸前、リュシアンは、強酸球を受け止めた腹に手を当てて、そこから一本の剣を引き出した。銀色に輝くそれは、カールの強酸を剣の形に変えたもののようだ。

彼はそれを目にも留まらぬ速さで横に一閃する。水竜は腹に横一文字を引いて切り裂かれた。ぎりぎりの刹那に、竜でありながら剣を使うことを考えられるのは、恐らく、リュシアンには人として生きてきた年月があるからだ。

「きゃぁぁ――……っ、カールっ‼」

数歩離れたところに立っていたエレミネアが叫ぶ。真っ青な顔で駆け寄ろうとするから崖から落ちてしまうところを、後ろからパウエルが止めた。

今度落ちてゆくのは水色の竜だ。すぐに人型に変わるが、落下は止まらない。その手を掴んだリュシアンは、翼を動かしてふいっとカールを放り投げた。カールは空中から消える。

次の瞬間には、真っ赤に染まった腹を両手で押さえたカールが崖の上に現れた。エレミネアが駆け寄る。

「カール、あぁ、カール大丈夫？」

「大丈夫ですよ。致命傷ではありません。リュシアンは手加減をしていましたからね。時間はかかりますが、自力再生できます」

にこりと笑うカールに、エレミネアはわずかでも安心した顔を見せる。が、精神的疲労に耐え切れずふらりと傾《かし》いだ。

重傷にも関わらず、その身をカールが抱きとめて横向きに抱き上げる。

「手加減ですか。あの状況ですごい！」

勢いよく吐かれたパウエルの独白は弾んでいた。シルヴェーヌは、そんな様子を見せられても責める気にはならない。己の魔法力を高めることに一生を費やすのが魔導師だ。

第一、そんなことには気が回らない。彼女は前方から目を離せないでいる。リュシアンもひどい有様《ありさま》だろうに、空中から戻ってこない。

カールが静かな笑みをたたえた酷薄な口元でシルヴェーヌに告げる。

「次が来るんですよ」

「――!!」

驚いたシルヴェーヌが振り返って曇天《どんてん》を仰げば、黒い点が一つ浮かんでいる。

「お姉さまと、ナルサスですか⁉」

「ナルサスは、リュシアンを消滅させて自分が次代の竜王になるつもりです。これほどの好機が二度も巡って来ることはない。上手くいけばカサンドラに女王位も渡せます。一石二鳥なんですよ。全力でくるから、今度はリュシアンも手加減などしてはいられませんね」

「それを分かっていて、カールは先に仕掛けたのですか？」

「私の役目はリュシアンに傷をつけることでした。エレミネアの望みですから、叶《かな》えられて嬉しい。どのような結果になろうと満足です。では、私たちはこれで」

言いたいことだけ言って話を終えると、カールはエレミネアを抱いたまま姿を消す。

彼がいなくなると雨はやんだが、雲はそのまま空を覆っている。

その雲を背景にして、みるみるうちに大きくなってくる黒い点が、やがて紅《あか》い竜とその上に乗る人影として視認できるようになった。

リュシアンは再び竜体に姿を変える。ナルサスはまっすぐそちらに向かい、上に乗っていたカサンドラの姿は消えてシルヴェーヌのすぐ前に現れる。

ブロンドの髪は一つに括られ、頭の後ろで靡《なび》いていた。パンを焼いていたときと同じで、シルヴェーヌもカサンドラも膝の上側が膨らんだズボン姿だ。

「お姉さま。止めてください！」

「最強の竜を召喚した者が女王になるのです。はっきりさせなくてはね」

カサンドラは厳しい表情を緩めない。

樹海の上で再び戦闘が始まる。今度は同じくらいの大きさで、紅い背の火竜が相手だ。どこんどこんとぶつかる衝撃も、カールのときとは比べものにならないほど激しい。見た目にもリュシアンは押されていた。

火竜の周囲に揺らめいているのは炎だ。シルヴェーヌは腹の中がきゅうとしこった様に痛くなるのを感じる。

シルヴェーヌの横に立って、彼女と一緒に竜の戦いを見つめていたカサンドラは、ナルサスの優勢を確信したのか、ようやくまともに言葉を放つ。

「おじさまが私に、リュシアンを葬《ほうむ》れと言われたのよ。どのみち、いざというときには竜界へ戻ればいいのだもの。それはあなたの望みにも叶っているのでしょう？」

自分の望みはともかく、昨夜、それは否定されている。リュシアン本人に。

「もしも、リュシーが危なくなっても竜界へ帰らなかったら？」

「そのときは、ここで消滅してナルサスは次代の竜王になるわ」

「それはつまり、お姉さま。あなたが仕掛けてきたのは、女王になるためではなくて、ナルサスのためなのね。そのためにエレミネアにカールを動かせと言ったんだわ！」

「――一度くらい、彼のためになることもしたかったのよ。それだけ」

視線が激しく絡む。

遠くで激闘をする竜たちは、カールとの戦いより肉弾戦に近い。

炎を纏《まと》うナルサスがその炎をぶつけると、リュシアンを包む球体の魔法壁は少しずつでも破られてゆく。リュシアンの雷撃は何度も放たれるが、それはナルサスの炎で弾かれた。分が悪い。

ナルサスの炎が一段と激しく燃え盛ると、彼は一瞬でリュシアンの前に行った。そして火竜は大きく口を開けて、リュシアンの喉元にがつりと食らいついてしまった。

「リュシーっ！」

何をしているのか遠いところからでは、はっきりしない。それは姉も同じだ。

ぐるっと振り返ったカサンドラはパウエルを目線で捉える。説明を求められたと理解した彼は答えた。

「魔法力を食らっていますね。竜族同士なら、直接的に魔法力を食らうのですよ」

「このままだと、どうなるの？」

目の前の状態から目を離せずにシルヴェーヌが聞けば、パウエルはいとも簡単に言う。

「内包する魔法力が枯渇《こかつ》すれば消滅します。えぇっと、ここからではリュシアン様に触れられませんから、誓約の言葉も届きませんね。ですが、竜界へ戻ることはできますよ」

「……っ！」

いっぱいまで目を見開いたシルヴェーヌは、リュシアンへ向けて叫んだ。

「リュシー……っ、リュシーっ！　竜界へ……っ！」

無駄な叫びだ。シルヴェーヌがここにいる限り戻ることはないと彼は明言した。

（でも……っ、生死が掛かっているのよ……、リュシーっ）

リュシアンが竜界へ戻ったら、召喚の魔法陣が使えなくなっているシルヴェーヌがどれほど望んでも、二度と人界へは来られない。シルヴェーヌの心は砕けてしまうだろう。

それでもいい。彼女のことは二の次でも。けれど、もしもそうなったら。

カサンドラが女王だ。アルフレートは全権を握り、他国への侵略を始める。カルカンタもクロフォード領もベルタ王国全体が戦火の炎に巻かれてゆく。

「わたし、……わたしは」

リュシアンの魔法壁はなくなり、竜体を覆っていた金色に光る膜も消えた。生身を晒《さら》しては、ナルサスの炎で焼き尽くされてしまう。シルヴェーヌは崖の上にいるにもかかわらず彼に向かって走り出そうとした。後ろ手を掴んだのはパウエルだ。

リュシアンの咆哮《ほうこう》が辺りに響き渡る。竜体である彼の腕が上がって、接触していたナルサスの腹に、雷撃よりももっと強烈なエネルギー――〈雷砲〉を撃ち込んだ。

炎を抜けて直撃する。痙攣《けいれん》しながらナルサスは離れた。凄《すさ》まじい威力だ。

パウエルが感嘆したように囁《ささや》く。

「これは……、内部で力を溜めていたということですね。押されて弱ったと見せかけて懐へ誘い込んだんですよ。そこで溜めていた力を一気に放出する。力で押しまくる竜とは違う。人の技ですよ、これは」

伯爵家の嫡男として、リュシアンはいつも、戦略も戦術もたっぷり学んでいた。

「瞳が――。リュシー……」

真紅に染まっている。

リュシアンの竜体の口が大きく開かれ、渦を巻く雷砲が放たれた。その力はナルサスを捕え、球体に膨らむ。巨大な球だ。ナルサスはそこから出られない。

それどころか、自らの力を引き出されて、その球体の中で炎に包まれてしまった。

「あ、リュシー……、それではナルサスが――、リュシー……っ、待って」

魔法力が暴走し始めたリュシアンに、シルヴェーヌの声は届かない。彼に触れなければ、何もできない。シルヴェーヌの横で、カサンドラが悲鳴のような声で叫ぶ。

「あ、あぁっ、ナルサス……っ」

金色を纏う透明な球体に囚われたまま、ナルサスは己の炎を放出して自身が焼かれてゆく。翼の先や足の爪がぼろぼろと毀《こぼ》れてゆくのが、崖の上からでも視認できる。

ナルサスが暴れても球体は割れない。正面にいるリュシアンは再度口を開けて雷砲を撃とうとしている。

シルヴェーヌには、真紅の瞳をしたリュシアンが苦しそうに見えた。カールには手加減をしていたというリュシアン。これは彼の意思に反しているのかもしれない。魔法力の暴走が、自分でも止められないのだ。

——わたしが願うのはあなたの幸せ。それにはわたしが幸福にならなくてはならない。そうよね？　リュシー。

未来永劫《みらいえいごう》、互いに寄り添うことになるのなら本望だ。それを望むとリュシアンが言うのなら、人界からもぎ取られることに異存はない。

——モアの父さんたち。クロフォード領のみんな。ベルタ王国の多くの人たち。

『誰かのために、踏ん張れ』

火を操れと彼は言った。すべてを焼き尽くす炎のような竜の力がこの国には必要だ。平安と興隆《こうりゅう》は、女王と伴侶の竜が守る。

どれほどの辛さ、どれほどの困難があることか。それでも彼女は願いを持ち続け、彼は叶えようとするだろう。二人でなら、どこへでも行ける。

シルヴェーヌはぐっと奥歯を噛みしめた。ふわりと横へ顔を向けて宣言する。

「お姉さま。わたしは女王になります」

「シルヴィ……！」

驚愕《きょうがく》を映してカサンドラの表情が劇的に変わる。シルヴェーヌは叫んだ。

「パウエルっ！　わたしをリュシーの上空へ跳ばしてっ。彼に触れないと言葉が届かない！」

「ですが、シルヴェーヌ様っ。リュシアン様の魔法力は暴走を始めています。跳ばしても、あなた様にあの方が気付かれなかったら——」

「そんなこと、あるわけがないでしょう？」

彼女は鮮やかに笑い、パウエルはゴクリと喉を鳴らす。躊躇《ちゅうちょ》を見せたのは一瞬だ。情けない顔をしても有能な彼は動きが速い。

パウエルはシルヴェーヌの手を取ってリュシアンの上空へ跳ばした。

——誓約の言葉……。なぜ〈誓約〉なのか、分かった。魂を縛るという魔法陣の最後の仕上げの言葉は、その言葉自体になんの魔法力もないのだわ。だってそれは、わたしたちの。

竜体であるリュシアンの上空に現れる。シルヴェーヌに魔法力はない。すぐに地面に向かって落ち始めた。戦闘状態の彼は、今にも雷砲を放とうとしている。シルヴェーヌに気が付かなければ、彼女は地表に激突して終わりだ。

——誓約。それは、あなたにわたしを捧《ささ》げるという、わたしたちの誓約。

言葉で縛るのではない。そこに載った想《おも》いによって鎖を掛ける。だからこそ理想の夫の像を求め、応えた竜がやって来る。だからこそ、その場で契《ちぎ》って結ばれる。その時点で、すでに互いの未来に永遠を捉えている。

上を向いたリュシアンの真紅の瞳が彼女を捉える。彼女の身を包む膜が膨らんで球体になるのと同時に落下は緩やかになった。リュシアンの姿が翼を持った人型に代わる。

浮いている状態でリュシアンは両腕を広げる。瞳は真紅のままでも、口元には微笑があった。

受け止めてくれる。抱きしめられて、口付けられた。

「リュシー……っ」

顔を少しだけ放して、彼女は唱え始める。

「天命が尽きてこの身が滅んでも、あなたが造る宝石に魂を預けてあなたの胸にいたい。人界の命の輪から外れてもいい。ずっと、未来永劫、傍にいさせてもらえれば、それでわたしは幸せ。それは、わたしのためのわたしの願い」

じっと見つめてくるリュシアンの瞳から徐々に真紅が抜けてゆく。

「リュシアン――。《わたしはあなたを愛しています》」

契約は完遂した。

シルヴェーヌの青い瞳からとめどなく涙が溢れる。リュシアンは美しい笑みを顔に載せた。

「おれもだ。愛している――」

迫ってくる唇を見て、シルヴェーヌは慌てて言う。

「ナルサスを！　姉さまの夫なのよ。だから」

ふぅと溜息を吐いたリュシアンは、《いいところで邪魔をされたつけはあとで取り立てる》
と呟いてから、ナルサスを捕まえている虜囚の魔法壁を解除した。

人型に戻ったナルサスと共に、リュシアンは空中から崖の上へシルヴェーヌを抱いて跳ぶ。

崖の上で仰向けに寝たナルサスは酷《ひど》い状態だ。起き上れないが、息はある。

『すまない。カサンドラ。俺の負けだ』

　思念波でしか意思を伝えられないようだ。カサンドラはその隣に崩れるようにして膝を突く。

「リュシー、あなたの魔法で治癒ができないかしら」

「竜同士では難しいな……」

『完全に覚醒していなかったのに、これだけの魔法力を引っ張り出した。リュシアン。完敗だ。俺はここで滅ぶことにしよう。愛する者がいるこの世界で砂塵《さじん》となるのも、俺にとっては望みのうちだ』

「だめよっ！　逝ってしまうなんて、許さないわ！　愛しているわ、私のナルサス。ずっと、ずっと愛していたのよ！　逝かないで――」

　激しく言いつのったカサンドラは、土の上に投げ出されていたナルサスの手を両手で握って頬《ほお》に当てる。

『カサンドラ……』

　静かに微笑むナルサスは、すぅっと目を閉じてしまった。カサンドラが唇を噛む。シルヴェーヌは縋《すが》り付くような思いでリュシアンを見上げる。

「……」

　何も言えない。リュシアンも無傷ではない。彼自身は覚醒したのもあって、しゅうしゅうと音まで発しながら治癒をしている。治癒の最中だから難しいと言ったのかもしれないのだ。

それなのにリュシアンは、何でもない顔をして笑ってくれる。

カサンドラがいる側とは反対側に膝を付いた彼は、ナルサスに手をかざす。すると、ナルサスの全身が光に包まれて、息遣いがゆっくりになった。リュシアンは、ほっと息を吐く。

「あとは自力再生しかない。パウエル、二人を連れてアルフレート屋敷へ戻ってくれ。俺は、シルヴィと行く」

「はいはい。やっとまともに出番ですか。ここまで連れて来られたのに、大したお手伝いもできなくて、とんだ役立たずになるところでしたよ」

シルヴェーヌはパウエルに笑みを向ける。

「とぼけたことを言っても、あなたはとてもたくさんの仕事をしているでしょう？　知っていてよ。いつもありがとう、パウエル」

目を細くして笑う彼は、照れているようにも見えた。

「カサンドラ様たちをアルフレート屋敷へお連れしたあとは、王宮のジゼル陛下にご報告にまいります。次代の竜王ですからね。きっと喜ばれますよ」

にこにこ顔のパウエルが、カサンドラとナルサスを連れてその場から消える。

近づいてきたリュシアンに肩を抱かれた。シルヴェーヌがリュシアンの顔を見ると、その瞳が再び真紅に塗り込められていたので驚く。彼の緊張はまだ解かれていない。

「戻るぞ。竜界が迫ってくる。ぎりぎりまでは人界にいたい」

「……え？」

彼の視線の先を辿って振り返れば、空を覆っていた厚い雲が、竜たちが戦闘をしていた辺りの上空で巨大な渦を巻いている。

渦の中心になる場所はかなり大きな穴が開いているようだが、彼女のところからは幾重にもなった雲の層が覗《のぞ》けるだけだ。雲の上は青い空があるはずなのに、闇が濃い。

（竜界が……迫ってくる？）

それ以上の問いを口にする前に、リュシアンはシルヴェーヌを抱きしめて、もとのアルフレート屋敷へ戻った。


ぽんっと落ちたのは、アルフレート公爵家の屋敷で彼女に割り当てられた部屋のベッドの上だ。いきなりそこに、リュシアンを上にして仰向けになった状態で落ちた。すでに覆《おお》い被《かぶ》さっている彼は、上からシルヴェーヌを見下ろして早口で己の欲求を伝えてくる。

「鎮《しず》めたい。シルヴィ……抱くぞ」

「……リュシー、いますぐ？」

「そうだ」

シルヴェーヌの口に、彼の唇がぶつかるようにして合わさってきた。最初は優しく絡まる舌が、徐々に獰猛《どうもう》な獣に変貌《へんぼう》してゆく。

「ふっ……んー……リュシー……激し……」

背中を反らして逃げる素振りが出てしまう。

どちらかと言えば、シルヴェーヌ以外の人には感情の動きをあまり見せないストイックなリュシアンは、彼女に触れるときには激しい自分を前面に押し出してくる。

「う……んー……っん」

舌の動きに激しさがこもってくると、呼吸さえままならなくなる。苦しいほどの口づけに呑まれてゆく。

感情というより情動が顕著に降り注がれて怖いくらいだから、本能で逃げたくなる。そんな動きが許されるはずもなく、被さっている彼の肉体ですぐに押さえ込まれた。

移動したリュシアンの唇で耳朶《じだ》が甘噛みされる。外耳まで舌が潜ると、水気のある音が脳髄をかき回すようにして暴れる。口内への舌の侵入もそうだが、胎内に彼の一部が入ると、シルヴェーヌを欲しがるリュシアンの男の欲望を鮮明に感じ取ってしまうのだった。

「シルヴィ……おまえの肌は、すぐに熱くなるな……反応が早い」

褒めているのかもしれないが、淫靡《いんび》さを指摘されたようで、恥ずかしさが込み上げる。確かに彼は、シルヴェーヌの肌の感触が好きだ。舐めるのも好きなら、甘く噛むのも好きなのだろう。たちまちのうちにドレスが消え失せてゆくので、特にそれを思う。

魔法はときに意地悪だ。一瞬にして裸にされてしまう。一つに結っていた髪も乱されて彼の手で梳《す》かれた。

首筋から喉元を、大きく開けたリュシアンの口で甘く噛まれると、躰中《からだ》に痺《しび》れが走る。喉元は、生き物の急所だから、歯が当てられるとどうしても慄《わなな》いてしまう。

相手はリュシアンだ。慄きが甘い痺れへと変わるのも早い。下肢の秘めたところが潤み始める。裸の胸をリュシアンの手で包まれ、揉《も》まれ始めると喘《あえ》ぎも一気に深くなる。唇が乳首を吸い始めると、もうたまらない。

「あ……あん、リュ、シー……っ、よいわ……、そんなに吸わない、で」

「どこも美味《うま》いな。本当に、食べたいくらいだ。シルヴィ……もう一度言ってくれ」

ずいぶん待たせてしまった言葉。シルヴェーヌ自身も、言いたかった言葉。ずっと、好きでいたこと。そして。

「愛しているわ……あなたを、愛して……」

「シルヴィ……っ、止まらない。どうしてくれよう――」

彼の衣服も脱げて、裸体が絡んでくる。いっそ乱暴なほどの手つきでシルヴェーヌの胸を揉んでいたのが、次第に下肢へ下りてゆく。

食い入るようにシルヴェーヌの反応を見るリュシアンの瞳は真紅のままだ。迫ってくると言っていた。竜界への誘いが始まっているのかもしれない。リュシアンは竜王になるのだ。

愛撫《あいぶ》の激しさでぼうっと頭の中が蕩けてくる。躰の熱さを自覚すると、いつもはこれくらいで発動する魔法陣がでてこないことを突然意識した。

——契約が、完遂したから……。

魔法陣は、彼女の肉体に影響を及ぼす。内部から弄《いじ》るような感触で、躰を潤ませる作用を持っている。魔法陣があったから、最初のときでも感じやすくなっていた。

リュシアンの唇が、臍《へそ》のあたりを吸っている。彼の手は足の間を彷徨《さまよ》って、大きく開かせようとしていた。

「う……ん……」

「どうした、足の開きが硬い」

「ん……あ、リュシー……わたし……」

恐れているのかもしれない。指などを使った具体性はなくても、魔法陣が齎《もたら》すのは感覚に直接訴える弄《まさぐ》りだ。熱いと感じて、素直に脚を開き、その時点で狭隘《きょうあい》は蜜で濡れている。

いまなら分かる。魔法陣の作用で流されやすくなり、それほど抵抗せずに足を開いていた。

「どうした……」

ぎゅっと彼女を抱きしめたリュシアンは、彼女の脚の間に入れた手で力任せに開いてゆく。

答えないと、とシルヴェーヌは口を開く。

「魔法、陣が、ないから……ちゃんと、濡れるかしらって……」

「は……はは、……そんなことを心配しているのか。可愛いな、おまえは。初めてのときの魔法陣の助けは、確かにありがたいさ。俺たちも、初めてだから……」

俺たちとは竜のことだ。

彼女の言葉にますます情が猛《たけ》ったのか、リュシアンは彼女の足をいっぱいに開く。羞恥で顔を真っ赤にしながら瞑っていた目をぱっと開いてしまう。隅々まで見ようとしているリュシアンの目と合ってしまった。

口端が少し上がっているのに、怖いほど真剣な目。優しい表情で、シルヴェーヌを貫くように見ている。貪《むさぼ》って、いっそ本当に食ってしまいたいと視線で語る彼は、《独占欲が強い》とはっきり口にしていた。

瞳は、真紅だったのが、今は少し金色が差してきている。それでも、竜の本質が暴れているようで、呑み込まれる感触に心臓が踊る。恐怖ではなく、ときめいて高鳴る。視線で舐められる肌が熱い。

「……いやっ、そんなに見るなんて、……」

彼の前に大きく足を開く自分を意識して、羞恥は凄まじく膨れ上がり、顔ばかりか躰までがほのかに上気する。彼の瞳から逃れたくて、目をぎゅうと瞑った。それで逃げられるわけもないのに。

リュシアンはシルヴェーヌの女陰をじっくりと眺め、指で肉割れを嬲《なぶ》り始める。

「う、うん……っ、あぁっ、指、あまり動かさないでぇ……」

隘路《あいろ》の入り口から潜った指が、いっそ傍若無人《ぼうじゃくぶじん》なほど動き回る。リュシアンはシルヴェーヌの耳元に口を寄せると、笑みを含ませた声で囁く。

「どれだけ濡れているか、自分で分からないか？　……音まで、する」

くちゅ、くちゅ、とねっとりとした水音が、足の間から漏れていた。

「心配する必要なんてないぞ、おまえの躰はすぐに俺に反応する。魔法陣の作用なんて、とうに要らなかったんだ」

喉の奥で笑っている。楽しそうだ。リュシアンは楽しく彼女の肉体を味わう。

花芽を愛でられると、快感も激しくなる。襲われていると感じるのは、彼の指が意地悪なせいかもしれない。

「あん……あ、動かして、もっと……あ、いやぁ……あん」

激しく捏ね、物足りなくなるほど穏やかに撫でる。それを繰り返されて、どんどん躰に熱が籠った。

陰核は凄まじい快感を生み出す場所だから、リュシアンは思うがまま彼女を啼《な》かせられる。肉体はすっかり彼の手の内だ。心も奪われているから、何度も口に載せてしまう。

「愛して、いるわ、あなたを――……あぁあ、好きっ、リュシー……っ」

意識が飛びそうになり、いやいやと頭を振れば、リュシアンは唇での責めに移行してさらに彼女を追いつめた。

「あぁあっ――……っ」

ほどなくして、シルヴェーヌはリュシアンの腕に抱きしめられながら、びくんびくんと躰を痙攣《けいれん》させて上りつめた。彼女は、両腕を上げて彼に縋《すが》り付く。

竜の本質を抱えるリュシアンは、感じて達するシルヴェーヌの顔や姿を見たいと望んで、悦楽に震える彼女を自分から少し離すとまじまじと眺め、堪能したようだ。

すべてを明け渡している。心も躰も、なにもかも。

太腿に触れている彼の男根はすっかり勃起している。リュシアンは背中に枕や上掛けなどをかって、斜めに仰向けになり、シルヴェーヌを自分の腰の上に下ろした。

魔法は便利だ。こういうときにもずいぶん役に立つ。達して弛緩したシルヴェーヌの肉体は容易《たやす》く浮き上がり、力なく開いた太腿で彼の腰を挟む態勢になる。

「あ、なに……？　リュシー、怖い……っ」

「乗って、シルヴィ。見ているから、自分で挿《い》れてくれ……」

赤みが混じる瞳で、彼女を誘導する。熱っぽく言われて、どうしようもなく言われた通りにしていた。リュシアンの望みを叶えたいがために。

リネンに膝を突き、起き上っている楔《くさび》の上に自ら肉体を落としてゆく。

「見ないで……、おねがい……」

羞恥は激しく目尻に涙が浮かぶ。

「だめだ。見ていたい。銜《くわ》えてくれ、自分で」

「いじわる……」

彼の望みだからと、それだけで唯々諾々《いいだくだく》と従ってしまう。リュシアンは笑う。欲望に染まったまなざしで彼女を求めながら笑う。

常に彼の動きで繋がっていた。それを自らするのは、羞恥もあれば怖さもある。自分の動きで胎内に取り込むのは、覚悟のようなものが必要だ。

緊張する。だから陰唇は潤みながらも閉じている。そこに雄の頭が触れて、シルヴェーヌは額に汗を滲ませた。

彼のお腹のあたりを見ながら腰を落としてゆく。蜜口がぐりっと拓かれて狭隘に雄がめり込んでくる。

「あ、あ、……あ、だ、だめ、無理よ……」

はぁはぁと息遣いも激しく、膝を曲げながら繋がる途中で顔を上げる。リュシアンは見ている。激しい視線で彼女のすべてを見ていた。

彼は無言でシルヴェーヌの腰を両側から掴むと、ぐっと力を入れて固定する。そして下から突き上げたのだ。

「きゃぁ……っ、ああ、ひっく――……っ、リュシー……っ」

「待って、いられなかった……、焦らされたのは、こちらだったな。次は絶対に、自分で最後まで挿れてくれ……っ」

　下から突かれる。ぐんっと引き下ろされて、自ら取り込む。シルヴェーヌは前より細くなったとリュシアンは言ったが、自重もあるから最奥まで入った。

「あ――……、だめ、ヘンになる……、熱いわ、アツイ……っ」

「動け、思うように……好《よ》い処へもっていけ、俺を――」

　何も考えられなくなって腰を振る。好い処とは、内部の愉悦を呼ぶ場所だ。はっきりと自分で意識できないから、彼の肉棒で探す。辿り着けば、無意識のうちに膝を使って自ら己を追い立てていた。

　胎内の怒張を絞ることも忘れない。シルヴェーヌの肉体は、魔法陣などなくても十分貪欲だったようだ。

「あ、あ、あ――……っ」

　白い喉を晒して仰け反る。がくんっと大きく揺れて硬直したように動かなくなり、すぐにびくびくと震えた。後ろに倒れてしまわないよう、リュシアンがシルヴェーヌの腕を掴むのを遠くで感じる。リュシアンの瞳は黄金色に戻っていた。

　内部では情液の噴出がある。これではすぐに内側から垂れてしまう……と思ったのは、もう少しあとだ。

　リュシアンは足らないと言い。シルヴェーヌは、彼の腹の上で再び踊り始める。

完全に覚醒したリュシアンは、恐ろしいほどの力を身の内に秘めている。魔法力のないシルヴェーヌにも、彼の纏う空気が一変したのを感じられるほどだ。

——火を操る……というよりは、抱き寄せて鎮めるのね……。

声なき声で呟《つぶや》きながら、シルヴェーヌは意識を沈ませた。

第六章　候補ではなくなりました

明け方、起き上がってベッドから下りたリュシアンの裸の背中を、横臥《おうが》したシルヴェーヌは食い入るように見つめる。

引き寄せられた服が、綺麗に筋肉の付いた裸体に着付けられていった。

窓辺に立った彼は空の状態を眺めている。シルヴェーヌのところから見える窓の外は、灰色の曇り空だ。そろそろ太陽が昇るころなのに、かなり暗い。

樹海で渦を巻いた雲を見ている。あれは自然の動きではなかった。

（竜王継承が始まる……。いいえ、もう始まっているのかもしれない。リュシーは竜界へ戻るんだわ……）

ベッド横の椅子の上に置かれていたナイトドレスを取る。被る形だから着るのも簡単だ。シルヴェーヌが立ち上がると、リュシアンが振り返った。

彼女は、沈鬱《ちんうつ》な口調にならないようにと心して口を開く。

「行くのでしょう？　竜界へ」

「樹海で見た渦の中心が、竜界への道になっていた。こちらへ来ても追ってきている。もうすぐ完全に門が開く。引っ張られているのを感じるよ」

苦笑と共に言われた。心配を掛けてはいけない。普通にして見送らなくては――と、シルヴェーヌは精いっぱい気持ちを奮い立たせる。

「……気をつけて、いってらっしゃいませ。竜王さま」

ナイトドレスの裾はドレープが多く、フリルも大量にある。その裾を両手で摘《つ》まんで、ゆっくり腰を屈《かが》める。

貴婦人の最上礼だ。王女といえど、夫に対する礼は尽くすべきだろう。

白いドレスが美しく揺れ動き、亜麻色の髪が翼のように広がった。白い肌が、暗い中でも透明度を増している。顔を上げてくれれば、彼女の大きな瞳が迷うことなくリュシアンを捉える。

蒼天《そうてん》の青を映す瞳が、いつにもまして美しく澄んでいた。

早足で彼女の前に来たリュシアンは、シルヴェーヌを強く抱きしめる。

「すっかり王女殿下だな。激変した境遇と伸し掛かる重圧の中で、迷いながらもここまできた。おまえはすごいぞ。自信を持っていい」

「リュシーがずっと傍にいてくれたからよ」

「俺は竜王になる。おまえは、ついに女王になるんだな。覚悟はできたか？」

「……はい。……ぎりぎりの覚悟、なのですけど」

笑って言えば、ますます強く抱きしめられた。

彼女も両腕をリュシアンの背中に回す。彼よりはるかに弱い力でも、想いは同じだけあると感じてほしい。

「三日のうちに戻る。必ず戻る。待っていてくれ」

「はい」

リュシアンには分かってしまうだろうが、不安が込み上げるのをできるだけ隠したくて、シルヴェーヌはきっぱりと返事をした。

腕を緩められる。彼女も両腕を彼の身体の周囲に開いて浮かせた。リュシアンの姿が透き通ってくる。シルヴェーヌの口元は、笑みをたたえながらも震えてしまう。

彼はその唇に軽く触れた。感触はもうほとんどない。

「お前の周囲を守る魔法壁は強固にしてあるが、俺が離れると持続が上手くいかなくなる。一時ばかりの放出でも底をつくかもしれない。十分気を付けてくれ。——愛している」

「お帰りをお待ちしています。わたしも、愛しています」

彼の姿が消える。両腕の中が空虚になると、シルヴェーヌは窓まで歩いて空を見上げた。

ぐるぐると渦を巻く雲の中心がこの屋敷の真上にある。

円形をした渦の真ん中——竜界への門は、屋敷ごと呑《の》み込《こ》みそうなほど大きく、真の闇が口を開けているかのように見えていた。そこから光の柱が地上へ下りている。

光の柱は、次第に竜界の門へ吸い込まれてゆき、やがてすべてが渦の中に呑み込まれた。空は厚い雲に覆われた通常の様子に戻る。

（行ってしまった……。必ず戻ると言ってくれた。あとは待つだけ。たった三日じゃないの）

自分を叱咤《しった》する。

特別なことなどせず、普通に時間をやり過ごすのがいいだろうと、シルヴェーヌはドレスを着付けるために壁のドアを開いて侍女を呼んだ。

湯浴《ゆあ》みをしてドレスを纏《まと》う。朝早くだったのが午後近くになった。

この時間なら見舞いにも行けると考えて、シルヴェーヌはカサンドラやエレミネアの部屋を訪れることにする。ナルサスやカールもそこで横になっているだろう。

特にナルサスは状態が酷《ひど》かったから、命に別状はないとしても、容態が気になる。

竜王継承のためにリュシアンが竜界へ戻ったのを竜たちは察知しているだろうが、カサンドラとエレミネアに伝えなくてはならない。

後ろに侍従とメイドを引き連れて部屋を出る。姉や妹の部屋の場所は年若い侍従が廊下を歩きながら説明してくれる。それほど離れてもいない。

まっすぐで長い廊下の向こうにパウエルが現れた。こちらへ歩いてくる。

彼はシルヴェーヌの前まで来ると腰を屈めた。

「これはシルヴェーヌ様。今日もお美しいですね。リュシアン様は竜界へ戻られましたか。空の様子が素晴らしかったですよ。いつごろ帰られるか、お聞きになられましたか？」

「三日のうちに戻ると聞きました」

「三日……そうですか」

笑みを浮かべてニコニコとする表情はいつも通りだが、《今日もお美しいですね》と抑揚《よくよう》もない声で形式的に言われてふと違和感を覚える。以前似たようなことを彼が言ったとき、うわぉと歓声を上げて、もっと情感に溢《あふ》れた言い方をしていなかっただろうか。

「パウエルは王宮に行っていたのでしょう？　もう戻ったのですか。休む暇もないのね」

「はい。大変ですよ、こういろいろあると。疲れてしまいますねぇ」

「……え？」

《疲れた》などという言葉を、パウエルから聞いたことがあっただろうか。いつも頼りなさそうに笑う彼は、目の前の仕事から逃げない働き者だ。

パウエルを凝視して黙っているシルヴェーヌを、侍従とメイドが不思議そうに眺めている。

奇妙な感じがした。ずいぶん昔の記憶が呼び起されてくる。

「どうかなさいましたか？　シルヴェーヌ様」

「――……パウエル……じゃないでしょう？　あなたは、誰？」

聞いた途端、パウエルは表情から笑みを消す。彼女へ向かって手を伸ばしてきた。危険を感じたシルヴェーヌは足を引くが手の方が早い。

すぐ近くまできた手に反応して、ばちばちと空気が爆《は》ぜる。シルヴェーヌの周囲に、金色を這《は》わせた魔法壁が球体に膨《ふく》らんだ。攻撃に反応する防御壁だ。それに押されて、パウエルは後ろの壁にどんっとぶつかった。

パウエル……の姿をした者の身体は、離れてもまだバチバチと放電している。

溶けてゆくように見えた魔導師の姿が、するっと表皮が消えて放電が終息すると、パウエルではない者の姿になっていた。

着ているスータンと短マントの色が、赤だ。

「あなたは、魔導師長なの⁉」

魔導師長はわざとらしいほど慇懃《いんぎん》に深く腰を屈める。

「はい。ディートヘルムと申します。数年前に一線から引いて隠居同然でしたので、まともにお逢いするのは初めてになりますね。どうぞお見知りおきください」

にぃ……と薄気味の悪い笑みを浮かべた。若いのか老いているのか外見では分からない。灰色の髪と落ちくぼんだ場所に銀色の瞳があり、細い面をしている。魔導師の赤い装束だけが、視界の中で異様なほど浮いて見えていた。

「パウエルはどうしたのです！」

「この中に」

ディートヘルムが右手の掌《てのひら》を上げる。小さな白い球が乗っていた。

「リュシアン様が、継承のために近々竜界へ戻られるとはっきりしましたので、そろそろ決着をつけようと思いましてね。パウエルに動かれては面倒なので、王宮へ来たところを捕まえて閉じ込めました。私が解除するか死なない限りこの中からは出られません」

中にいると言った。

シルヴェーヌは、ぱんっと跳ぶように一歩を踏み出し、思い切り手を伸ばしてそれを取る。両手で握りしめ、胸元で持った。そのまま素早く横にずれる。

魔法力をよく使う者は動作が鈍い傾向にある。クロフォード城の奥庭を駆けて来たパウエルは、それだけで息を上げていた。常に訓練をしているリュシアンとは違う。

予測できなかったシルヴェーヌの動きに、ディートヘルムは驚く。

「これは……。王女殿下とは思えない動きですな。さすがは町のお育ちというか……」

「あなたには見覚えがあるわ。その服、その顔。ルイ侯爵家の火事はあなたね！」

曖昧《あいまい》な記憶だったものが、実物を目の前にして明確になった。

ディートヘルムはあっさり肯定する。

「そうです。あの場にリュシアン様が現れるとは。大きな誤算でした」

再びすうっと手を伸ばしてくる。攻撃の意志があればシルヴェーヌの魔法壁はたちまち反応してすぐに膨らむが、今度は、ディートヘルムの手はバチバチと放電する魔法壁に接触しながら押してくる。彼の手も魔法力を放っているようだ。

その場は魔法力のぶつかり合いで光と音が膨れ上がった。シルヴェーヌは、呆然《ぼうぜん》として立ちつくしている侍従とメイドに叫ぶ。

「何をしているのっ！　逃げなさいっ！」

「で、でもっ、王女殿下が――」

「わたしには竜の守りがあります。皆に逃げるようにと伝えてっ！　早くっ！　お姉さまたちにもっ」

「カサンドラ様たちにも？　それは困りますね」

もう片方の手を侍従やメイドに向けたディートヘルムを遮《さえぎ》るために、シルヴェーヌは激しく放電する魔法壁に身を包まれたまま、足を動かして廊下を塞《ふさ》ぐように立った。

その後ろで、侍従もメイドも走り出す。

「困る？　どういうこと？」

「私がほしいのは、弱った竜です。たくさんいると手に余りますから、召喚者の数を減らそうと考えてアルフレート公爵に声を掛けた。いずれあの男の手引きで、カサンドラ様の竜とローラン卿《きょう》を戦わせて弱ったほうをいただくつもりだったんですが」

「いただく……？」

「魔法力を食《く》らうのですよ。竜の。魔導師にとっては、それはもう美味なのです。一度食らったら虜《とりこ》になってやめられなくなってしまいました。己の魔法力が驚異的に上がって、長く生きられるようにもなります。私は、本当は二百歳なのですよ」

竜の魔法力を食らう者。すでにどこかでやっている者。吐き気がした。

「シルヴェーヌ様が召喚した竜が、並ではないのは分かっていました。あなた様は、ローラン卿でも分からない力で長い間隠されていましたからね。どうなるかと様子を見ていたら竜王だったとは。さすがに手が出せないので、いなくなるのを待っていたのです」

カサンドラがどんな竜を召喚するか分からないころに、ローランと戦わせることを考えていたという。アルフレートに声を掛けて、幼かった妹王女二人を亡き者にしようとした。

カサンドラがアルフレートの傀儡《かいらい》なら、もしかしたらアルフレートは。

「あなたは、アルフレート公爵の希望を叶えるふりをして、操っていたのね？」

「竜たちを戦わせて弱らせるようにと囁《ささや》いただけです。判断は公爵がしていますよ。だから竜たちも私の存在まで分からなかったのでしょう。さて、あなた様を葬《ほうむ》れば、最強の竜はもう人界へは来られない。あとは傷だらけの二体だ。どこからいきましょうか」

シルヴェーヌの魔法壁が次第に金色を薄くしてゆく。ぎくりとして体が強張《こわば》った。リュシアンが離れたので《一時ばかりの放出で底をつく》状態になってきたようだ。

突然、彼女の後ろから白い手が現れる。

シルヴェーヌの腕が引かれ、叫ぶ間もなく《空間跳躍》に引きずり込まれた。

瞬《まばた》きのあとは、大きな部屋の中に立っている。振り返って見れば、彼女の腕を掴んでいたのはカールだった。彼の後ろに、緊張した面持ちでエレミネアが立っている。

危ないところまでいったのは、彼女の魔法壁が消えないと手が出せないので、ぎりぎりになるまで待っていたからかもしれない。

すぐさま、その部屋を包んだ大きな球形の魔法壁が現れる。薄い水色をしているから、カールの防御壁だとすぐに分かった。

彼の防御壁に外からぶつかってくるのは屋敷の壁や柱だ。ディートヘルムの仕業なのは間違いない。

部屋の中心にあるベッドにはナルサスが寝ていた。ここはカサンドラの部屋だ。ナルサスの頭の近くに椅子を寄せ、彼にひたりと視線をあてた姉が座っている。

「カール……、傷は大丈夫なの？」

「私の傷は治癒半ばです。完全復帰には程遠いですね。ですが、継承中とはいえ新竜王の頼みですから、動くしかありません」

「頼み？　リュシーの？」

「妻を守れ――と」

唇を震わせてカールを見上げる。脳裏に過《よぎ》るのは、窓の外を見ていたリュシアンの背中だ。

「リュシー……」

こらえようとしてもこらえきれずに涙が滴《したた》り落ちてゆく。頬を濡らして床にまで落ちた。

カールやエレミネアの笑みが優しい。カサンドラは厳しい表情で横になっているナルサスを見つめ続けている。

手の甲で涙を拭う。シルヴェーヌは呟いた。

「ごめんなさい。竜は己の考えだけで動いて、協力もしないと思っていました」

「その通りですよ。竜族は基本的に集《つど》いません。ですが、竜王には絶対服従です。竜王は、竜界の長い歴史の伝承者であり、継承で魔法力の源泉の場所を知らされる者です。最強でもあり、よほどの間抜けでもない限り逆らうことはないですね」

目を細めたカールは、声を一段落として続ける。

「ディートヘルムとの会話をこちらでも聞いていました。ディートヘルムは竜族と人を無理矢理くっつけた合成だ。かなりの魔法力を持っていても、醜《みにく》い魔性でしかない。私もナルサスも、いままで一度も逢わなかったんです。一目でも見ていれば分かったのでしょうが」

人界に興味がない竜たちは、宮廷魔導師長とはいえ、向こうが逢いに来ないものをわざわざ見に行くことなどしない。ディートヘルムはそれも理解していたのだ。

「リュシアンが戻るまで三日、ですか」

シルヴェーヌは頷《うなず》く。

「水は、サイドテーブルにある水差し分だけです。続き間で無事なのはトイレくらいだな。それだけしか魔法壁で囲えていない。私自身も、いつ魔法力が潰《つい》えるかどうかという状態ですよ。あいつが復帰すれば、まだどうにかなるかもしれないが……」

ナルサスが寝ているベッドをちらりと見たカールは、そこで言葉を切った。

「それほど酷い状態なのですか？」

カサンドラが顔を上げてシルヴェーヌへ向ける。

「眠っているだけよ。リュシアンが魔法力を分けてくれたから、眠ったままで治癒もできてゆくわ。ただ、時間が掛かるのよ」

気丈な様子はそのままでも顔色が悪い。昨夜は一睡もしていないようだ。

薄い水色の魔法壁の中はそのままだが、外はどんどん瓦解《がかい》してゆく。鈍く光るエネルギー球体までぶつけられているので、カールの負担はかなりのものだろう。彼の美しい額に汗が浮かんでいた。

いきなり攻撃がやんだかと思うと、どんどんと魔法壁を叩《たた》く者がいる。

「カサンドラっ。助けてくれ、カサンドラ様っ」

「おじさまっ。お逃げになったのではないの？　逃げるようお伝えしましたのに。こちらにいらしても、私はナルサスを動かせないから残ると申し上げたはずです」

胸を衝《つ》く思いがした。姉はナルサスと共に滅んでゆくつもりで残っている。

「私もここに入れてくれ。逃げ遅れたんだ。早くっ」

上着はところどころ裂けていて汚れている。必死に逃げてきたといった風情だったが、アルフレートはディートヘルムに操られていたはずだ。

椅子から立ち上がったカサンドラは、半分以上瓦解している扉付近へ行こうとする。肘をついて半身を浮かしたナルサスが、その手を掴んでかすれた声を出した。

「近づくな。あれには命がない。魂のない、ただの木偶《でく》だ」

「ナルサス。目覚めたのね。……命も魂もない……。では、おじさまはもう……」

「カサンドラ様っ。助けてくれっ。カサンドラ様、幼いころから育てた私を見捨てるのか？」

唇を噛《か》んでカサンドラは目線を下げた。助ける術《すべ》はすでにないということだ。

風が流れてアルフレートの上着がはためく。隣に現れたのは、赤い衣を着たディートヘルムだ。

個別の意識はあるのか、アルフレートはがくがくと震えながら隣を見上げる。

「わざわざ形作ったのに役に立たなかったな。魔法壁の内側に入れればよかったんだが」

ディートヘルムがぽんとアルフレートの肩に手を置くと、公爵だった体はガラガラと崩れてただの土塊になった。

エレミネアが《きゃぁっ》と言ってカールに縋《すが》り付く。カサンドラは両手で口元を覆って悲鳴を抑えた。

シルヴェーヌは息を詰めて目を伏せる。自ら招いたとはいえ、憐《あわ》れな最期だ。

あとは波状攻撃一辺倒になった。天井が崩れて空が見える状態になると、曇り空が漆黒の夜に変わっていて、時間の経過に驚く。

カールは床に座り込んだ。エレミネアも座り、彼の腕にぴたりと張り付いている。

ベッドで寝た状態ながら、ナルサスが魔法壁の維持をカールと変わるが、短時間しか持たない。今にも意識を失くしそうなナルサスの手を、カサンドラが握っている。

時間が過ぎる。シルヴェーヌが歩いて配った水差しの水も底が見えた。

彼女は唇を噛んでカサンドラの前まで行く。

「お姉さま……。このままでは、あと二日などとても持ちません。王宮では、この騒ぎが分かると思うのですが、助けは来ないのでしょうか」

「お母様の容態がすごく悪いのでしょう。お父様はその場から一歩も離れられないのよ、きっと。ディートヘルムは、竜族の魔法力を取り入れているわ。王宮魔導師が動いて何かをしていたとしても、手も足も出ないわね」

中にパウエルがいるという白い球体は、ベッド横のサイドテーブルの上に乗せてある。

パウエルの魔法力はリュシアンも認めていたほどのものだ。それでも、成すすべもなくこうして囚われてしまった。

自分たちが対抗できているのは、どれほど魔法力を失った状態でも竜であるカールとナルサスがいるからだ。

シルヴェーヌは、ディートヘルムの攻撃の合間で見えた空を仰ぐ。夜明けとともに雲が切れてきていた。東の方が薄明るい。

青白い顔で床に座るカールの前に両膝を付いたシルヴェーヌは、彼に告げる。

「エミィを連れて逃げて。わたしたちのうち誰か一人は生き残らなくてはならない。逃げられる可能性があるのは、あなたたちだけよ」

振り返ってカサンドラを見やれば、姉も深く頷く。

「シルヴィお姉さま。わたしは女王になどなれません。お姉さまが行かれるのがいいわ。……カールと一緒に」

悲壮な顔をしてエレミネアは言うが、今にも泣きだしそうだ。言葉とは裏腹にカールの腕にしがみ付いている。シルヴェーヌは微笑《ほほえ》んだ。

「ディートヘルムの第一の目的はわたしです。次はナルサスでしょう。わたしたちがここにいることで逃げられるのよ。それに、カールはエミィから離れないわ。そうでしょう？」

そのときばかりは、カールは疲れ果てたという顔に美しい笑みを載せた。

「その通りですよ、エレミネア。さて、シルヴェーヌ。そろそろリュシアンが行って一昼夜になりますね。呼んでください。新たな竜王を」

はっとして彼を見つめる。攻撃がやみ、後ろの方で声がした。

「三日にはまだ遠いだろうに。諦《あきら》めたのか？　一人ずつ差し出せば、その分長く生きられることにしよう。どうです、シルヴェーヌ様をこちらへよこしては」

振り返って見れば、水色の魔法壁の外にディートヘルムが立っている。落ちくぼんだ眼が、さらに陰になっていた。この男も限界が近いのかもしれない。

カールが笑う。ナルサスもカサンドラの手を借りて上半身を起き上らせると、そちらを見て笑った。

「何が可笑《おか》しい……っ！」

答えるのはカールだ。皮肉一杯に彼は言う。

「お前のやっていることは唾棄《だき》すべきものだが、意外に素直に信じるのだな。シルヴェーヌのために、リュシアンがどれほどの勢いで戻るか、考えてもみなかったのか？　三日のうちにというのは、最大で三日、最短で――」

息を呑んだディートヘルムが、見た目にも慌てふためき片手を大きく上げる。その上で魔法エネルギーを練り始めた。

時間的な余裕があると思ったディートヘルムは、カールやナルサスの力を削ぐことに専念した。最初に全体を消滅させれば、竜が隣にいないシルヴェーヌだけなら、どうにかできたかもしれないのに。

シルヴェーヌは立ち上がって、リュシアンを呼ぶ。

「来たれ、竜王。来たれ、わが夫、リュシアン――」

かつて、召喚のときにしたのと同じように、両手を浮かし、上方へ向ける。シルヴェーヌにはもう魔法陣を発動させることはできないはずなのに、白い魔法陣が浮き上がった。

人界側の門を開いたのはリュシアンだ。

『愛しい、シルヴェーヌ』

先に満ちてきたのは彼の想いだった。

『愛している、愛している、愛している……』

ひたすら繰り返される彼の激情に、シルヴェーヌは涙を止《と》められない。

揺らめく風のような空気のうねりの中で、身の周りを発光させたリュシアンが立ち姿で降りてくる。床に立つと、彼女に向かって微笑した。

「遅くなってすまない、シルヴェーヌ」

「……リュシーっ」

涙ながらに抱きついた。強く抱きしめてくれる。

彼は片手をふいっと振るだけで、そこから凄《すさ》まじい雷砲を放った。一直線に伸びたそれは、ディートヘルムが放った魔法エネルギー球を一瞬で霧散させ、そのまま屋敷の瓦礫《がれき》も魔導師も消滅させる。

あっけないほどの終息劇だ。ディートヘルムがリュシアンを恐れたのも無理はない。

白い球の中にいたパウエルも、ディートヘルムが消滅したことによって元に戻った。立ち上がろうとして、ふらりとまた床にへたり込む。

「しばらく動けません」

一声発してから、バタンと仰向《あおむ》けになって眠り始める。やはり疲れたとは言わなかった。

再びシルヴェーヌを両腕で抱きしめようとするリュシアンに、ナルサスがのんびりとした声を掛ける。

「おい、竜王様。土産《みやげ》の一つくらいないのか？　留守番してやっただろうが」

口調に反して掠《かす》れた声なのは愛嬌のうちだろう。

「あるぞ。魔法力の源泉から汲み出してきた」

シルヴェーヌから身体を離したリュシアンは、両手から光る珠《たま》を出して、カールとナルサスへ飛ばす。光る球となっていた魔法力が彼らの体内に吸い込まれる。

みるみる顔色を戻したカールは、ほぅと息を吐くと《やれやれ》と言って両肩を竦《すく》めた。

ナルサスはカールより時間がかかったが、元々の容態を思えば信じられないくらい早く復調した。椅子に座ったカサンドラの前へ、ベッドの上からぽんっと飛び降りる。

「回復したぞ」

なぜそこで両腕を広げる、とは誰も突っ込まなかった。着ているのは夜着にもなる薄絹のガウンだ。裸でなかったのでほっとしたのはシルヴェーヌだけではないだろう。

怒るのではないかという予想に反して、カサンドラはぽろぽろと涙を流して俯《うつむ》いた。ナルサスはものすごく狼狽《ろうばい》して、両腕を振り回しながらカサンドラを抱きしめる。

シルヴェーヌもエレミネアも、それぞれの伴侶の胸元に埋まりながら、もらい泣きだ。

そうこうしている間に、瓦礫を分けて人々が近寄ってくる。周囲の様子を眺めたシルヴェーヌはこくりと喉を鳴らした。彼女の気持ちをリュシアンが代弁する。

「後始末の時間がきたようだな。カールはもう動けるだろう？」

「まずは屋敷の建て直しですか。私とエレミネアの部屋は一つで構いませんから」

すかさず自分の希望を口に載せるカールは、疲れ果てて眠り始めたエレミネアを、それは大切そうに抱き上げた。

リュシアンはシルヴェーヌの肩を抱いて彼女の頬にキスをする。

「俺たちの寝室もさっさと作って今夜は一緒に眠ろう。厨房《ちゅうぼう》も確保する。パンを焼いてくれ」

竜王になっても少しも変わらないリュシアン。シルヴェーヌは泣き笑いが止まらない。


アルフレートの屋敷は崩壊したが、竜の魔法力で半分ほどが新たに構成された。残り半分は消滅した資材もあるので難しいらしい。あとは人の手で時間を掛けて建てることになる。

王女と竜たちの部屋も用意された。夕方になるころには厨房も出来上がる。

執事も侍女もメイドも料理長も、皆が無事であったのでシルヴェーヌはほっとした。

しかし、アルフレートはもういない。晩餐《ばんさん》とまではいかないが、テーブルを囲んで夕餉《ゆうげ》を取っているときにカサンドラがぽつんと言う。

「アルフレート公爵家は、これで断絶になるわね……」

寂しそうに見える。アルフレート公爵がどのような者であっても、生まれたときからの育ての親であるのも確かなのだ。

シルヴェーヌはカサンドラへ顔を向けて微笑んだ。

「お姉さま。これだけの歴史のある家を失くすのは惜しいと思います。アルフレート家に嫡男《ちゃくなん》はいらっしゃいませんでしたよね。親戚筋から養子をもらわれる予定だったのでしょう？　そういうふうにすればよいのではないでしょうか」

カサンドラは驚いたようにシルヴェーヌの顔を見つめたあと、鮮やかに笑う。

「次期女王のお許しがあれば、そうしたいと思います。よろしいでしょうか？」

う……っと顎を引く。姉は何かが吹っ切れたような顔をしていた。

「丸投げしてあげる。たっぷり苦労しなさいね」

「手伝ってはくださらないのですか？」

「要望があれば手伝うわよ。でも何をしましょうね。リュシアンは竜王になったから、竜同士の戦いはもう起こらないでしょうし。そうだわ。宰相になってあげましょうか。エミィは箱入り王女でどうかしらね。カールを表に立たせればそれなりの形になるわ」

さくさくと前に進んでいこうとするカサンドラを目を丸くして眺めたシルヴェーヌは、一息吐いてから答える。

「考えておきます」

王女たちはさざめき笑い、竜たちは黙々と食べる。大量に食べる。

どうにか復活したパウエルがよろよろと現れて、《御相伴《ごしょうばん》させていただいてよろしいでしょうか。お腹が空いてたまりません》と言ったところで、みな大笑いした。

次の日、カサンドラはシルヴェーヌに一通の封書を渡す。

「ギョーム公爵に私たちが無事であると知らせました。あなたが早めに王宮へ出発するかもしれないと伝えたら、これを届けてきたのよ」

「推薦状ですか」

「そう。三家揃ったわね。今日にでも王宮へ行くのを勧めます。お母様から次期女王の宣下《せんげ》を受けて頂戴。それが終わってから、私とエミィは王宮へ行きます。連絡してね」

昨夜の夕食から半日過ぎただけだ。パウエルもこういう調子なので思わず言ってしまった。

「お姉さま……。有能なのですね」

「そう？　大局を見ることは出来なくても、目の前の事案を片付けていくのはできそうだわ。宰相の件、よろしく」

自信家の姉は、やはり自信たっぷりにそう言ったのだった。

さらに次の日。

シルヴェーヌは竜体になったリュシアンの背中に乗って王宮へ向かう。王宮の最外壁正門を飛び越えようとしたところで竜体の首のところを叩く。

「リュシー、地上に降りてくれる？　自分の足で歩いて王宮に入ります」

『了解。女王陛下どの』

「ありがとうございます、竜王さま」

芝居じみた互いの言いように、少し笑った。

降り立てば、ドレスが今まで以上に華やかなものになった。光沢のある金色の地に濃い色目の黄金の刺繍《ししゆう》が施された眩《まばゆ》いドレスだ。散らばるのはダイヤモンドだろう。

シルヴェーヌは微笑む。まさか王宮へ入るときのドレスまでリュシアンが作っていたとは、驚いてしまう。髪飾りやネックレスもダイヤが主体なので、本当に眩い。

彼もかなり派手な服装に変わっている。身に着ける宝石はやはりダイヤモンドだ。

前方を睨《にら》みつけながら、リュシアンは言う。

「さて、行くか」

「はい」

「開門！」

リュシアンが声を上げると、待っていたかのように最外壁の大門がぎぎぎ……と開いてゆく。両側に衛兵がぎっしりと並ぶ中を、二人は連れ立って歩いた。

うぉぉ……っと地鳴りのような衛兵たちの鬨《とき》の声が上がり、辺り一面を包んだ。


女王の個人的な応接室にあるソファの一つに座って、シルヴェーヌはほっと息を吐く。

薫り高いお茶と共に運ばれたモンブランケーキを眺めて、これは栗のケーキだと思い至る。

（……秋？　いつの間に）

彼女が王宮で両親に逢い、次期女王になるという宣下を受けてから、目まぐるしく日々が過ぎた。ふと気が付けば夏が終わっていたというわけだ。栗は秋の季節パンに入れる。

「どうした？」

対面のソファに座るリュシアンが聞いてくる。彼は、書類の束を手に持って中身を確認している最中だ。

「王宮に入ってから、もう一か月なんだと思って……」

一か月前。リュシアンと一緒に王宮へ入城して両親に逢った。

ジゼル陛下と呼ばれる母親は、瀕死《ひんし》の床についていた。ベッドの横に座る父親――ローラン卿《きょう》と呼ばれる伴侶の竜が、その手を握って命を繋ぎとめている。ぎりぎりの状態なのは、見てすぐに分かった。

『次の女王が来るまでは、絶対に生きていなくてはならなかったのです。ローランに無理をさせてしまいました』

最後の務めを果たすために、次の女王を待っていた母親は、泣きたくなるような儚《はかな》い笑みを浮かべた。

母親は、シルヴェーヌと同じ亜麻色の髪で、瞳はエレミネアと同じ薄い空色だった。父親は、髪がカサンドラと同じ濃い目の華やかなブロンドをしている。顔立ちも姉と似ていた。

ローラン卿は《お前たちが危ないときに助けにも行けなくてすまなかった》と謝ったが、ジゼルの傍を離れられなかったというのは一目瞭然だ。

《リュシアンが普通の竜ではないのは、シルヴェーヌを隠した力で分かっていたが、まさか竜王だったとは》と言って、リュシアンをしみじみ眺めた。嬉しそうだった。

次期女王をシルヴェーヌにするという正式書類が作られ、ジゼルは震える手で署名して印璽《いんじ》が押される。すぐに、シルヴェーヌは姉と妹を呼んだ。

娘たちが見守る中でジゼルは息を引き取った。ローランはその魂を宝石に変えて胸に抱き、竜界へ戻ってゆく。ベランダで並んで立った三人の娘と伴侶の竜たちがそれを見送った。

ベルタ王国では女王の葬儀はないが、戴冠式《たいかんしき》はある。

儀礼儀典を熟知するカサンドラが手配に奔走《ほんそう》している。補佐はカールがやっていた。カールの支えはエレミネアで、カサンドラを包んで休ませるのはナルサスだ。

シルヴェーヌは、新女王として覚えることが山盛り状態だ。印璽を押さねばならない書類もどんどん溜《た》まってゆく。調査も必要だから、リュシアンとナルサスが手分けしてやっている。忙しい毎日だ。

宰相はリュシアンでどうかと最初は考えたが、本人に拒否されてしまった。曰《いわ》く《忙しさでおまえと一緒にいる時間が削られるのはいやだ。どうせなら女王の代行あたりがいい》ということだったので、捌《さば》ききれない書類は彼に回している。意見も助言も貰《もら》う。

宰相はカサンドラ、補佐がカール。宮廷魔導師長はパウエルに決定した。近いうちに正式に任命するつもりでいる。大臣たちの顔ぶれも定まり、戴冠式は一か月後と決まった。

「一か月でよくここまでこられたものだわ……」

しみじみと言えばリュシアンは笑った。綺麗な笑みだと彼女は相変わらず見惚《みと》れる。

リュシアンは持っている書類を座面に置いて、彼女の隣に移動してきた。

「……なに？　リュシー」

「このあとの予定はないだろ？　そういうふうに俺が手配した。たまには休息もいる。俺も、おまえを抱きしめて眠るだけなのは、終わりにしたい」

シルヴェーヌの頬がみるみる上気する。

王宮へ来てから、夜は、寝室の巨大なベッドでリュシアンに抱きしめてもらって眠るだけになっていた。あまりに目まぐるしく物事が過ぎてゆくからだ。

竜王になったリュシアンは、眠る必要はないという。彼はシルヴェーヌの眠りの番人を一晩中している。疲れを癒すこともしてくれる。彼女は眠る。それだけ。

どきどきと胸が高鳴った。じくり……と躰《からだ》の奥が疼《うず》いたような気がするのは、自分もそれを望んでいるからに違いない。

窓の外は夕暮れの朱の空が広がっている。明日からは、また忙しい毎日が繰り返されるだろうが、それまでは二人きりだ。

上気した顔を伏せる。了承したようなものだ。

リュシアンは笑いながら彼女を抱き上げ、続き部屋になっている女王の寝室へ入る。大きな天蓋付きベッドに仰向けに寝かせられた。

その寝室と繋がったさらに向こうの部屋がリュシアンの寝室になっている。

彼女のベッドが乱れたあとは彼のベッドで熟睡できるという利点を考えて、眠らないリュシアンが自分の分も用意した。

ドレスも彼が脱がせてくれる。ぱっと脱げてしまうので、侍女を呼ぶ必要がないのは本当にありがたい。下着となる薄絹もドロワーズも一緒に脱げる。

キスの雨が降る。額に、瞼《まぶた》に、頬に。そして唇に。リュシアンの唇は好きだ。少し冷たい感触がいい。体温は高めなのに、なぜ唇は冷えた感じがするのだろう。不思議だ。

合わせを深くされると口が開く。舌が侵入して内側から嬲《なぶ》られてゆく。口蓋から舌先へ、歯の裏から奥まで嬲ってゆく生き物のようなリュシアンの舌。

「ん……っ、んっ、んぅ……」

彼に熱中する。舌が首筋を舐めるころには、リュシアンの手は胸を揉んでいる。いつもの手順のようで少しずつ違う。乳房は重さを量《はか》るようにされていた。

「大きくなったな……。俺の手で、どんどんいやらしい躰になっていくのが好《い》い」

「いや……、いつも意地悪なことを言って……」

「……おまえの反応がよすぎるから、つい苛《いじ》めたくなるんだ……」

乳房を揺すられる。下から揉み上げてぎゅうと掴《つか》む。横からも掴まれた。

「は……あぁ……あん……っ」

乳首を唇で挟まれると、脚の先まで痺《しび》れが走る。この時点で足は自然に開いて、彼を深くまで挟んでいる。淫らな自分を顧《かえり》みられるのはこの辺りまでだ。

唇でちゅくちゅくと乳首を舐められ、引っ張られて、すごく感じる。言葉では言い表せないような、うずうずとたまらない感覚だ。

彼の両手で足の付け根から開かれた。しかも膝を曲げられ膝裏に手が入る。いっそ胸に付くかと思うほど両膝を上げられると、臀部《でんぶ》が浮いて、彼に向きあった格好で顕《あら》わになってしまう。

「恥ずかし……、リュシー……、明かり消して……」

「消してもいいが、まだ明るいぞ」

部屋の明かりがふっと消えてしまうのは魔法のなせる技だ。けれど確かに明るい。窓から入ってくるのは朱の空の光。夕陽はまだ完全に沈んでいない。

臀部に彼の唇が触れる。ひざ裏に入ったリュシアンの手で足が左右に開かれると、淫靡《いんび》な狭間《はざま》が丸見えだ。肉割れはどういう状態になっているのだろう。視線がそこを舐《な》めてゆく。

「あぁ、……、そんなに、見ないで……ぇ」

生活環境が激変してゆくから、たった一か月空いただけでも、感覚的にはずいぶん久しぶりにこうしている。恥ずかしさもひとしおだ。

彼の唇がいきなり陰唇に触れる。快感が鋭く身の内を走った。ちろちろと舐められる感触がいい――好いのだ。

やがて陰唇を割った舌が、さまざまな角度から内部を嬲り始める。軟体動物に犯される感覚で酔ってしまいそうだ。じゅくり……と微細な音が聞こえた。水気を想像させる、それ。

「こんなに濡れて。……美味《うま》いよ、おまえの、蜜――」

「あぁ、あん、……あ、あ、あん……」

舌でぐりっと擦られたところは、彼が《剥《む》く》という部分だろうか。シルヴェーヌはそれがとても弱いのだそうだ。

蜜路の奥にも彼女を啼《な》かせるしこりがあると教えてもらったが、外に出ている分、花芽は膨らんで色づくのが目で見えてしまう。それが大きな羞恥を呼んで彼女を追い立てる。

「んっ……んっ……あぁあ、あ、あ……リュ、シー……っ」

陰核をしゃぶりながら言われれば、すぐにも堕ちてしまう。なんという弱さだ。

「いい、か？」

「いい……あぁ……ん、あっ、あぁ――噛んじゃだめぇ――……」

きんっと耳鳴りがした。

しっかり愛撫《あいぶ》されて最後の仕上げに歯で扱《しご》かれるのがいい。そのタイミングに合わせて指が蜜路に挿し入れられると、もうもたない。快感が激しく爆ぜる。

背を反《そ》らし、髪を振り乱して果ててゆく。

びくびくとのけ反っても、脚は曲げられて胸に付くほどだ。窮屈で苦しいのに、肝心な部分は彼に預けている。視線にも晒《さら》している。達してしまったのに。

「……よだれみたいだな。可愛《かわい》いよ、シルヴィ」

垂れていたのだろうか。本当に？

びくびくと慄《わなな》く肉体を持て余す彼女の臀部全体に彼の唇が這う。

足の付け根にキス。内股にキス。きっとたくさんの痕が付いた。

はぁはぁとまだ荒い息をしているのに、脚を下ろされることもなく、リュシアンは己の陰茎を押し当ててきた。

体内を突き刺してくる男根は、まさに凶器だ。それでも、彼もすでに素肌を晒しているから、擦れる肌の感触が安心感を運んでくる。

「シルヴィ……っ」

　一声呼んで、一気に侵入してきた。

「ア――……っ、あ、はっ、……ふ、太いわ……どうし――」

「分かるのか……？　魔法力が常に満杯状態だから……かな。シルヴィの中が気持ちいいからだろ……っ。たまらない――」

　ぎちぎちに拡げられて奥まで拓《ひら》かれ、突かれた。

「あ、あ、あぁ……」

「……くそぅ、そんなに締めては、すぐにイってしまいそうだな……」

「ひあぁ、あああ、あ、……っ、深い……っ。こっわれそう……っ」

「気持ちが好《い》いなら、そう、言え……っ。でないと、抜くぞ」

　ぐんぐん突かれながら言われても本気とは思えないが、熱せられた意識では返す言葉など知れている。シルヴェーヌは、躰《からだ》の両脇でリネンを握りしめながら訴えた。

「好い……っ、いいの――……もっと、激しくても、いい、から……っ」

「淫乱め……っ、もっと狂え……」

　子宮口まで届く突き上げに息も絶え絶えになってしまう。突かれるのもいいなら、引いてゆくときもいい。彼には言ったことはないけれど、男の傘が襞《ひだ》を擦る感触がいいのだ。空洞になってゆくのが惜しくて締めてしまう。そこを傘が引っ掛ける。悦《い》い。

「あああ……ん、リ、ユシー……、好き、愛しているわ……――」

「シルヴィ……っ」

がくがくと揺れながら絶頂を味わう。そのときに内部を濡らしてもらえるのが、最高。

「きもち、いい……――」

長く引いた嬌声《きょうせい》を自分でも聞きながら白い海に溺《おぼ》れる。彼の呼び声が、世界のすべてとなるこのときを、もはや決して手放せない。

少しずつ息を収めてゆく。ずるりと引かれて雄が抜けていった。女陰からコポリと溢《あふ》れるのは、リュシアンの精と彼女の蜜だ。混じりあってリネンを汚してゆく。

彼の手で身体を伸ばされても、愉悦が深かったせいかどこか茫洋《ぼうよう》としてしまう。

「愛している」

返したくても喉が痛いから、こくんっと頷く。こういうときはとても素直になれる。悦楽ばかりではなく精神まであやされるから、終わってもすごく気持ちがいい。

キスされる。唇に。耳に。――そして、囁かれた。

「召喚の魔法陣が発動しているときは、俺の魔法はほとんど使えない。せいぜい、不可視の魔法壁を構成するくらいだ。今は、魔法陣がないからなんでもできるな」

不穏な響きだ。

「なんでも……？」

「たとえば、こういうのを……」

口づけられる。彼の手は下がって、陰毛を分け、彼女自身も弱いと自覚している陰核を撫でた。するとどうだろう、そこに被さった物がある。

「あ、なに？」

「宝石のようなものだ。動かせる」

「えっ、え、あっ、なにこれぇ……っ」

あまりのことに急いで自分の危うい部分に手を持っていくと、確かに陰核のところに石のようなものが被さっている。しかもこれは内側に突起があるのではないだろうか。

リュシアンはこれを手に触れずに動かせるという。

「あ、だめっ、取って、とってぇ……あんっ」

リュシアンは、乳首に唇を寄せて強く吸った。するとそこにも宝石が被さる。内側に小さな突起がある被せ物は、外側の先端が赤いルビーで飾られていた。そして微妙に動く。

「もっとつけよう。シルヴィが感じるところに、たくさん飾る。美しいよ……」

「あぁぁ……っ」

足の指の間にも宝石が、脇から臍《へそ》の辺りまでも、ばらばらと小さな石。複雑なカットを施されたダイヤモンドもあって、燦然《さんぜん》と光る。

それらが一斉に魔法で蠢《うごめ》く。肌を煽《あお》る。熱い。

抗議なのか嬌声なのか、自分でも分からない声で彼を呼んだ。

「リュシー……っ」

リュシアンは甘く笑う。シルヴェーヌの声は少し苦しげになっていた。これを続ければ、ほどなく蜜路が疼き始めるだろう。欲しくてたまらなくなると容易に予想できる。それだけたくさん抱いてきた。

彼女が、早く中に欲しいと泣きだすまで、――己の雄が熱い襞に包まれるまで、さほど長く耐えなくてすみそうだ。早く、彼女の胎内で熱く締められ、扱《しご》かれ、あやされて、たっぷりと彼の精を呑ませたい。

己に我慢を強いてまで何をしているのかと自分でも思うが、シルヴェーヌに激しく求められるのは至上の喜びに通じる。

苛める気はなくても、こういうのはやめられそうにない。

夜更けになっていた。窓の外は真っ暗だ。それでも淫靡《いんび》な責めは終わらない。

蜜に塗れ、伴侶の情液を呑まされて、女王の夜は深まる。

終章

ベルタ王国の女王シルヴェーヌが住まう居室の一角には、小さくともなんでも揃っている厨房がある。伴侶の竜、リュシアンの贈り物だ。

女王は、政務の合間を縫って、たまにそこでパンを焼く。

シルヴェーヌが焼き立てパンを籠に盛って、それを腕に掛けたところで、後ろからリュシアンが手を伸ばしてつまみ食いをした。これから彼の背に乗って空を駆け、モア夫妻やクロフォード伯爵夫妻へ届けに行こうとしていたのだが、これでは籠に隙間ができてしまう。

振り返った彼女は、リュシアンが大口を開けてパンを頰張《ほおば》るところを眺めて呆れた。

「あなたの分は他に分けてあるのよ」

「焼き立てのほかほかがいいんだ。……やっぱりあれだな」

「え？」

「最初に掴まれたのは胃袋だったんだ」

ぽかんとしたシルヴェーヌは、次の瞬間には爆笑する。

「美味《うま》いよ、シルヴィ」

リュシアンは大層満足そうに言ってまた手を伸ばしてくる。

幸せはこうしてやって来る。だから、国の民にもたくさんの幸せなほかほかパンが行き渡ることを願って、彼女は竜王と共にベルタ王国を守る。

「さぁ、行きましょう」

動き出したシルヴェーヌの長い髪を眺めて、リュシアンは目を細めた。口元にはほんわりと微笑が浮かんでいる。彼自身が気づかないうちに、たまに込みあがってくる笑みだ。

ベランダまで出たリュシアンは、魔法力を放出しながら自分のもう一つの本体である竜体へと姿を変えた。

その背に乗ったシルヴェーヌと一緒に浮き上がり、やがて並行飛行へ移る。

春の風が気持ちよく彼らを包む。

空を飛ぶにはもってこいの、今日もいい天気だ――。

うっかり召喚された竜王と、パンを焼くのが好きな女王は、その後、長きにわたってベルタ王国を守り、かつてないほどの安定と興隆を齎《もたら》した。

シルヴェーヌが天命を終えたとき、リュシアンはその魂を彼女の髪と同じ明るい亜麻色の宝石に変えて胸に抱き、竜界へ戻った。

何百年、あるいは千年を上回るほどの長い間、リュシアンは亜麻色の宝石を胸に抱き、竜界で君臨するだろう。

——と、ベルタ王国の歴史書には記されている。

あとがき

こんにちは。または初めまして。白石まとです。

このたびは「愛炎の契約　王女は竜に抱かれる」をお手に取ってくださいまして、まことにありがとうございました。

久しぶりのファンタジーです。書く機会をいただいて大変うれしかったです。

ライトなファンタジーは、読むのも書くのも大好きです。ファンタジーラブロマンスばんざい！　楽しかったですよ！　古巣へ帰った気分になりました。

戦闘シーンを書くのも好きなのです。上手いかどうかは置いておいて、その部分を書いているときは血沸き肉躍る申しましょうか、ノリノリでキーを叩くものですから、昔はよくシフトキーが飛んだものです。（そのころは、商業誌ではありませんでしたけど。キーボードも古いタイプでした。懐かしいです）

かなり好き勝手に書いておりましたら、編集さんから改稿の指示をたっぷりいただいてしまいました。オーマイガっ。時間がないっ、でもやんないと！　……で、最終段階で１００Ｐほど削って書き直しました。そのときに大きな戦闘シーンを一つバッサリ削除しています。

それで残念かというとそうでもないのですね。他のシーンもですが、書いてしまえば自分的には満足するようです。

時間はぎりぎりいっぱいで、いろいろな方に、いろいろとお世話になってしまいました。皆さま、ありがとうございました。これで本が出ます。感涙です。


さて、今回は王女様と魔法陣と竜王です。竜王は、竜体と人型の二つの本体を持っています。そうでないとHができません。設定上、初めて同士です。ふふふ……可愛いです。

世界の成り立ちや、ヒロインであるシルヴェーヌの生国、ベルタ王国の形を作ってゆくのは楽しい作業でした。細かくし過ぎないよう気を付けないと、その世界の文字まで考え始めてしまうので要注意ですね。

そして竜王ですよ！　無敵なところが本当に好き。でもその力を制限させるのがいいのです。こういう男をいたぶるのは楽しい。

パンは今風になっています。パン大好きで毎日たっぷり食べているので、そういうイメージで書きたくて！　焼き立てだから、あったかくてふわふわで、ロールパンもバケットも山形食パンもあるのです。クロワッサンも季節のパンも！　作り方も今に近いです。どうぞ、こういう世界なのだとお思いくださいませね。

今回はP数が多いです。その分、登場人物も多いですね。

改稿をするときに、シルヴェーヌの姉妹のうち妹のエレミネアに関する部分を一切合切削って、二人姉妹にしようかというのが一案として有りました。改稿をしてゆくのに、空きを作るためですね。

ですが、エレミネアの竜カールが外せなくて、三姉妹で突っ切ったという感じです。キャラクターができてしまったあとでは、外せなくなるというのを実感しました。

姉カサンドラの竜ナルサスも可愛くてかなり好き。キャラそれぞれの特性に合わせた愛情のあり方になっている……つもりです。

三姉妹としてできあがると、思っていたより美しい形をしていましたので、壊したくなかったというのもありますね。王女たちと竜たちのお茶会は、ほんとに楽しそうです。

いつもそうなのですが、世界ができてしまうと脳内でどんどん先が展開してゆきます。自動的に出来上がっていく感じですね。なかなかその世界から離れられません。

七転八倒しながら完成しました。できてしまえば、達成感もあれば、自分の技量不足を嘆く気持ちもあり、でも体力は限界といった具合で、脱力してしばらくぼうっとします。これも、いつものことですね。

読んでくださる皆様に、少しでも楽しんでいただけるよう祈ってやみません。

表紙と挿絵は、池上紗京様です。ありがとうございました！　憧れの絵師様ですよ！

表紙データを頂きましたときには、あまりの美しさにびっくりしました。いえ、予想はしていましたが、目の当たりにすると迫力が違いますね。

最初に見たとき、「うひゃー」とか「ひょえー」とか声が出ていたようです。きらきらしていて細かい。シルヴェーヌ、可愛い。あぁ、可愛い。

リュシアンがまたいいです。目がすごいです。赤の入れ方がすごいです。データでいただきましたので、拡大してしみじみとつくづくと眺めました。ありがとうございました。

編集部の皆さま、関係してくださった皆々様、お世話をお掛けしました。魔法とか竜とか、こういった内容のファンタジーで本となるのは、このジャンルではもう難しいだろうと思っていました。ありがとうございます。感謝感激です。

人生は不思議ですね。いまこうしていられるのも、読んでくださる読者様がいらっしゃればこそです。

お読みくださいました皆様、本当にありがとうございました。どうぞまた、どこかでお逢いできますように。心より願っております。

白石まと

ガブリエラ文庫

MSG-018

愛炎の契約 王女は竜に抱かれる

2015年8月15日　第1刷発行

著　者　白石まと　©Mato Shiraishi 2015

装　画　池上紗京

発行人　日向 晶

発　行　株式会社メディアソフト
〒110-0016　東京都台東区台東4-27-5
tel.03-5688-7559 fax.03-5688-3512
http://www.media-soft.biz/

発　売　株式会社三交社
〒110-0016　東京都台東区台東4-20-9　大仙柴田ビル2F
tel.03-5826-4424　fax.03-5826-4425
http://www.sanko-sha.com/

印刷所　中央精版印刷株式会社

白石まと先生・池上紗京先生へのファンレターはこちらへ
〒110-0016　東京都台東区台東4-27-5
(株)メディアソフト ガブリエラ文庫編集部気付 白石まと先生・池上紗京先生宛

ISBN 978-4-87919-319-3　Printed in JAPAN

ガブリエラ文庫WEBサイト　http://gabriella.media-soft.jp/

Novel すずね凜
Illustration ことね壱花
覇王の拘束愛
後宮の淫夜は甘く激しく
さあ、言え。
私を愛していると
国の災害を憂う皇帝・青龍のため、生贄としてその命を捧げることで余命半年となった睡蓮。呪いの誓約のため愛する青龍にそれを告げることもできず国を去ろうとするが、彼女が心変わりしたと誤解した青龍は、激昂し彼女を監禁してしまう。「その顔、その声、この身体、すべて私のものだ。誰にも渡さない」朝な夕な性具や媚薬で睡蓮を激しく責めたてながらも苦しむ青龍を見かね、睡蓮は彼の自分に関する記憶を消すように呪術師に頼むが!?
好評発売中！